CIDADELA

O livro é a porta que se abre para a realização do homem.

JAIR LOT VIEIRA

CIDADELA

Antoine de SAINT-EXUPÉRY

Tradução e nota: Julia da Rosa Simões
Apresentação: Sandra Guimarães

VIA LEITURA

CIDADELA

ANTOINE DE SAINT-EXUPÉRY

TRADUÇÃO E NOTA: JULIA DA ROSA SIMÕES

1ª EDIÇÃO 2015

Editores: Jair Lot Vieira e Maíra Lot Vieira Micales
Produção editorial: Fernanda Rizzo Sanchez
Revisão: Ana Paula Luccisano e Marina Silva Ruivo
Editoração eletrônica: Estúdio Design do Livro
Capa: Marcela Badolatto | Studio Mandragora
Imagens da capa: Istockphoto

Dados Internacionais de Catalogação na Publicação (CIP)
(Câmara Brasileira do Livro, SP, Brasil)

Saint-Exupéry, Antoine de, 1900-1944.
 Cidadela / Antoine de Saint-Exupéry ; [tradução e nota Julia da Rosa Simões]. -- São Paulo : Via Leitura, 2015.

 Título original: Citadelle.
 ISBN 978-85-67097-13-8

 1. Ficção francesa I. Título.

15-04210   CDD-843

Índices para catálogo sistemático:
1. Ficção : Literatura francesa   843

EDITORA AFILIADA

VIA LEITURA

São Paulo: Fone (11) 3107-4788 – Fax (11) 3107-0061
Bauru: Fone (14) 3234-4121 – Fax (14) 3234-4122
www.vialeitura.com.br

APRESENTAÇÃO[*]

ÀS OITO HORAS E TRINTA E CINCO minutos do dia 31 julho de 1944 – no auge da Segunda Grande Guerra –, o escritor, poeta, aviador e jornalista francês Antoine de Saint-Exupéry decolaria de uma base aérea, na Córsega, com o objetivo de recolher informações sobre os movimentos das tropas alemãs nas regiões de Grenoble e Annecy. Partiu para uma viagem sem volta. Aos 44 anos, o "poeta-aviador" desapareceria no ar... Despediu-se da vida em pleno exercício de uma paixão – pela aviação e pelas viagens.

Aos doze anos, aproveitando as férias em Saint-Maurice de Rémens, Saint-Exupéry viveria pela primeira vez a experiência de voar. O batismo foi em um Berthaud-Wroblewski pilotado por Gabriel Wroblewski-Salvez. E seria esse primeiro passeio, em um meio de transporte que acabava de nascer, o responsável por fazer com que o universo dos aviões, dos motores e dos hangares passasse a exercer um tal fascínio sobre o jovem Antoine que ele logo pensaria em transpor aquela realidade de experimentações reais para um outro universo, o das experiências ficcionais. Aos treze anos, esboça os seus primeiros poemas sobre a aviação.

E, se a atração pelas alturas – nos primórdios da navegação aérea – deixava apreensiva a mãe do futuro escritor, seus primeiros voos literários,

---

[*] Nesta obra, assim como na edição de bolso da Editora Gallimard, optamos por selecionar e traduzir os capítulos mais conhecidos.

ao contrário, foram estimulados por ela. Marie Boyer de Fonscolombe cultivava o hábito de ler para o filho, antes de dormir.

Em 1921, época em que deveria alistar-se para o serviço militar, opta pela aviação e vai para o Segundo Regimento de Estrasburgo. Em dezembro daquele mesmo ano, obtém o brevê de piloto civil e, no início de 1922, o de piloto militar. Entretanto, é liberado da carreira militar, depois de um grave acidente, em Bourget, do qual sai bastante ferido.

Após o acidente, acaba prometendo à noiva, Louise de Vilmorin, deixar a aviação e aceita, primeiro, um emprego de controlador de fabricação, em Paris, e, posteriormente, passa a trabalhar como representante da fábrica de caminhões Saurer. Foi um período difícil. O trabalho burocrático não o seduzia. Por isso, com a ruptura do noivado, volta à aviação, em 1926, e entra para a Companhia Geral de Empresas Aeronáuticas, mais tarde rebatizada como Aeropostal. A ruptura com Louise foi muito traumática, ele continuaria a escrever-lhe por muitos anos.

Em dezembro de 1926, efetua seus primeiros voos de correios na linha Toulouse-Casablanca e, algum tempo depois, até Dacar. A partir dessa experiência, redige seu primeiro romance, *A evasão de Jacques Bernis*, publicado na revista literária de Adrienne Monnier, *Le Navire d'argent*, com o título de *O aviador* (1926).

Depois de um ano trabalhando nos correios, em 1927 é nomeado chefe de escala em Cabo Juby (Trafaya). Entre as missões, que desempenharia com grande êxito, estava socorrer os pilotos perdidos no deserto e negociar, com os chefes árabes, a liberação dos que tinham sido capturados como reféns. Seu segundo livro, *Correio do Sul*, produto daquela época e publicado em 1929, é redigido, portanto, enquanto o autor fazia aterrissagens perigosas nas dunas, ou mesmo desviava-se de tiros, disparados por rebeldes.

De volta à França, é nomeado, em 1929, chefe da exploração aeropostal da Argentina. Tinha a missão de gerenciar as linhas de correio já existentes até Santiago do Chile, Assunção e Rio de Janeiro, chefiar os funcionários e cuidar do equipamento.

E se, no ar, o grande duelo era com o vento, no que concernia às palavras, seu grande desafio era, então, o de narrar, poeticamente, um mundo no qual a ação deveria se sobrepor a todo e qualquer sentimento.

ANTOINE DE SAINT-EXUPÉRY

Nasce *Voo noturno* (1931), obra dedicada a Didier Daurat, chefe de exploração da Aeropostal Argentina.

Ainda em 1931, Saint-Exupéry casa-se com Consuelo Suncin e é indicado ao prêmio Goncourt, por *Voo noturno*. Acabaria ganhando, no entanto, o não menos prestigiado prêmio Femina, em dezembro do mesmo ano. Paradoxalmente, o sucesso de público, o qual chega graças ao prêmio, leva-o a uma avalanche de críticas vindas tanto da terra quanto do ar. Nos meios literários, ele é recriminado por dissimular sua experiência pessoal na forma de argumento ficcional e, ainda, por louvar literariamente a liderança autoritária e seletiva – que prevalecia, então, no ambiente da aviação – justamente no momento em que ideologias nazifascistas começam a ganhar força na Europa. Paralelamente, seus colegas pilotos ressaltam que sua reputação de grande aviador devia-se menos aos seus reais méritos como piloto e mais ao estado de evidência a que a condição de escritor o alçava.

Angustiado com as críticas, Saint-Exupéry enfrenta ainda a derrocada da grande matriz de seus ideais. Sofrendo com os reflexos da quebra da bolsa de Nova York, a partir de 1931 a empresa Aeropostal começaria a entrar em declínio. Sem conseguir apoio político-financeiro do governo francês, ela acabaria falindo em 1933. Seus ativos seriam então resgatados pela recém-nascida Air France.

Sem dinheiro e não sendo imediatamente aceito como piloto pela nova companhia, a partir de 1932 o escritor dedica-se cada vez mais à produção de artigos para a imprensa. Em 1934, a Air France contrata-o para um ciclo de conferências em torno do Mediterrâneo, com o objetivo de utilizar a sua notoriedade de piloto-escritor como material publicitário para a empresa.

Em 1935, Saint-Exupéry consegue, finalmente, tornar-se proprietário de um Caudron Simoun modelo C630 e inscreve-se no raide Paris-Saigon. Acompanhado pelo mecânico André Prévot, com quem já trabalhara nos circuitos do Mediterrâneo, chegam a percorrer 3.700 quilômetros, antes de baterem em uma planície e caírem no deserto da Líbia. Depois de três dias perdidos no deserto, Saint-Exupéry e Prévot são resgatados pela população local e recebidos como heróis em Paris.

A aventura figuraria como uma das mais emocionantes dentre as que preencheram as páginas de *Terra dos homens* (1939).

Em 1939, quando a França declara guerra à Alemanha, mesmo sendo recusado como piloto de caça após uma visita ao médico, Antoine insiste em voar. Acaba conseguindo e passa a cumprir missões de reconhecimento fotográfico. As emoções experienciadas no ar, mais uma vez, tomariam a forma de palavras. Impregnado tanto pelos horrores da guerra quanto pela humilhação sofrida pela França, em 1940, durante um exílio nos Estados Unidos, escreve *Piloto de guerra*. Em 1942, ainda nos Estados Unidos, escreve *Carta a um refém*. Emblemático daquele momento histórico, o texto narra a ocupação nazista na França.

Enfim, seu último livro, a viagem das viagens, traz, de forma extremamente simbólica, os elementos que figuraram em quase todas as narrativas do escritor, dentre os quais: a eterna dialética humana no embate com os próprios sentimentos – o bom, o mau, o justo e o injusto –, bem como o inevitável confronto com a solidão e a busca incessante do ser humano pelo mundo dos afetos. Ao longo dos anos, sua relação com Consuelo revelou-se conturbada e passional. Sem, no entanto, separar-se efetivamente da esposa, o piloto teria outros grandes amores, como a empresária Nelly de Vogüé ou a aristocrata russa Natalie Paley. Consuelo, sendo para ele ao mesmo tempo tão fascinante quanto insuportável, teria inspirado a "rosa" na sua obra derradeira. Fruto talvez de seu mais alto voo – real e literário –, *O pequeno príncipe* (1943) acabaria se tornando sua obra mais conhecida.

No ar e nas palavras, o autor deixou como legado um universo de aventuras e um convite para um mergulho no desconhecido.

SANDRA GUIMARÃES

Mestre em Literatura Francesa (Universidade Federal Fluminense).
Doutora em Literatura Comparada (Universidade Federal
Fluminense e Université Sorbonne Nouvelle – Paris 3).

CAPÍTULO I

VEZES SEM CONTA VI A PIEDADE se enganar. Nós que governamos os homens aprendemos a sondar seus corações, a fim de só concedermos nossa solicitude ao objeto digno de estima. Recuso essa piedade às feridas ostensivas que atormentam o coração das mulheres, e recuso-a aos moribundos e aos mortos. E sei bem por quê.

Houve uma época de minha juventude em que me apiedei dos mendigos e de suas úlceras. Pagava curandeiros e comprava bálsamos para eles. As caravanas traziam-me de alguma ilha unguentos à base de ouro que reconstituíam a pele sobre a carne. Agi assim até o dia em que entendi que consideravam seu fedor um luxo raro, surpreendi-os coçando e impregnando a pele com esterco, como quem aduba a terra para arrancar-lhe a flor púrpura. Mostravam-se as gangrenas com orgulho, envaidecidos das esmolas recebidas, pois quem ganhava mais era como o grande sacerdote que expõe o ídolo mais belo. Quando consentiam em consultar meu médico, era na esperança de que seu cancro o surpreendesse pela pestilência e infestação. E agitavam seus cotos para ocupar um lugar no mundo. Aceitavam os cuidados como uma homenagem, oferecendo os membros às abluções que os lisonjeavam, mas assim que o mal era apagado descobriam-se insignificantes, não alimentavam nada dentro de si, como inúteis, e tratavam de ressuscitar a úlcera que vivia deles. E depois de novamente envoltos por seu mal, gloriosos e envaidecidos, gamela na mão, voltavam a seguir a rota das caravanas e, em nome de seu deus imundo, extorquiam os viajantes.

Houve uma época em que também me apiedei dos mortos. Acreditava que o homem abandonado ao próprio isolamento soçobrava numa solidão desesperada, pois ainda não tinha percebido que *nunca* existe solidão para os que morrem. Ainda não tinha me deparado com sua condescendência. Vi o egoísta ou o avaro, o mesmo que bradava alto contra qualquer espoliação, chegar à hora final e pedir que amigos e familiares se reunissem a sua volta, para dividir seus bens com uma equanimidade desdenhosa, como brinquedos fúteis às crianças. Vi o ferido pusilânime e desenganado, o mesmo que teria gritado por ajuda em meio a um perigo sem grandeza, rejeitar qualquer auxílio quando esse auxílio podia colocar os companheiros em perigo. Celebramos esse tipo de abnegação. Mais uma vez, porém, encontrei apenas sinais discretos de desprezo. Conheço bem o tipo que divide o cantil quando ele está quase seco, ou a migalha de pão no auge da fome. Faz isso porque não precisa mais deles e, cheio de altiva ignorância, entrega ao outro um osso para roer.

Por que me apiedar deles? Por que perder meu tempo chorando seu fim? Conheci bem demais a perfeição dos mortos. Nunca vi morte mais doce do que a da cativa com que alegraram meus 16 anos. Quando foi trazida, já estava morrendo, com a respiração curta e escondendo a tosse dentro do lenço, exausta como a gazela, no limite das forças mas sem o saber, pois ela adorava sorrir. Seu sorriso era como o vento num rio, vestígio de um sonho, sulco de um cisne, a cada dia mais imaculado e precioso, mais difícil de fixar, até se tornar a linha simples e pura do voo do pássaro.

E a morte de meu pai. Meu pai realizado e transformado em pedra. Dizem que os cabelos do assassino branquearam quando seu punhal, em vez de esvaziar o corpo perecível, o encheu de tal majestade. O criminoso, escondido na câmara real, face a face, não com sua vítima, mas com o enorme granito de um sarcófago, capturado por um silêncio que ele mesmo causou, foi descoberto ao amanhecer prostrado pela imobilidade do morto.

Meu pai, que foi levado à eternidade por um regicídio, em seu último sopro suspendeu o dos outros por três dias. Tanto que as línguas só se soltaram e os ombros só deixaram de ser esmagados depois que o colocamos dentro da terra. Ele, que não governou mas pesou e deixou sua marca, nos pareceu tão importante que tivemos a impressão, ao descê-lo para a cova, estirado pelas cordas que rangiam, não de sepultar um cadáver, mas de armazenar provisões. Ele pesava, suspenso, como a primeira pedra de um templo. Não o enterramos, selamos seu corpo, que voltou a ser o que era, um alicerce.

Foi ele que me ensinou sobre a morte e que me obrigou, quando jovem, a olhar para ela de frente, pois nunca abaixou o olhar. Meu pai tinha o sangue das águias.

Foi durante o ano maldito, que chamamos de "Festa do Sol". Pois o sol, naquele ano, ampliou o deserto. Brilhava sobre as areias entre ossadas, espinheiros secos, peles transparentes de lagartos mortos e tufos de capim transformados em palha. Aquele que fazia os caules das flores crescerem devorava suas criaturas e reinava sobre seus cadáveres espalhados, como uma criança entre seus brinquedos quebrados.

Ele absorveu as reservas subterrâneas e bebeu a água dos raros poços. Absorveu até o dourado das areias, que se tornaram tão vazias, tão brancas, que passamos a chamar aquela região de Espelho. Pois um espelho também não contém nada e as imagens com que se enche não têm peso nem duração. Pois um espelho, como um lago de sal, às vezes queima os olhos.

Quando os condutores de camelo se perdem, quando caem nessa armadilha que nunca devolve seus cativos, eles a princípio não a reconhecem, pois nada a distingue, e se arrastam como uma sombra ao sol, fantasmas de si mesmos. Colados a essa luz viscosa, pensam em caminhar; engolidos pela eternidade, pensam em viver. Fazem a caravana avançar lá onde nenhum esforço prevalece sobre a inércia do espaço. Caminhando rumo a um poço que não existe, alegram-se com o frescor do crepúsculo, que não passa de inútil adiamento. Talvez se queixem, pobres ingênuos, da lentidão das noites, que passarão por eles como um piscar de olhos. E, blasfemando com suas vozes guturais por causa dessas doces injustiças, ignoram que, para eles, a justiça já se fez.

Achas que a caravana está avançando? Deixa passar 20 séculos e volta para ver!

Fundidos no tempo e transformados em areia, fantasmas engolidos pelo espelho, eu mesmo os vi assim quando meu pai, para me ensinar sobre a morte, levou-me em sua garupa. "Aqui", ele disse, "houve um poço". No fundo de uma dessas chaminés verticais que, tamanha a profundidade, refletem apenas uma única estrela, a lama tinha endurecido e a estrela capturada tinha se apagado. Ora, a ausência de uma única estrela é suficiente para desnortear uma caravana, como uma emboscada.

Em torno do estreito orifício, como ao redor de um cordão umbilical, homens e animais amontoavam-se em vão para receber do ventre da terra a água de seu próprio sangue. Mas os operários mais confiantes, puxando do fundo desse abismo, em vão raspavam a crosta endurecida. De modo semelhante a um inseto espetado vivo, que no espasmo da morte espalha em torno de si a seda, o pólen e o ouro de suas asas, a caravana, pregada ao solo por um poço vazio, começava a empalidecer na imobilidade dos arreios rompidos, das bagagens desventradas, dos diamantes esparramados como entulho e das pesadas barras de ouro cobertas de areia.

Como olhei para eles, meu pai falou:
"Já viste uma festa de casamento, depois que os convidados e os noivos saíram. O amanhecer revela a desordem que eles deixaram. Jarras quebradas, mesas desordenadas, brasas apagadas, tudo conserva a marca de um tumulto que se solidificou. Mas não será lendo essas marcas que aprenderás algo sobre o amor".

Ele continuou: "Ao sopesar e revirar o livro do Profeta, demorar-se sobre o desenho das letras ou sobre o ouro das iluminuras, o ignorante perde o essencial, que não é o objeto ilusório, mas a sabedoria divina. A essência do círio não é a cera que deixa vestígios, mas a luz".

Certa vez, os juízes da cidade condenaram uma jovem, que havia cometido algum crime, a despir-se sob o sol com sua macia camada de carne, e simplesmente a amarraram a uma estaca no deserto.

"Vou te mostrar", disse meu pai, "para que lado os homens se inclinam".
E de novo me levou.

Enquanto viajávamos, o dia inteiro passou sobre a jovem, e o sol bebeu seu sangue morno, sua saliva e o suor de suas axilas. Bebeu em seus olhos a água da luz. A noite caía com sua breve misericórdia quando meu pai e eu chegamos ao pé do platô proibido onde, emergindo branca e nua da base da rocha, mais frágil que um caule que se alimenta da umidade mas que foi privado das provisões de água que silenciam embaixo da terra, retorcendo os braços como uma videira crepitando ao fogo, ela implorava a piedade de Deus.

"Ouve-a", disse meu pai. "Descobriu o essencial..."

Mas eu era criança e pusilânime.

"Talvez esteja sofrendo", respondi, "e talvez também esteja com medo...".

Continuou meu pai: "Ela já superou o sofrimento e o medo, que são doenças do estábulo, do humilde rebanho. Descobriu a verdade".

Ouvi sua queixa. Presa naquela noite sem fronteiras, ela invocava a lâmpada noturna do lar, o quarto que a teria acolhido e a porta que se fechara para ela. Entregue ao universo inteiro, que não mostrava nenhum rosto, ela invocava a criança beijada antes de dormir e que resume o mundo. Submetida, naquele platô deserto, à passagem do desconhecido, cantava o passo do esposo que indica o anoitecer na soleira da porta, reconhecido e tranquilizante. Estendida na imensidão e sem nada a que se agarrar, ela suplicava que lhe devolvessem os alicerces que permitem viver, o novelo de lã a tecer, a gamela a lavar, somente aquela, a criança a ninar e nenhuma outra. Ela suplicava a eternidade da casa, coberta com toda a aldeia pela mesma oração da noite.

CAPÍTULO III

DO ALTO DA TORRE MAIS ALTA da cidadela, descobri que nem o sofrimento nem a morte em Deus, nem mesmo o luto, deviam ser chorados.

Pois o morto cuja memória veneramos está mais presente e tem mais força que o vivo. Então compreendi a angústia dos homens e chorei pelos homens. E decidi curá-los.

Apiedo-me somente daquele que acorda na grande noite patriarcal, acreditando-se sob as estrelas de Deus, e que subitamente sente a viagem. Proíbo que o interroguem, pois sei que não existe resposta capaz de satisfazer. Aquele que interroga busca, acima de tudo, o insondável.

Condeno a inquietude que leva os ladrões ao crime, porque aprendi a lê-los por dentro e sei que não se salvam quando os salvamos de sua miséria. Pois se julgam cobiçar o ouro dos outros, estão enganados. O ouro brilha como uma estrela. Esse amor que não sabe da própria existência dirige-se a uma luz que nunca será capturada. Eles avançam de reflexo em reflexo, roubando bens inúteis, como o louco que, para capturar a lua, retira a água escura das fontes que a refletem. Eles avançam e atiram ao fogo efêmero das orgias a cinza inútil que roubaram. Depois voltam às vigílias noturnas, pálidos como antes de um encontro, imóveis com medo de assustar, imaginando ali residir aquilo que quem sabe um dia os satisfaça.

Este homem, se eu o libertar, continuará fiel a seu culto. E os meus soldados, pisando as folhas secas, amanhã o surpreenderão nos jardins de outro homem, com o coração batendo forte e pensando sentir, naquela noite, a fortuna se aproximar.

Por certo os cubro, primeiro, com meu amor, pois vejo neles mais fervor do que nos virtuosos em suas lojas. Mas sou um construtor de cidades. Decidi assentar os alicerces de minha cidadela. Detive a caravana em marcha. Ela não passava de um grão de areia no leito do vento. O vento leva a semente do cedro como um perfume. Resisto ao vento e enterro a semente, a fim de que os cedros cresçam para a glória de Deus.

O amor precisa encontrar seu objeto. Salvo apenas aquele que ama o que existe, e que pode ser saciado.

É por isso, também, que encerro a mulher no casamento e mando apedrejar a esposa adúltera. E por certo compreendo sua sede e o quanto é grande a presença que ela reclama para si. Sei lê-la por dentro, debruçada no terraço, quando a noite propicia milagres, cercada de todos os lados pelo mar alto do horizonte, e entregue, como a um carrasco solitário, ao suplício de ser frágil.

Sinto-a palpitante, deitada como uma truta na areia, esperando, como a plenitude da onda marinha, o manto azul do cavaleiro. Ela lança seu chamado à noite como um todo. Quem quer que surja a satisfará. Mas ela em vão passará de manto em manto, pois não existe homem capaz de saciá-la. A margem, para se refrescar, chama as ondas do mar, e as ondas se sucedem eternamente. Umas depois das outras, extinguem-se. De nada serve ratificar a mudança de esposo: quem prefere o acasalamento não conhecerá o verdadeiro encontro.

Salvo apenas aquela que pode viver e dispor-se em torno do pátio interno, como o cedro que se ergue ao redor da semente e encontra, nos próprios limites, seu desabrochar. Salvo aquela que não prefere a primavera, mas a ordem da flor que encerra a primavera; que não prefere o amor, mas um rosto particular invadido pelo amor.

É por isso que ou expurgo ou recolho essa esposa dissipada na noite. Disponho em volta dela, como fronteiras, o fogareiro, a chaleira e o prato de cobre, a fim de que, pouco a pouco, por meio desse conjunto, ela descubra um rosto reconhecível, familiar, um sorriso que só pode ser daqui. Este será, para ela, o lento surgimento de Deus. A criança então gritará para ser amamentada, a lã a ser tecida tentará seus dedos e a brasa exigirá seu sopro. A partir desse momento, ela terá sido capturada e estará pronta para servir. Pois sou aquele que constrói a urna em torno do perfume para que ele permaneça. Sou o sabor que preenche o fruto. Sou aquele que obriga a mulher a tomar forma e existir, para que mais tarde eu entregue a Deus, em seu nome, não o fraco suspiro disperso ao vento, mas o fervor, a ternura, o sofrimento particular...

Por muito tempo meditei sobre o sentido da paz. Ela vem das crianças nascidas, das colheitas feitas, da casa arrumada. Ela vem da eternidade das coisas plenas. Paz dos celeiros cheios, das ovelhas que dormem, dos lençóis dobrados, paz da perfeição, paz do que se torna presente a Deus, uma vez bem-feito.

Pois me pareceu que o homem era muito parecido com a cidadela. Ele derruba os muros para assegurar a liberdade, mas resta apenas uma fortaleza desmantelada e aberta às estrelas. Então começa a angústia que decorre do não ser. Que ele faça sua verdade do cheiro da videira que crepita ou da ovelha que ele deve tosar. A verdade é escavada como um poço. O olhar disperso perde a visão de Deus. O sábio que mantém o foco e que só conhece o peso das lãs conhece mais sobre Deus do que a esposa adúltera aberta às promessas da noite.

Cidadela, eu te construirei no coração do homem.

CAPÍTULO IIII

POIS DESCOBRI UMA GRANDE VERDADE: que os homens são habitantes, e que o sentido das coisas muda para eles segundo o sentido da casa. E que o caminho, o campo de cevada e a curva da colina mudam para o homem conforme constituam ou não um domínio. De repente, surge a matéria heterogênea que se aglutina e pesa no coração. E este não habita o mesmo universo, estando ou não no reino de Deus. Como se enganam os infiéis que riem de nós e que acreditam correr atrás de riquezas tangíveis, quando elas não existem. Pois se cobiçam esse rebanho, é por orgulho. E as alegrias do orgulho não são tangíveis.

E também os que acreditam descobrir meu território ao divisá-lo. Eles dizem: "Há carneiros, cabras, cevada, casas e montanhas, e o que mais?". E são pobres por não possuírem mais nada. E passam frio. Descobri que estes se assemelham àquele que esquarteja um cadáver. "A vida", ele diz, "fica à vista de todos: não passa de uma mistura de ossos, sangue, músculos e vísceras." Quando, na verdade, a vida é essa luz nos olhos que não pode mais ser lida nas cinzas. Quando, na verdade, meu território é muito mais que ovelhas, campos, casas e montanhas, é aquilo que os domina e os une. É a pátria do meu amor. E ficam felizes se sabem isso, pois habitam minha casa.

Os ritos são, no tempo, o que a casa é no espaço. É bom que o tempo que escorre não pareça gastar-nos e perder-nos, como o punhado de areia, mas tornar-nos plenos. É bom que o tempo seja uma construção. Avanço de festa em festa, de aniversário em aniversário, de vindima em vindima, assim como eu avançava, criança, da sala do conselho à sala de descanso, no denso palácio de meu pai, onde todos os passos tinham um sentido. Impus minha lei, que é como a forma dos muros e o arranjo de minha casa. O insensato veio me dizer: "Liberta-nos do teu jugo, nos tornaremos maiores". Mas eu sabia que eles perderiam o conhecimento de um rosto e, deixando de amá-lo, o conhecimento de si mesmos. Decidi, contra a vontade deles, enriquecê-los com seu amor. Pois eles me propunham, para passear mais à vontade, derrubar as paredes do palácio de meu pai, onde todos os passos tinham um sentido.

Era uma residência ampla, com uma ala reservada às mulheres e um jardim secreto onde cantava um jato de água. (E ordeno que a casa tenha um coração, para que seja possível aproximar-se e afastar-se de alguma coisa. Para que seja possível sair e entrar. Caso contrário, não se está em lugar nenhum. E não somos livres quando não estamos em algum lugar.)

Também havia celeiros e estábulos. Acontecia de os celeiros estarem vazios e os estábulos desocupados. Meu pai não deixava que usássemos os primeiros para os fins dos segundos. Ele dizia: "O celeiro é acima de tudo um celeiro, e não habitas uma casa quando não sabes mais onde estás. Pouco importa"; também falava: "um uso mais ou menos produtivo. O homem não é um gado no engorde, e o amor, para ele, é mais importante que o uso. Não se pode amar uma casa que não tenha rosto e onde os passos não tenham um sentido".

Havia uma sala reservada às grandes embaixadas, aberta ao sol somente nos dias em que a poeira era levantada pelos cavaleiros e, no horizonte, os grandes estandartes eram ondulados pelo vento como sobre o mar. Essa sala era deixada deserta quando da visita de pequenos príncipes sem importância. Havia a sala em que a justiça era administrada, e outra para onde eram levados os mortos. Havia a câmara vazia, que ninguém nunca soube o uso que tinha – e que talvez não tivesse nenhum, salvo ensinar o sentido do secreto e o fato de que nunca se pode penetrar todas as coisas.

E os escravos, que percorriam os corredores carregando seus fardos, deslocavam pesadas tapeçarias que arqueavam seus ombros. Eles subiam escadas, empurravam portas e desciam outras escadas, e, conforme estivessem mais perto ou mais longe do jato de água central, faziam-se mais ou menos silenciosos, até se tornavam inquietos como sombras à orla do espaço das mulheres, cuja visão por acidente lhes teria custado a vida. E as mulheres, por sua vez, tornavam-se calmas, arrogantes ou furtivas, conforme o lugar em que estivessem dentro da casa.

Ouço a voz do insensato: "Quanto espaço dilapidado, quanta riqueza inexplorada, quantos confortos perdidos por negligência! É preciso destruir essas paredes inúteis e nivelar essas pequenas escadas que complicam o caminhar. Assim o homem será livre". E respondo: "Assim os homens se tornarão um rebanho em praça pública e, com medo de tanto tédio, inventarão jogos estúpidos que de novo serão regidos por regras, mas por regras sem grandeza. Pois o palácio pode favorecer poemas. Que poema escrever sobre a tolice de um jogo de dados? Talvez eles ainda vivam por um bom tempo à sombra das paredes, cujos poemas os farão nostálgicos, depois a própria sombra se apagará e eles não os compreenderão mais".

Depois disso, com o que eles se alegrarão?

É o que acontece com o homem perdido em uma semana sem dias, ou em um ano sem festas, que não tem rosto. É o que acontece com o homem sem hierarquia e que inveja o vizinho quando este o supera em alguma coisa, e que se dedica a puxá-lo para baixo. Que alegria obterão do charco que vão constituir?

Recrio os campos de força. Construo barragens nas montanhas para conter as águas. Oponho-me, injusto, às tendências naturais. Restabeleço as hierarquias ali onde os homens se reuniriam como as águas, depois de misturadas ao charco. Reteso os arcos. Da injustiça de hoje crio a justiça de amanhã. Restabeleço as direções, ali onde cada um se estabelece e chama essa estagnação de felicidade. Desprezo as águas estagnadas por sua justiça e liberto aquele que foi instaurado por uma bela injustiça. E assim enobreço meu império.

Pois conheço seus raciocínios. Eles admiravam o homem que meu pai instituiu. Pensavam: "Como ousar contrariar um êxito tão perfeito?". E, em nome daquele que havia instituído tal coerção, eles acabaram com essa coerção. E enquanto durou nos corações, ela continuou agindo. Depois, pouco a pouco, foi esquecida. E aquele que eles queriam salvar morreu.

Por isso odeio a ironia, que não vem do homem mas do desgraçado. Uma vez que o desgraçado lhes diz: "Seus costumes, em outros lugares, são diferentes. Por que não mudá-los?". E também diria: "Quem os obriga a abrigar as colheitas no celeiro e os rebanhos nos estábulos?". Mas ele é que se deixa enganar pelas palavras, pois ignora aquilo que elas não podem conter. Ele ignora que os homens habitam uma casa.

Suas vítimas, que não sabem mais reconhecê-la, começam a desmantelá--la. Os homens dilapidam, dessa forma, seu bem mais precioso: o sentido das coisas.

Lembro do incrédulo que visitou meu pai:

"Ordenas que em tua casa rezem com rosários de 13 contas. Pouco importam as 13 contas, a salvação não será a mesma se mudares o número?".

E exaltou sutis razões para que os homens rezassem em rosários de 12 contas. Eu, criança, sensível à habilidade dos discursos, observei meu pai, duvidando da força de sua resposta; os argumentos invocados tinham me parecido brilhantes:

Continuava o outro: "Diga-me, qual o peso do rosário de 13 contas...".

Respondeu meu pai: "O rosário de 13 contas tem o peso de todas as cabeças que em seu nome mandei cortar...".

Deus iluminou o incrédulo, que se converteu.

CAPÍTULO IV

MORADA DOS HOMENS, quem te assentaria sobre o raciocínio? Quem seria capaz, seguindo a lógica, de te construir? Tu existes e não existes. Tu és e não és. És feita de materiais díspares, mas é preciso inventar-te para te descobrir. Como aquele que destruiu sua casa com a pretensão de conhecê-la e ficou apenas com um monte de pedras, tijolos e telhas, perdeu a sombra, o silêncio e a intimidade aos quais eles serviam, e não sabe o que esperar desse monte de tijolos, pedras e telhas, porque lhes falta a invenção que os domina, a alma e o coração do arquiteto. Pois falta à pedra a alma e o coração do homem. Mas como só existem raciocínios do tijolo, da pedra e da telha, e não da alma e do coração que os dominam e que os transformam, com seu poder, em silêncio, como a alma e o coração escapam às regras da lógica e às leis dos números, então surjo com meu arbítrio. Eu, o arquiteto. Eu, que tenho uma alma e um coração. Eu, que detenho o poder de transformar a pedra em silêncio. Venho e modelo essa massa, que não passa de matéria, segundo a imagem criadora que me vem só de Deus e externa aos caminhos da lógica. Erijo minha civilização, ávido pelo gosto que ela terá, como outros erigem poemas e desviam a frase e mudam as palavras, sem serem obrigados a justificar o desvio ou a mudança, ansiosos pelo gosto que ela terá, e que eles conhecem de cor.

Cidadela! Eu te construí como um navio. Com pregos e guarnições, depois soltei-te ao tempo, que nada mais é que um vento favorável.

Navio dos homens, sem o qual eles perderiam a eternidade!

Conheço, porém, as ameaças que pesam sobre meu navio. Sempre atormentado pelo mar escuro do exterior. E pelas outras imagens possíveis. Pois sempre é possível derrubar o templo e utilizar as pedras para construir outro. E o outro não é nem mais verdadeiro, nem mais falso, nem mais justo, nem mais injusto. E ninguém saberá do desastre, pois a qualidade do silêncio não está inscrita no monte de pedras.

É por isso que desejo que escorem solidamente as vigas mestras do navio. Para poder salvá-lo, de geração em geração, pois não embelezarei o templo se tiver que reiniciá-lo a cada instante.

CAPÍTULO V

É POR ISSO QUE DESEJO QUE ESCOREM solidamente as vigas mestras do navio. Construção de homens. Pois em volta do navio está a natureza cega, ainda não formulada e poderosa. E quem esquece a força do mar corre o risco de ficar exageradamente descansado.

Eles acreditam que a morada que lhes foi dada é absoluta em si mesma. Por mais que as evidências mudem, uma vez demonstradas. Quando se habita o navio, não se vê mais o mar. Ou, quando o mar é percebido, ele não passa de um ornamento do navio. Tal é o poder do espírito. O mar lhe parece feito para levar o navio.

Mas ele se engana.

Porque aquele que não presta mais atenção nem sabe mais que habita um navio já está como que desmantelado e logo verá jorrar o mar, cuja onda acabará com seus jogos imbecis.

Pois essa imagem de meu império me foi revelada quando eu e alguns de meus súditos estávamos em pleno mar a caminho de uma peregrinação.

Eles estavam presos a bordo de um navio em alto-mar. Eu, de vez em quando, passeava em silêncio entre eles. Agachados em volta de pratos de comida, amamentando crianças ou percorrendo as contas do rosário de orações, tinham se tornado habitantes do navio. O navio se fizera morada.

Eis que uma noite, porém, os elementos da natureza se sublevaram. Quando fui visitá-los, no silêncio do meu amor, vi que nada havia mudado. Eles cinzelavam anéis, fiavam a lã ou falavam em voz baixa, tecendo incansavelmente a comunidade de homens, a rede de laços que faz com que, quando algum deles morre, cada um tenha alguma coisa arrancada de si. Eu os ouvia falar, no silêncio do meu amor, sem prestar atenção no conteúdo das palavras, nas histórias de chaleiras e doenças, sabendo que não é no objeto que reside o sentido das coisas, mas na maneira de agir. Aquele ali, quando sorria com gravidade, fazia dom de si mesmo... e aquele outro, que se entediava, não sabia que era por temor ou ausência de Deus. Era assim que eu os contemplava no silêncio do meu amor.

Enquanto isso, a pesada escora do mar, do qual não havia nada a conhecer, penetrava-os com seus movimentos lentos e terríveis. Acontecia de, no alto de uma elevação, tudo flutuar numa espécie de ausência. O navio inteiro tremia, então, como se o casco tivesse sido fendido, já como um destroço, e, enquanto durasse essa fusão das realidades, eles paravam de rezar, de falar, de amamentar as crianças ou de cinzelar a prata. Mas a cada vez um estalido único, forte como um trovão, atravessava o madeirame de alto a baixo. O navio voltava a cair sobre si mesmo, pesando violentamente sobre os contrafortes, e o choque arrancava vômitos aos homens. Eles se apertavam uns contra os outros como dentro de um estábulo rangente sob o nauseante balanço das lâmpadas a óleo.

Mandei dizer-lhes, temendo que se angustiassem: "Que aqueles que trabalham a prata cinzelem um jarro. Que aqueles que preparam as refeições dos outros se esforcem mais. Que os válidos cuidem dos doentes. Que os que rezam mergulhem mais fundo na oração...".

E àquele que encontrei apoiado contra um pilar, lívido, escutando por entre as espessas calafetagens o canto proibido do mar: "Vá ao porão contar as ovelhas mortas. Em seu terror, elas sufocavam umas às outras...".

Ele respondeu:

"Deus está modelando o mar. Estamos perdidos. Posso ouvir as vigas mestras do navio estalando... Elas não devem se mostrar, pois são estruturas e armações. Como os alicerces do globo aos quais confiamos nossas casas e as filas de oliveiras e a docilidade das ovelhas de lã que ao anoitecer brotam lentamente a grama de Deus. É bom cuidar das oliveiras, das ovelhas e das refeições e do amor da casa. Mas é ruim quando a própria estrutura nos atormenta. Quando o que estava pronto volta a ser obra. Aqui, o que devia calar tomou a palavra. O que será de nós se as montanhas balbuciarem? Ouvi esse balbucio e não poderei esquecê-lo...".

" Que balbucio foi esse?", perguntei.

"Senhor, eu morava numa aldeia erigida sobre o dorso seguro de uma colina, bem plantada na terra e no céu, uma aldeia construída para durar e que durava. Um desgaste maravilhoso reluzia sobre a borda de nossos poços, sobre a pedra de nossas soleiras, sobre o parapeito curvo de nossas fontes. Até que, uma noite, alguma coisa despertou em nossa base subterrânea. Compreendemos que, sob nossos pés, a terra voltava a viver e se movimentar. O que estava pronto voltava a ser obra. E tivemos medo. Tivemos medo não tanto por nós mesmos quanto pelos objetos de nossos esforços. Pelas coisas que trocávamos no curso da vida. Eu era cinzelador, tive medo por meu grande jarro de prata, no qual trabalhava havia dois anos. Pelo qual eu havia trocado dois anos de vigília. Outro temia por seus tapetes de lã de qualidade, que havia tecido alegremente. Todos os dias ele os desenrolava ao sol. Tinha orgulho de ter colocado um pouco de sua pele seca naquela onda que parecia profunda. Outro teve medo pelas oliveiras que havia plantado. E afirmo que nenhum de nós temia a morte, mas todos tremíamos por pequenos objetos estúpidos. Descobríamos que a vida só faz sentido quando a trocamos aos poucos. A morte do jardineiro não lesa a árvore. Mas se a árvore for ameaçada, o jardineiro morrerá duas vezes. Também havia entre nós um velho contador de histórias que conhecia os mais belos contos do deserto. E que os havia embelezado. E que era o único a conhecê-los, não tendo descendentes. E quando a terra começava a afundar, ele tremia pelos pobres contos que nunca mais seriam cantados por ninguém. Mas a terra continuava a viver e se moldar, e uma grande maré ocre começava a se formar e a descer. E o que podemos dar de nós mesmos para embelezar uma maré em movimento que se vira lentamente e engole tudo? O que construir sobre esse movimento?

Em meio à pressão, as casas giravam lentamente e, sob o efeito de uma torção quase invisível, as vigas estouravam bruscamente como barris de pólvora. Ou então as paredes começavam a tremer até caírem de repente. E os sobreviventes perdiam sua significação. Menos o contador de histórias, que enlouqueceu e cantava.

Para onde estamos sendo levados? Esse navio afundará com o fruto de nossos esforços. Lá fora, sinto que o tempo passa em vão. Sinto o tempo passando. Ele não deve passar assim, perceptível, mas consolidar, amadurecer e envelhecer. Ele deve colher a obra, aos poucos. Agora, porém, o que ele tem para consolidar que venha de nós e que permaneça?"

CAPÍTULO VI

FUI PARA O MEIO DE MEU POVO pensando na troca que não é mais possível quando nada de estável permanece de uma geração à outra, e no tempo que escorre, inútil, como uma ampulheta.

Mas é preciso construir um grande caixão para receber o que restará deles. E o veículo para transportá-lo. Pois o que respeito acima de tudo é o que dura mais que os homens. Preservo, assim, o sentido de suas trocas. E constituo o grande tabernáculo ao qual eles revelam tudo de si mesmos.

Foi assim que, passeando entre os meus súditos no delta do anoitecer, quando tudo se desfaz, considerei-os em suas velhas roupas amassadas na soleira de seus humildes barracos, descansando de suas atividades de abelhas, menos interessado em suas pessoas do que na perfeição do favo de mel ao qual tinham colaborado ao longo de todo o dia. Meditei diante de um deles, que era cego e, além disso, tinha perdido uma perna. Era tão velho, tão moribundo, rangia como um móvel antigo a cada vez que se remexia, respondia bem devagar pois era muito idoso e perdia a clareza nas palavras, mas se tornava gradativamente mais luminoso e compreensivo no objeto de sua troca. Com suas mãos trêmulas, ele ainda somava seu trabalho, que se tornava um elixir cada vez mais sutil. E ele, escapando tão maravilhosamente de sua velha carne ressequida, tornava-se mais feliz e inatacável. Cada vez mais imperecível. Morrendo, sem saber, tinha as mãos cheias de estrelas...

Eles assim trabalharam a vida toda por um enriquecimento sem fruição, inteiramente permutados pelo incorruptível bordado... concedendo apenas uma parte do trabalho ao usufruto e todas as outras partes ao cinzelamento, à inútil qualidade do metal, à perfeição do desenho, à suavidade da curva, que não servem para nada exceto receber a parte permutada, que dura mais que a carne.

Ao longo de minhas extensas caminhadas, compreendi que a virtude da civilização de meu império não repousa na qualidade dos alimentos, mas na das exigências e no fervor do trabalho. Ela não está na posse, mas no dom. Civilizado, em primeiro lugar, é o artesão de que falo e que recria a si mesmo no objeto, e em contrapartida, eterno, cessa de temer a morte. Civilizado, também, é aquele que combate e permite a si mesmo pelo império. Mas esse outro se cerca sem benefício do luxo comprado aos mercadores, mesmo só alimentando seu olho de perfeição, quando não criou nada em primeiro lugar. Conheço as raças bastardas que não escrevem mais seus poemas mas os leem, que não cultivam mais o solo mas se apoiam sobre os escravos. É contra elas que as areias do sul preparam perpetuamente, em sua miséria criadora, as tribos vivas que conquistarão suas provisões mortas. Não gosto dos sedentários do coração. Os que não trocam nada não se tornam nada. A vida não terá servido para amadurecê-los. O tempo passa para eles como um punhado de areia e os perde. O que terei a entregar a Deus em nome deles? Conheci suas misérias quando o reservatório rompia-se antes de estar cheio. Pois a morte do antepassado que se tornou terra depois de ter-se entregue por inteiro é uma maravilha, e o instrumento enterrado é que se tornou inútil. Vi, em minhas tribos, crianças à beira da morte que expiravam sem nada dizer, os olhos semicerrados, concluindo um resto de brasa sob os cílios imensos. Deus, como o ceifador, às vezes ceifa as flores misturadas à cevada madura. E ao examinar sua colheita, rica em grãos, encontra esse luxo inútil.

"O filho de Ibrahim está morrendo", disse o povo. E segui a passos lentos, ignorado por eles, à casa de Ibrahim, sabendo que, atrás das ilusões da linguagem, é possível compreender quando nos encerramos no silêncio do amor. E eles não prestaram nenhuma atenção em mim, ocupados que estavam em ouvi-lo morrer.

Falava-se baixo dentro da casa, avançava-se deslizando as sapatilhas como se houvesse alguém com muito medo, que pudesse sair correndo ao menor som apenas perceptível. Ninguém ousava se mexer ou abrir e fechar as portas, como se houvesse uma chama tremeluzente acesa sobre uma fina camada de óleo. Quando o avistei, entendi que batia em retirada, por causa da respiração curta, dos pequenos punhos fechados, pregado que estava ao galope da febre, por causa dos olhos obstinadamente cerrados que se recusavam a enxergar. Vi-os em volta dele, tentando cativá-lo como se cativa um pequeno animal selvagem. Ofereciam-lhe, trêmulos, uma tigela de leite. Talvez sentisse vontade de beber leite e fosse detido por seu cheiro bom e o bebesse. Assim falariam com ele como com a gazela que vem comer na palma da mão. Entretanto, ele continuava sério e impassível. Mas não era de leite que ele precisava. As velhas, com toda suavidade, a mesma suavidade com que falavam com as pombas, começavam a cantar em voz baixa uma canção que ele havia amado – a das nove estrelas que se banham na fonte –, mas ele sem dúvida estava longe demais e não ouvia. Nem mesmo se virava em sua retirada. Tão infiel por morrer. Mendigavam-lhe ao menos esse gesto, o olhar que o viajante, sem diminuir o passo, lança ao amigo... um sinal de reconhecimento. Viravam-no na cama, secavam seu rosto suado, forçavam-no a beber – e tudo isso para quem sabe despertá-lo da morte.

Deixei-os, ocupados que estavam preparando armadilhas para que ele vivesse. Ah! Tão facilmente atordoados por aquela criança de nove anos. Estendendo-lhe brinquedos para cativá-lo pela alegria. Mas sua mãozinha os rejeitava, inexorável, quando os colocavam perto demais, como aquele que afasta os arbustos que diminuem o ritmo do galope.

Fui-me embora e virei-me para a porta. Havia, ali, um momento, uma claridade, um aspecto da cidade entre tantos outros. Uma criança chamada por engano havia sorrido, havia respondido ao chamado. Ela tinha acabado de se virar para a parede. Presença de criança mais frágil que uma presença de pássaro... e deixei que fizessem silêncio para cativar a criança que morria.

Caminhei ao longo da rua. Ouvia, atrás das portas, censuras às criadas. Arrumavam as casas, faziam as malas para a travessia da noite. Pouco importava que a censura fosse justa ou injusta. Escutava apenas o fervor. Mais adiante, ao lado da fonte, uma menininha chorava, o rosto enfiado nas mãos. Pousei suavemente a mão em seus cabelos e virei seu rosto em minha direção, mas não perguntei a causa de sua tristeza, sabendo muito bem que ela não podia conhecê-la. Pois a tristeza sempre decorre do tempo que transcorre e não forma seu fruto. Há a tristeza da fuga dos dias e do bracelete perdido, que é a do tempo que passa, há a da morte do irmão, que é a do tempo que não serve mais. Ela, quando tiver envelhecido, sentirá a tristeza da partida do amante, que será, sem que ela saiba, caminho perdido para o real, para a chaleira, para a casa bem fechada e para as crianças a amamentar. E o tempo subitamente passará inútil por ela como por uma ampulheta.

No entanto, uma mulher surgiu à porta, radiante, e olhou para mim de frente na plenitude de sua alegria, talvez por causa de um filho que havia dormido, de uma sopa perfumada ou de um simples retorno. E com tempo para si mesma. Passei na frente de meu sapateiro, que só tem uma perna, ocupado em embelezar com filigranas de ouro suas sapatilhas, e ouvi bem, apesar de ele não ter mais voz, que cantava:

"O que foi, sapateiro, que o deixou tão feliz?"

Não fiquei para ouvir a resposta, pois sabia que ele se enganaria e me falaria do dinheiro ganho, da refeição que o esperava ou do descanso. Não sabia que sua felicidade era transfigurar-se em sapatilhas de ouro.

CAPÍTULO VIII

POIS DESCOBRI ESTA OUTRA VERDADE. Vã é a ilusão dos sedentários, que acreditam poder viver em paz em suas casas, pois toda casa está ameaçada. O templo que construíste na montanha, submetido ao vento do norte, aos poucos foi se desgastando como uma antiga roda de prova e começa a soçobrar. E aquele cercado pelas areias logo será tomado por elas. Encontrarás em suas fundações um deserto estanque, como o mar. Assim como em qualquer construção e, principalmente, em meu indivisível palácio feito de ovelhas, cabras, casas e montanhas, aspectos de meu amor, mas que, morto o rei a que se resume esse rosto, se reduzirá de novo a montanhas, cabras, casas e ovelhas. Perdido, assim, na diversidade das coisas, ele não será mais que materiais aos montes entregues a novos escultores. Os do deserto virão refazer seu rosto. Com a imagem que levam no coração, eles virão ordenar, segundo o novo sentido, os antigos caracteres do livro.

Foi assim que eu mesmo agi. Noites suntuosas de minhas expedições de guerra, não poderia celebrar-vos demais. Tendo construído, sobre a virgindade da areia, meu acampamento triangular, subi em um monte para esperar que a noite se fizesse, e, medindo com os olhos a mancha negra pouco maior que uma praça de aldeia onde eu havia estacionado meus guerreiros, minhas cavalgaduras e minhas armas, meditei primeiro sobre sua fragilidade. Não há nada mais miserável, de fato, do que esse punhado de homens seminus sob seus véus azuis, ameaçados pela geada noturna onde as estrelas já estavam presas; ameaçados pela sede, pois era preciso levar os odres até o poço do nono dia; ameaçados pelo vento de areia que, quando se levanta, tem a força de uma revolta; ameaçados, por fim, pelos golpes que fazem a carne do homem amolecer como uma fruta, fazendo o homem servir apenas para ser descartado. Não há nada mais miserável que esses pacotes de tecido azul endurecidos pelo aço das armas, colocados a nu sobre uma extensão que os condena.

Mas de que me importava essa fragilidade? Eu os reunia e os impedia de se dispersarem e perecerem. Só de dispor para a noite minha figura triangular, eu a discernia do deserto. Meu acampamento se fechava como um punho. Vi o cedro crescer no meio do cascalho e salvar seus amplos galhos da destruição, pois tampouco existe sono para o cedro que combate noite e dia dentro de si mesmo e que se alimenta, num universo inimigo, dos próprios agentes de sua destruição. O cedro funda-se a cada momento. A cada instante fundava minha casa, para que ela durasse. E dessa união, que um simples sopro teria dispersado, tirava esse alicerce angular, irredutível como uma torre e permanente como um talha-mar. Com medo de que meu acampamento adormecesse e se perdesse no esquecimento, eu o flanqueava com sentinelas que recebiam os rumores do deserto. E assim como o cedro que aspira o cascalho para transformá-lo em cedro, meu acampamento se alimentava das ameaças vindas de fora. Bendita seja a troca noturna, benditos sejam os mensageiros silenciosos, os quais ninguém ouve chegar, que surgem ao lado das fogueiras e se agacham para contar do avanço dos que progridem ao norte ou da passagem das tribos ao sul em busca de seus camelos roubados ou dos rumores de um assassinato e dos projetos dos que calam sob seus véus e meditam sobre a noite a chegar. Tu ouviste os mensageiros que vêm contar seu silêncio! Benditos sejam os que surgem ao redor de nossas fogueiras tão bruscamente, com palavras tão fúnebres que as fogueiras logo são enterradas na areia e os homens mergulham, de barriga, sobre seus fuzis, ornando o acampamento com uma coroa de pólvora.

Pois a noite, recém-feita, torna-se fonte de prodígios!

A cada anoitecer, portanto, considerava meu exército parado na amplidão como um navio, imóvel, sabendo muito bem que o dia o revelaria intacto e inflamado, como os galos, pelo júbilo do despertar. Então, enquanto as cavalgaduras eram equipadas, ouviam-se estouros de vozes que ecoavam na manhã fresca como uma fanfarra. Assim os homens, de certa forma embriagados pelo licor do dia nascente, enchem os pulmões novamente e saboreiam o acre prazer da amplidão.

Eu os levava ao oásis a ser conquistado. Quem não compreendesse os homens teria procurado no próprio oásis a religião do oásis. Mas os habitantes do oásis ignoram sua morada. E é dentro de uma razia invadida pela areia que é importante descobri-la. Eu lhes ensinava esse amor.

Eu lhes dizia: "Vocês encontrarão a grama perfumada, o canto das fontes e das mulheres de longos véus coloridos que fugirão assustadas como um bando de corças ágeis, mas dóceis de apreender, feitas como elas para a captura...".

Eu lhes dizia: "Elas acreditam que odeiam vocês, e, para repeli-los, usarão dentes e unhas. Para domesticá-las, porém, bastará emaranhar seus punhos nos cachos azuis das cabeleiras delas!".

Eu lhes dizia: "Bastará que vocês exerçam sua força com suavidade para mantê-las imóveis. Elas fecharão os olhos para ignorá-los, mas o silêncio de vocês pesará sobre elas como a sombra de uma águia. Então elas acabarão abrindo os olhos e vocês os encherão de lágrimas.

Vocês terão sido a imensidão, como elas poderão esquecê-los?".

E dizia, para concluir e exaltá-los rumo a esse paraíso:

"Vocês verão, lá, palmeiras e pássaros de todas as cores... O oásis se entregará a vocês, que carregam no coração a religião do oásis, ao passo que aqueles que vocês expulsarem dele não serão mais dignos. As próprias mulheres, lavando a roupa no riacho que canta sobre pequeninas pedras arredondadas e brancas, pensam estar cumprindo um triste dever universal quando celebram uma festa. Mas vocês, que foram endurecidos pelas areias, ressecados pelo sol e salgados pela crosta ardente das salinas, casarão com elas e, com os punhos nas ancas, vendo-as lavar a roupa na água azul, poderão saborear sua vitória.

Vocês que hoje vivem na areia como o cedro, graças aos inimigos que os cercam e endurecem, viverão no oásis, tendo-o conquistado, se o oásis não for para vocês o abrigo onde nos encerramos e esquecemos, mas uma vitória permanente sobre o deserto.

Vocês os venceram porque eles se fecharam no próprio egoísmo, satisfeitos com as provisões que tinham. Eles viam na coroa de areia que os sitiava apenas um ornamento para o oásis, rindo dos inoportunos que tentavam alarmá-los para que no meio daquela pátria de fontes as sentinelas que adormeciam fossem substituídas.

Eles estagnavam na ilusão da felicidade que tiravam dos bens possuídos. Ao passo que a felicidade é o calor dos atos e o contentamento da criação.

Os que não trocam mais nada de si e recebem do outro seu alimento, ainda que muito bem escolhido e delicado, os mesmos que, sutis, ouvem os poemas estrangeiros sem escrever seus próprios poemas, usufruem do oásis sem vivificá-lo, utilizam os cânticos que lhes são fornecidos, prendem-se às manjedouras dos estábulos e, reduzidos ao papel de gado, tornam-se prontos para a escravidão".

Disse: "Depois de conquistado o oásis, nada de essencial mudará para vocês. Ele não passa de outra forma de acampamento no deserto. Pois meu império é ameaçado de todos os lados. Sua matéria nada mais é que um ajuntamento familiar de cabras, ovelhas, casas e montanhas, mas se o nó que os mantém unidos for rompido, restarão apenas materiais amontoados e expostos à pilhagem".

CAPÍTULO VIIII

PARECEU-ME QUE ELES SE ENGANAVAM sobre o respeito. Eu mesmo me preocupei exclusivamente com os direitos de Deus por meio dos homens. Sempre concebi o mendigo, sem exagerar sua importância, como um embaixador de Deus.

Mas nunca reconheci os direitos do mendigo, da úlcera do mendigo e da fealdade do mendigo, cultuados por eles próprios como ídolos.

ANTOINE DE SAINT-EXUPÉRY

Nunca visitei nada mais repugnante que o bairro construído na encosta de uma colina, que escorria como um esgoto até o mar. Os corredores que levavam às ruelas exalavam, em úmidas baforadas, um cheiro fétido. A escória só emergia dessas profundezas esponjosas para injuriar-se com voz gasta, sem raiva verdadeira, como as bolhas que estouram regularmente na superfície dos pântanos.

Vi um leproso rindo copiosamente e enxugando os olhos com um pano sórdido. Era vulgar, acima de tudo, e zombava de si mesmo com baixeza. Meu pai determinou o incêndio do local. E a multidão apegada às espeluncas mofadas começou a fervilhar, clamando por seus direitos. O direito à lepra em meio ao mofo.

"É natural", me disse meu pai, "pois a justiça, para eles, consiste em perpetuar o que existe."

Eles exigiam o direito à podridão. Pois, criados pela podridão, eram a favor dela.

Falou meu pai: "Se deixares os hipócritas se multiplicarem, nascerão os direitos dos hipócritas. Que são evidentes. E nascerão vozes para celebrá-los. E elas cantarão quão grande é o patético dos hipócritas ameaçados de extinção".

"Ser justo...", continuou ele, "é preciso escolher. Justo para o arcanjo ou justo para o homem? Justo para a chaga ou justo para a carne sã? Por que eu daria ouvidos àquele que vem falar em nome de sua pestilência?

No entanto, cuidarei dele por Deus. Pois ele também é morada de Deus. Mas não segundo seu desejo, que é apenas o desejo expresso pela úlcera.

Depois de o ter limpado, lavado e ensinado, seu desejo será outro e ele renegará a si tal como era. E por que eu serviria de aliado àquele que ele mesmo terá renegado? Por que eu o teria, segundo o desejo do leproso vulgar, impedido de nascer e se embelezar?

Por que tomar o partido do que é contra o que será? Do que vegeta contra o que permanece em potência?"

Disse meu pai: "A justiça, a meu ver, consiste em honrar o depositário em função do depósito. Assim como honro a mim mesmo. Pois ele reflete a mesma luz. Por menos visível que ela seja nele. A justiça consiste em considerá-lo como veículo e como caminho. Minha caridade consiste em pari-lo de si mesmo.

Mas nesse esgoto que mergulha no mar, entristeço-me diante dessa podridão. Deus anda tão desfigurado... Espero deles o sinal que me mostrará o homem e nunca o recebo".

Falei a meu pai: "No entanto, vi um ou outro dividindo o pão e ajudando o mais podre que ele a descarregar a bolsa, ou se compadecer de uma criança doente...".

Ele respondeu: "Eles compartilham tudo, e dessa barafunda fazem sua caridade. Aquilo que chamam caridade. Eles dividem. Mas nesse pacto, que os chacais também sabem fazer em torno de uma carcaça, querem celebrar um grande sentimento. Querem nos fazer acreditar que há nisso doação! Mas o valor da dádiva depende daquele a quem a dirigimos! Aqui, ao mais baixo. Como o álcool ao bêbado que bebe. Essa dádiva é doença. Mas quando é saúde o que doo, corto desta carne... e ela me odeia".

A caridade, no sentido de meu império, é colaboração.

Entretanto, também sentia a bondade de meu pai. Dizia ele: "Aquele que teve um grande papel, aquele que foi honrado não pode ser aviltado. Aquele que reinou não pode ser privado de seu reino, não se pode transformar em mendigo aquele que dava aos mendigos, pois o que se perde, aqui, é algo como a armação e a forma do navio. É por isso que aplico castigos na medida dos culpados. Os que acreditei precisar enobrecer, executo-os mas não os reduzo à condição de escravos, caso tenham fraquejado. Encontrei um dia uma princesa que era lavadeira de roupa. As companheiras riam dela: 'Onde está tua realeza, lavadeira? Podias mandar corta cabeças e agora, impunemente, podemos macular-te com nossas injúrias... Isso é justiça!' Pois a justiça, para elas, era compensação.

E a lavadeira se calava. Talvez humilhada por si mesma, mas principalmente por algo maior que ela. A princesa inclinava-se, toda rígida e branca, sobre seu lavadouro. E as companheiras impunemente a empurravam com os cotovelos. Nada nela incitava à falação, pois tinha o rosto bonito, gestos reservados e era silenciosa; compreendi que as companheiras não

ANTOINE DE SAINT-EXUPÉRY

zombavam da mulher, mas de sua decadência. Pois aquele que foi invejado, quando cai sob as garras do outro, é devorado. Mandei chamá-la, portanto: 'Não sei nada de ti, apenas que reinaste. A datar de hoje, terás direito de vida e de morte sobre tuas companheiras de lavadouro. Reconduzo-te a teu reino. Vai'.

E quando ela voltou a seu lugar acima da turba vulgar, recusou-se justamente a se lembrar das ofensas. E as mulheres do lavadouro, não tendo mais que alimentar seus movimentos interiores com a decadência dela, alimentavam-nos com a nobreza dela e a veneraram. Elas organizaram grandes festas para celebrar seu retorno à realeza e se prostravam quando ela passava, enobrecidas por terem-na outrora tocado com o dedo".

"É por isso", dizia meu pai, "que não submeterei os príncipes às injúrias do populacho ou à grosseria dos carcereiros. Mas mandarei cortar suas cabeças num grande circo com cornetas de ouro."

Falava meu pai: "Aquele que rebaixa, o faz porque é baixo".

E continuou: "Um chefe nunca será julgado pelos subalternos".

 CAPÍTULO IX

ASSIM FALAVA MEU PAI:

"Obriga-os a construir juntos uma torre e tu os transformarás em irmãos. Mas se quiseres que se odeiem, joga-lhes sementes".

Ele também dizia:

"Vi dançarinas comporem sua dança. A dança, uma vez criada e dançada, não produz frutos com seu trabalho, para fazer provisões. A dança passa como um incêndio. No entanto, chamo de civilizado o povo que compõe suas danças, mesmo que não haja colheitas e celeiros para elas. E chamo de bruto o povo que alinha objetos nas prateleiras, mesmo os mais refinados, nascidos do trabalho dos outros, ainda que ele se mostre capaz de se embriagar com sua perfeição".

"O homem", expunha meu pai, "é acima de tudo aquele que cria. E só os homens que colaboram são seus irmãos. E só podem viver os que não encontraram a paz nas provisões que eles tinham feito."

Um dia fizeram-lhe uma objeção.

"O que chamas criar? Pois se falas de uma invenção digna de nota, poucos são capazes de chegar a ela. Estás falando apenas para alguns, mas e os outros?"

Meu pai respondeu-lhes:

"Criar talvez signifique perder esse passo na dança. É bater de viés o golpe de cinzel na pedra. Não importa o destino do gesto. Esse esforço te parece estéril, cego que ficas com o nariz grudado nele. Recua. Considera de longe o movimento desse bairro da cidade. Não verás mais que um grande fervor e a poeira dourada do trabalho. Os gestos falhados, não os perceberás mais. Pois o povo debruçado sobre a obra, bem ou mal, edifica palácios, cisternas e grandes jardins suspensos. Suas obras nascem necessariamente como do encantamento de seus dedos. Acredita, elas nascem tanto dos que erram seus gestos quanto dos que os acertam, porque não podes dividir o homem, e se salvares apenas os grandes escultores, serás privado de grandes escultores. Quem seria louco o bastante para escolher um ofício que desse tão poucas chances de vida? O grande escultor nasce do substrato dos maus escultores. Eles lhe servem de degrau e o elevam. E a bela dança nasce do fervor de dançar. E o fervor de dançar exige que todos dancem – mesmo os que dançam mal –, caso contrário não existirá fervor mas academia petrificada e espetáculo sem significado.

Não condene os erros à maneira do historiador julgando uma era já encerrada. Mas quem censurará ao cedro por não ser apenas uma semente, um caule ou um galho crescendo de viés? Deixa estar. De erro em erro se erguerá a floresta de cedros que distribuirá, nos dias de grande vento, o cumprimento de seus pássaros".

E meu pai dizia para concluir:

"Eu já te disse. O erro de um, o acerto de outro, não te preocupes com essas divisões. A única coisa fértil é a grande colaboração de um por meio do outro. O gesto falhado serve ao gesto acertado. E o gesto acertado mostra àquele que falhou o objetivo que, juntos, eles buscavam. Aquele que encontra Deus o encontra para todos. Pois meu império é como um templo e eu solicitei os homens. Convidei os homens a construí-lo. Assim, o templo é deles. E o surgimento do templo recebe deles sua mais alta significação. E eles inventam as douraduras. E aquele que procurava por elas sem sucesso também as inventa. Pois é desse fervor que as douraduras nasceram em primeiro lugar".

Ele disse, em outro momento:
"Não inventa um império onde tudo seja perfeito. Porque o bom gosto é uma virtude de guarda de museu. Se desprezares o mau gosto, não terás nem pintura, nem dança, nem palácio, nem jardins. Te farás de difícil por temer o trabalho sujo da terra. Serás privado dele pelo vazio de tua perfeição. Inventa um império onde simplesmente tudo seja fervoroso".

 # CAPÍTULO X

MEUS EXÉRCITOS ESTAVAM CANSADOS, como se tivessem carregado um fardo pesado. Meus capitães vinham me ver:
"Quando voltaremos para casa? O amor das mulheres dos oásis conquistados não vale o amor de nossas mulheres".
Um deles me disse:
"Senhor, sonho com aquela que é feita de meu tempo, de minhas disputas. Gostaria de voltar e semear à vontade. Senhor, existe uma verdade que não sei mais aprofundar. Deixe-me germinar no silêncio de minha aldeia. Sinto a necessidade de meditar sobre minha vida".
Compreendi que eles precisavam de silêncio. Somente no silêncio a verdade de cada um se estabelece e cria raízes. Pois o tempo, em primeiro lugar, conta como no aleitamento. E o próprio amor materno é, em primeiro lugar, aleitamento. Quem vê o filho crescendo? Ninguém. São os que vêm de fora que dizem: "Como cresceu!". Mas nem a mãe nem o

pai o viram crescer. Ele se transformou, com o tempo. E ele era a cada instante o que viria a ser.

Eis que os meus homens precisavam de tempo, ainda que apenas para compreender uma árvore. Para sentar no degrau da entrada de casa, diante da mesma árvore com os mesmos galhos. Pouco a pouco, a árvore revela-se. Pois o poeta, uma noite junto ao fogo, no deserto, falava apenas sobre sua árvore. E meus homens, dos quais muitos conheciam apenas o capim, as palmeiras e os espinheiros, ouviam atentos. Ele dizia: "Vocês não sabem o que é uma árvore. Eu vi uma que tinha crescido por acaso dentro de uma casa abandonada, um abrigo sem janelas, e que tinha saído em busca de luz. Assim como o homem precisa estar impregnado de ar e a carpa precisa estar impregnada de água, a árvore precisa estar impregnada de claridade. Pois fixada na terra por suas raízes, fixada nos astros por seus galhos, ela é o caminho da troca entre as estrelas e nós. Essa árvore, que nasceu cega, havia estendido durante a noite sua potente musculatura, tateando de parede em parede, titubeando, e o drama ficou impresso em seus galhos retorcidos. Depois, tendo quebrado uma lucarna em busca do sol, ela havia irrompido reta como uma coluna, enquanto eu assistia, com o recuo do historiador, aos movimentos de sua vitória.

Contrastando maravilhosamente com os nós obtidos com o esforço de seu tronco dentro de um ataúde, ela desabrochava em meio à calma, estendendo amplamente, como uma mesa, sua folhagem, onde o sol era servido, amamentada pelo próprio céu, alimentada pelos deuses.

E eu a via todos os dias ao alvorecer, despertando da copa à base. Pois ela estava cheia de pássaros. E desde o alvorecer começava a viver e cantar, pois, uma vez nascido o sol, ela soltava suas provisões no céu como um velho e bondoso pastor. Minha árvore casa, minha árvore castelo, que ficava vazia até o anoitecer…".

Ele falava assim e sabíamos que é preciso olhar para a árvore por um longo tempo para que ela nasça dentro de nós. Todos invejavam aquele que levava no coração essa massa de folhagens e pássaros.

"Quando acabará a guerra?", eles me perguntavam. "Nós também queremos compreender alguma coisa. Chegou nossa hora de evoluirmos…"

E quando um deles capturava uma raposa do deserto ainda jovem e conseguia alimentá-la com as mãos, ou gazelas, quando elas condescendiam em não morrer, a raposa tornava-se a cada dia mais preciosa para ele, com seus pelos sedosos, sua esperteza e, principalmente, sua necessidade de alimento, que exigia tão imperiosamente a solicitude do guerreiro. E este vivia da vã ilusão de transmitir ao pequeno animal alguma coisa sua, como se o outro fosse alimentado, formado e constituído por seu amor.

Até que um dia a raposa chamada pelo amor fugia para a areia, esvaziando o coração do homem de uma só vez. Vi um homem morrer por não ter-se defendido com firmeza durante uma emboscada. Veio-me à mente, ao ficarmos sabendo de sua morte, a frase misteriosa que ele havia pronunciado depois da fuga de sua raposa, quando os companheiros, adivinhando-o melancólico, haviam-lhe sugerido que capturasse outra: "É preciso paciência demais", ele havia dito, "não para capturá-la, mas para amá-la".

Eles estavam cansados das raposas e das gazelas, portanto, tendo compreendido a inutilidade de suas trocas, pois uma raposa que foge por amor não enriquece o deserto com elas.

 CAPÍTULO XI

ENGANAVAM-SE, MAS O QUE EU podia fazer? Quando a fé se apaga é Deus que morre e se revela inútil. Quando o fervor se esgota é o próprio império que se decompõe, pois ele é feito de seu fervor. Não que ele seja enganoso em si. Contudo, se chamo de domínio as fileiras de oliveiras e a cabana onde os homens se abrigam, e se aquele que os contempla sente amor e os guarda em seu coração, se ele chegar a ver apenas simples oliveiras entre outras e, entre elas, uma cabana perdida que não tem mais significado que o de proteger da chuva, então quem salvaria o domínio de ser vendido e dispersado? Pois essa venda não mudaria nada nem na cabana nem nas oliveiras! A única coisa que conta para o homem é o sentido das coisas.

Conheço bem o ferreiro de minha aldeia, que veio até mim e disse:

"Pouco importa o que não me diz respeito. Se tenho meu chá, meu açúcar, meu jumento bem alimentado e minha mulher a meu lado, se minhas crianças crescem em idade e em virtude, então estou plenamente satisfeito e não peço mais nada. Por que esses sofrimentos?". Como ele seria feliz se está sozinho no mundo, em sua casa? Se mora com a família numa tenda perdida no meio do deserto? Obrigo-o, portanto, a se corrigir: "Quando encontras ao anoitecer outros amigos de outras tendas, quando eles têm alguma coisa a contar e trazem notícias do deserto...". Pois eu vi vocês, não esqueçam! Vi-os em torno das fogueiras noturnas, assando a ovelha ou a cabra, e ouvi o estouro de suas vozes. A passos lentos e no silêncio do meu amor, me aproximei. Vocês falavam de seus filhos, do que cresceu e do que está doente, vocês falavam da casa, por certo, mas sem insistir demais. E só começavam a se animar quando o viajante, que desembarcava da caravana distante, sentava-se e explicava as maravilhas de longe e os elefantes brancos de um príncipe e o casamento, a mil quilômetros, de uma mulher de quem vocês mal sabiam o nome. Ou ainda o rebuliço dos inimigos. Ou quem falava sobre o cometa ou um confronto ou um amor ou uma coragem diante da morte ou um ódio contra vocês ou uma grande solicitude. Vocês então ficavam cheios de espaço e ligados a tantas coisas que sua tenda amada, odiada, ameaçada e protegida enchia-se de significado. Ficavam presos numa rede miraculosa que os transformava em mais vastos que vocês mesmos...

Pois vocês precisam de um espaço que somente a linguagem pode conferir.

Lembro o que aconteceu quando meu pai instalou três mil refugiados berberes num acampamento ao norte da cidade. Ele não queria que eles se misturassem com os nossos. Como ele era bom, alimentou-os e proveu-os de peles, açúcar e chá. Sem exigir seu trabalho em troca dos dons de sua magnificência. Assim, eles não precisariam mais se preocupar com a subsistência e cada um poderia dizer: "Pouco importa o que não me diz respeito. Se tenho meu chá, meu açúcar, meu jumento bem alimentado e minha mulher a meu lado, se minhas crianças crescem em idade e em virtude, então estou plenamente satisfeito e não peço mais nada...".

Mas quem poderia acreditá-los felizes? Às vezes íamos visitá-los, quando meu pai queria me ensinar algo. Ele dizia: "Vê bem, eles se tornam como o gado e começam suavemente a apodrecer... não na carne, mas no coração". Porque tudo perdia o significado para eles. Mesmo que não jogues tua fortuna nos dados, é bom, mesmo que os dados possam significar em sonhos domínios e rebanhos, barras de ouro, diamantes que não possuis. Que são de outro lugar. Mas chega a hora em que os dados não podem representar mais nada. E não existe mais nenhum jogo possível. Nossos protegidos não tinham mais nada a se dizer. Tinham gastado suas histórias de família, todas semelhantes entre elas. Tinham parado de descrever suas tendas uns aos outros porque todas as suas tendas eram iguais. Tinham parado de temer e de esperar, e de inventar. Ainda usavam a linguagem para fins rudimentares: "Empreste-me o aquecedor", alguém podia dizer. "Onde está meu filho?", podia falar o outro. O que teria desejado a Humanidade deitada na liteira, embaixo da manjedoura? Em nome de que teria combatido? Pelo pão? Eles o recebiam. Pela liberdade? Nos limites de seu universo, eles eram infinitamente livres. Afogados na liberdade desmesurada que esvazia alguns ricos de suas entranhas. Para triunfar sobre os inimigos? Mas eles não tinham mais inimigos!

Meu pai me disse:

"Podes vir com um chicote e atravessar o acampamento, sozinho, fustigando-os no rosto, não despertarás neles mais do que despertarias numa matilha de cães, que rosna recuando e gostaria de morder. Mas nenhum se sacrificará e não serás mordido. E cruzarás teus braços diante deles. E tu os desprezarás...".

Ele também dizia:

"São carcaças de homens. Mas homens já não há. Eles podem te assassinar covardemente, pelas costas, pois a corja é perigosa. Mas eles não sustentarão teu olhar".

No entanto, a discórdia instalou-se entre eles como uma doença. Uma discórdia incoerente que não os dividia em dois campos, mas que os colocava todos contra todos, pois quem comia sua parte das provisões os estaria espoliando. Eles vigiavam uns aos outros como cães girando em torno da manjedoura, e em nome de sua justiça cometeram assassinatos, pois sua justiça era em primeiro lugar igualdade. E quem se distinguisse em qualquer coisa que fosse era esmagado pela maioria.

Expôs meu pai: "A massa odeia a imagem do homem, pois a massa é incoerente, ela cresce para todos os lados ao mesmo tempo e anula o esforço criativo. É ruim que o homem esmague o rebanho, por certo. Mas não procures aí a grande escravidão: ela se mostra quando o rebanho esmaga o homem".

Assim, em nome de direitos obscuros, os punhais que perfuravam os ventres alimentavam cadáveres a cada noite. E, assim como se esvazia o lixo, ao alvorecer eles eram arrastados até as margens do acampamento, onde nossas charretes os levariam embora como um serviço de limpeza. Eu me lembrava das palavras de meu pai: "Se queres que eles sejam irmãos, obriga-os a construir uma torre. Mas se queres que se odeiem, joga-lhes sementes".

E constatamos, pouco a pouco, que eles perdiam o uso das palavras que não precisavam mais. Meu pai me levava para passear por aqueles rostos ausentes que nos olhavam sem nos conhecer, aparvalhados e vazios. Emitiam apenas os grunhidos de quem reclama o alimento. Eles vegetavam sem remorsos, sem desejos, sem ódio, sem amor. E logo deixaram de se lavar e de matar os parasitas, que se propagaram. Então, começaram a aparecer os cancros e as úlceras. E o acampamento começou a empestar o ar. Meu pai temia a peste. E sem dúvida também pensava na condição do homem.

"Acabarei despertando o arcanjo que dorme sufocado sob o esterco. Pois não os respeito, mas por meio deles respeito Deus..."

CAPÍTULO XII

MEU PAI ENVIOU UM CANTOR a essa humanidade putrefata. O cantor sentou-se na praça ao anoitecer e começou a cantar. Cantou as coisas que ecoam umas nas outras. Cantou a princesa maravilhosa que só pode ser alcançada depois de 200 dias de marcha na areia sem poços, sob o sol. Quando a ausência de poços torna-se sacrifício e embriaguez de amor. E a água dos odres torna-se oração, pois leva à bem-amada. Ele dizia: "Eu desejava o palmeiral e a chuva suave... mas sobretudo aquela que eu esperava me recebesse com um sorriso... e eu não sabia mais distinguir minha febre de meu amor...".

Eles tiveram sede da sede e, estendendo os punhos na direção de meu pai: "Celerado! Tu nos privaste da sede que é embriaguez do sacrifício de amor!".

Ele cantou a ameaça que reina depois que a guerra é declarada e transforma a areia em ninho de cobras. Quando cada duna adquire um poder de vida e de morte. E eles tiveram sede do risco de morte que anima as areias. Ele cantou o prestígio do inimigo esperado de todos os lados, passando de uma ponta à outra do horizonte, como um sol que não se soubesse onde vai surgir! E eles tiveram sede de um inimigo que os tivesse cercado com sua magnificência, como o mar.

Quando eles tiveram sede do amor vislumbrado como um rosto, os punhais saíram das bainhas. E eles choraram de alegria acariciando seus sabres! Suas armas esquecidas, enferrujadas, degradadas, mas que lhes pareceram uma espécie de virilidade perdida, pois são as únicas que permitem ao homem criar o mundo. Foi esse o sinal da rebelião, que foi bela como um incêndio!

Todos morreram como homens!

CAPÍTULO XIIII

FOI ASSIM QUE EXPERIMENTAMOS o canto dos poetas sobre o exército que começava a se dividir. Mas podia acontecer o prodígio de os poetas serem ineficazes e os soldados rirem deles.

"Cantem-nos nossas verdades", eles diziam. "O jato de água de nossa casa e o perfume de nossa sopa noturna. Que nos importam esses disparates?"

Foi então que aprendi esta outra verdade: que o poder perdido nunca é reencontrado. E que a imagem do império havia perdido a fertilidade. Pois as imagens morrem como as plantas quando seu poder se gastou e tornam-se nada mais que matérias mortas em dispersão e húmus para as plantas novas. Afastei-me para refletir sobre esse enigma. Porque não existe o mais verdadeiro e o menos verdadeiro. Existe o mais eficaz e o menos eficaz. E eu não tinha mais nas mãos o nó milagroso da diversidade. Ele me escapava. E meu império se degradava sozinho. Quando a tempestade quebra os galhos do cedro, o vento de areia o resseca e ele cede ao deserto, não é porque a areia tornou-se mais forte, mas porque o cedro já renunciou e abriu a porta aos bárbaros.

Quando um cantor cantava, acusavam-no de exagerar sua emoção. É verdade que o patético soava falso e nos parecia de outra época. Será que ele próprio acredita, perguntavam, no amor que canta pelas cabras, pelas ovelhas, pelas casas, pelas montanhas, que não passam de objetos díspares? Será que ele acredita no amor que canta pelos meandros dos rios que não ameaçam os acasos da guerra e que não merecem seu sangue? É verdade que os cantores tinham pouca consciência, como se contassem fábulas grosseiras a crianças que não fossem crédulas o suficiente...

Meus generais, em sua sólida estupidez, me questionavam: "Por que nossos homens não querem mais combater?". Como se perguntassem, escandalizados: "Por que não querem mais ceifar o trigo?". Eu mudava a pergunta, que assim feita não fazia sentido. Não era uma questão de ofício. Eu me perguntava, no silêncio do meu amor: "Por que eles não querem mais morrer?". E minha sabedoria procurava uma resposta.

Ninguém morre por ovelhas, nem por cabras, casas ou montanhas. Pois os objetos subsistem sem que nada lhes seja sacrificado. No entanto, morre-se para salvar o invisível nó que os mantém unidos e que os transforma em domínio, em império, em rosto reconhecível e familiar. Damos nossas vidas por essa unidade, pois a constituímos também ao morrer. A morte compensa por causa do amor. O homem que lentamente trocou sua vida pela obra bem-feita, que dura mais que a vida, pelo templo que abre caminho pelos séculos, também aceita morrer quando seus olhos sabem distinguir o palácio da diversidade dos materiais, e quando ele é ofuscado por sua magnificência e deseja fundir-se a ela. Pois é recebido por algo maior que ele e se entrega a seu amor. Como eles aceitariam trocar suas vidas por interesses vulgares? O interesse ordena, acima de tudo, viver. Não importava o que os cantores fizessem, eles ofereciam a meus homens uma moeda falsa em troca de seu sacrifício.

Aqui e ali, erguiam-se falsos profetas, que reuniam alguns homens. E os fiéis, apesar de raros, animavam-se e dispunham-se a morrer por suas crenças. Mas essas crenças não valiam nada para os outros. E todas as crenças opunham-se umas às outras. E pequenas igrejas que se odiavam eram erigidas, tendo o costume de dividir tudo em erro e verdade. O que não é verdade é erro, e o que não é erro é verdade. Mas eu, que sei muito bem que o erro não é o contrário da verdade, mas outro arranjo das coisas, outro templo construído com as mesmas pedras, nem mais verdadeiro nem mais falso, apenas diferente, vendo-os dispostos a morrer por verdades ilusórias, sentia meu coração sangrar. E dizia a Deus: "Não podes me ensinar uma verdade que domine as verdades particulares deles e que receba todas em seu seio? Pois se dessas ervas que se entredevoram eu fizer uma árvore animada por uma única alma, para que um ramo cresça da prosperidade do outro e toda a árvore se torne apenas prodigiosa colaboração e florescimento sob o sol, não terei o coração grande o suficiente para contê-las?".

Havia também a ridicularização dos virtuosos e o triunfo dos mercadores. Vendia-se. Alugavam-se virgens. Pilhavam-se provisões de cevada que eu havia reservado para os períodos de escassez. Matava-se. Mas eu não era tão ingênuo a ponto de acreditar que o fim do império se devia a esse fracasso da virtude, sabendo com muita clareza que esse fracasso devia-se ao fim do império.

Eu dizia: "Senhor concede-me uma imagem pela qual eles se doem de coração. E todos, por meio de cada um, crescerão em poder. E a virtude será o signo do que eles são".

CAPÍTULO XIV

NO SILÊNCIO DO MEU AMOR, mandei executar grande número deles. Mas cada morte alimentava a lava subterrânea da rebelião. Pois aceita-se a evidência. Contudo, não havia nenhuma. Era difícil de perceber em nome de que verdade nítida um novo homem era morto. Foi então que recebi da sabedoria de Deus ensinamentos sobre o poder.

O poder não pode ser explicado pelo rigor, apenas pela simplicidade da linguagem.

Aqueles que eu executava, e que me mostravam que eu não havia conseguido convertê-los, revelavam meu erro. Então inventei a seguinte oração:

"Senhor, meu manto é curto demais e sou um mau pastor que não sabe proteger seu povo. Respondo às necessidades de uns e prejudico outros.

Senhor, sei que toda aspiração é bela. A da liberdade e a da disciplina. A do pão para as crianças e a do sacrifício do pão. A da ciência que examina e a do respeito que aceita e fundamenta. A da hierarquia que diviniza e a da partilha que distribui. A do tempo que permite a meditação e a do trabalho que preenche o tempo. A do amor pelo espírito que castiga o corpo e engrandece o homem e a da piedade que cura a carne. A do futuro a ser construído e a do passado a ser preservado. A da guerra que semeia os grãos e a da paz que os recolhe.

Mas sei também que esses litígios não passam de litígios de linguagem e que a cada vez que o homem se eleva, ele os observa um pouco mais de cima. E os litígios deixam de existir.

Senhor, quero estabelecer a nobreza de meus guerreiros e a beleza dos templos pelos quais o homens se doam e que dão sentido a suas vidas. Esta noite, porém, passeando pelo deserto de meu amor, encontrei uma garotinha em lágrimas. Inclinei sua cabeça para ler em seus olhos. E sua mágoa me ofuscou. Se eu me recusar a conhecê-la, Senhor, terei recusado uma parte do mundo e não concluirei minha obra. Não quero me desviar de meus grandes objetivos, mas que essa garotinha possa ser consolada! Só então o mundo irá bem. Também ela é signo do mundo".

CAPÍTULO XV

A GUERRA É COISA DIFÍCIL QUANDO deixa de ser inclinação natural ou expressão de um desejo. Meus generais, em sua sólida estupidez, estudavam táticas habilidosas, discutiam, buscavam a perfeição antes de agir. Eles não eram animados por Deus, mas eram honestos e trabalhadores. Não fracassavam, portanto. Reuni-os para uma pregação: "Vocês não podem vencer porque buscam a perfeição. Ela é um objeto de museu. Vocês proíbem os erros e esperam, para agir, a certeza de que o gesto a ser ousado será de comprovada eficácia. Mas onde foi que viram alguma demonstração do futuro? Da mesma forma que impedem, agindo assim, a eclosão de pintores, escultores e de todo inventor criativo em seu território, vocês impedem a vitória. Pois ouçam o que digo: a torre, a cidade e o império crescem como uma árvore. Eles são manifestações da vida, porque precisam do homem para poder nascer. E o homem acredita poder calcular. Ele acredita que a razão governa o erigir dessas pedras, mas a ascensão dessas pedras nasce de seu desejo. A cidade está contida dentro dele, dentro da imagem que ele carrega no coração, assim como a árvore está contida dentro da semente. Os cálculos revestem o desejo, nada mais. E o ilustram. Pois ninguém explica a árvore mostrando a água que ela bebeu, os sucos minerais de que se nutriu e o sol que lhe emprestou a força. E ninguém explica a cidade dizendo: 'É por isso que essa abóbada não desmorona... aqui estão os cálculos dos arquitetos...'. Pois se a cidade precisa nascer, sempre se encontrarão bons calculadores. Mas eles não passam de servidores. Se você os levar ao topo, acreditando que as cidades saem de suas mãos, nenhuma cidade surgirá da areia. Eles sabem como nascem as cidades, mas não sabem por que elas nascem. Porém, coloque o conquistador ignorante com seu povo, numa terra árida e cheia de cascalho. Volte mais tarde e verá o sol brilhando sobre uma cidade com 30 cúpulas... E as cúpulas estarão de pé como os galhos do cedro. Porque o desejo do conquistador terá se tornado cidade de cúpulas, e ele terá encontrado, à guisa de meios, vias e caminhos, todos os calculadores de que necessitava".

"Assim", eu dizia, "vocês vão perder a guerra porque não desejam nada. Nenhum pendor os solicita. Vocês não colaboram e destroem uns aos outros com suas decisões incoerentes. Olhem para a pedra, como é pesada. Ela rola para o fundo da ravina. Pois ela é a colaboração de todos os grãos de pó que a constituem e pesam todos para o mesmo fim. Olhem para a água no reservatório. Ela se apoia nas paredes e aguarda os acontecimentos. Pois chega o dia em que algo acontece. A água, noite e dia, incansável, pesa. Ela parece dormir, mas está bem viva. À menor rachadura ela se colocará em marcha, insinuando-se ao encontro do obstáculo, girando-o quando possível. Ela parecerá voltar a dormir se o caminho não levar a nada, até que uma nova rachadura abra uma nova via. Ela nunca perde o que acontece. E, por meios indecifráveis, que nenhum calculador teria calculado, uma simples pressão pode esvaziar o reservatório das provisões de água.

Seu exército é semelhante a um mar que não pesa contra o dique. Vocês são uma massa sem fermento. Uma terra sem semente. Uma multidão sem desejos. Vocês administram, em vez de conduzir. Não passam de testemunhas estúpidas. As forças obscuras que, elas sim, pesam contra as paredes do império, podem prescindir de administradores e afogá-los em suas marés. Mais tarde, os historiadores, mais estúpidos que vocês, explicarão as causas do desastre, chamarão de sabedoria, cálculo e ciência do adversário os meios dessa vitória. Porém, digo que não, a água não tem sabedoria, nem cálculo, nem ciência, quando ela derruba os diques e engole as cidades dos homens.

Esculpirei o futuro à maneira do criador que extrai a obra do mármore a golpes de cinzel. Cairão, uma a uma, as escamas que escondem o rosto do Deus. E os outros dirão: 'Esse mármore continha o Deus. Ele o encontrou. Seu gesto foi um meio'. Digo que ele não calculava, mas que forjava a pedra. O sorriso do rosto não é feito de uma mistura de suor, faíscas, golpes de cinzel e mármore. O sorriso não vem da pedra, mas do criador. Libertem o homem e ele criará."

Em sua sólida estupidez, meus generais reuniram-se: "Precisamos compreender", diziam uns aos outros, "por que nossos homens se dividem e se odeiam". E mandavam chamá-los. E ouviam uns e outros tentando conciliar suas teses, prestar justiça, devolver a um o que lhe era devido, tirar do outro o que ele detinha indevidamente. Quando eles se odiavam por ciúme, os generais tentavam determinar quem tinha razão e quem não tinha. Em pouco tempo, eles não entenderam mais nada, tanto os problemas se embaralhavam uns nos outros, tanto a mesma ação mostrava rostos variados, nobre sob uma luz, vil sob outra, cruel e generoso ao mesmo tempo. Seus conselhos estendiam-se noite adentro. E como eles não dormiam mais, sua estupidez crescia gradativamente. Então eles vieram até mim: "Só existe uma solução para essa barafunda. O dilúvio dos hebreus!".

Lembrei de meu pai: "Quando o bolor invade o trigo, procure-o fora do trigo, mude-o de celeiro. Quando os homens se odeiam, não dê ouvidos à explicação imbecil das razões que eles têm para odiar. Pois eles terão muitas outras mais, que não revelam ou que não recordam. E têm outras tantas para se amar. E mais outras tantas para viver na indiferença. Eu, que nunca me interesso pelas palavras, sabendo que elas carregam signos difíceis de ler, como as pedras do edifício, que não mostram nem sua sombra nem seu silêncio, como a matéria da árvore, que não explica a árvore, por que me interessaria pelos materiais de seus ódios? Eles o edificam como um templo, com as mesmas pedras que teriam servido para erigir o amor".

Eu simplesmente assistia, portanto, a esse ódio que eles vestiam com suas más razões, e não pensava em curá-los exercendo uma justiça vã. Ela não teria feito mais que endurecer suas convicções, fundamentando seus erros ou suas vantagens. E o rancor daqueles a quem eu teria prejudicado, e a arrogância dos que eu teria favorecido. E assim eu teria aprofundado o abismo. Mas lembrei da sabedoria de meu pai.

Tendo conquistado novos territórios, que ainda estavam pouco seguros, neles se instalaram generais para apoiar os governadores. Ora, os viajantes que circulavam dessas novas províncias até a capital avisavam meu pai:

"Em tal província", diziam, "o general insultou o governador. Eles não se falam mais".

Vinha outro de outra província:

"Senhor, o governador sente ódio do general".

E um terceiro, de outro lugar:

"Senhor, de onde venho imploram por seu arbítrio para resolver um grave litígio. O general e o governador estão em confronto".

Meu pai primeiro escutava o motivo das desavenças. E esses motivos eram sempre indiscutíveis. Quem quer que sofresse tais afrontas decidiria se vingar. Havia traições desonrosas e litígios inconciliáveis. E raptos e injúrias. E sempre, por certo, devia haver um com a razão e outro sem ela. Mas esses mexericos cansavam meu pai.

Ele me dizia: "Tenho mais o que fazer do que ficar estudando essas estúpidas querelas. Elas nascem de uma ponta à outra do território, diferentes a cada vez e, mesmo assim, iguais. Que milagre me leva sempre a escolher governadores e generais que não suportam um ao outro?

Quando os animais que colocares num estábulo morrerem um após o outro, não te debruces sobre eles para buscar a causa do mal. Debruça-te sobre o estábulo e queima-o".

Assim, convocou um mensageiro:

"Não defini muito bem as prerrogativas. Eles não sabem qual dos dois tem precedência sobre o outro nos banquetes. Vigiam-se com raiva. E assumem a dianteira até o momento de sentar. Então o mais grosseiro, ou o menos estúpido, vence ocupando o lugar. O outro o odeia. E jura para si mesmo que será menos tolo da próxima vez e que apertará o passo para ser o primeiro a sentar. E eis que, a seguir, como seria de esperar, eles roubam um a mulher do outro, pilham um os rebanhos do outro, ou trocam injúrias. E tudo não passa de bobagens sem interesse, mas com as quais eles sofrem porque acreditam nelas. Eu, porém, não darei ouvidos ao barulho que fazem.

Queres que eles se amam? Não ofereça a semente do poder a ser dividido. Que um sirva ao outro. E que o outro sirva ao império. Eles passarão a se amar e a apoiar um ao outro e a construir juntos".

Castigou-os cruelmente, então, pela inútil algazarra de seus desentendimentos: "O império", dizia a eles, "não precisa desses escândalos. Um general, por certo, deve obedecer ao governador. Castigarei um por não ter sabido comandar. E o outro por não ter sabido obedecer. Aconselho o silêncio aos dois".

De uma ponta à outra do território, os homens reconciliaram-se. Os camelos roubados foram devolvidos. As esposas adúlteras foram restituídas ou repudiadas. As injúrias foram reparadas. E aquele que obedecia viu-se homenageado pelos elogios daquele que o comandava. Abriram-se para ele fontes de alegria. E aquele que comandava ficou feliz de mostrar seu poder enaltecendo seu subalterno. Colocava-o à sua frente nos dias de banquete, para fazê-lo sentar primeiro. "Não que fossem estúpidos", dizia meu pai. "Mas as palavras da linguagem não carregam nada que seja digno de interesse. Aprende a ouvir não o vento das palavras ou os argumentos que faz com que se desviem. Aprende a olhar mais longe. Pois o ódio que alimentavam não era absurdo. Se cada pedra não estiver no devido lugar, não haverá templo. E se cada pedra estiver no devido lugar e servir ao templo, a única coisa importante será o silêncio que delas nasce e a oração que ali se forma. Quem jamais ouviu falar das pedras?"

Por isso não me interessava pelos problemas de meus generais, que vinham me pedir para procurar nos atos dos homens as causas de suas dissensões, a fim de trazer a ordem com minha justiça. No silêncio do meu amor, porém, atravessei o acampamento e vi que se odiavam. Depois retirei-me para comunicar a Deus minha oração.

"Senhor, eles se dividem porque não constroem mais o império. Pois o erro seria crer que cessaram de construir porque estão divididos. Esclareça-me a respeito da torre que devo mandar que construam, e que fará com que eles se doem a ela em suas aspirações diversas. Ela os convocará por inteiro e deixará cada um plenamente satisfeito em toda sua grandeza. Meu manto é curto demais e sou um mau pastor que não sabe abrigá-los sob sua asa. Eles se odeiam porque têm frio. O ódio é sempre insatisfação. Todo ódio tem um sentido profundo, que o domina. As diversas ervas se odeiam e se entredevoram, mas não a árvore única, cujos galhos crescem da prosperidade dos outros. Empresta-me uma tira de teu manto que reunirei meus guerreiros e meus trabalhadores e meus sábios e meus esposos e minhas esposas e até as crianças que choram..."

CAPÍTULO XVI

TAMBÉM A VIRTUDE. Meus generais, em sua sólida estupidez, vinham falar-me de virtude:

"Agora", eles diziam, "os costumes se corrompem. Por isso o império decompõe-se. É importante ser mais rígido com as leis e inventar sanções mais cruéis. E cortar as cabeças dos que errarem".

Eu pensava:

"Talvez de fato seja importante cortar cabeças. Mas a virtude é, acima de tudo, consequência. A decomposição dos homens é, antes de mais nada, decomposição do império que fundamenta os homens. Pois se ele estivesse vivo e sadio, exaltaria a nobreza deles".

Eu me lembrava das palavras de meu pai:

"A virtude é a perfeição no estado de homem e não a ausência de defeitos. Quando quero construir uma cidade, pego a escória e a ralé. Enobreço-as pelo poder. Ofereço outra embriaguez que não a medíocre embriaguez da rapina, da usura e da violação. Contemplo-as, com seus braços calejados, no trabalho de construção. O orgulho se torna torre, templo e muralha. A crueldade se torna grandeza e rigor na disciplina. Elas servem a uma cidade nascida delas mesmas, à qual se doaram de todo coração. E elas morrerão, para salvá-la, em suas muralhas. E não verás mais nada, nelas, além das virtudes mais resplandecentes.

Mas tu, que ficas enojado diante da potência da terra, diante da indecência do húmus, da decomposição e dos vermes, queres para começar que o homem não seja e que não espalhe seu cheiro. Culpas, nos homens, a expressão de sua força. E colocas emasculados à frente de teu império. Eles perseguem o vício, que não passa de potência mal empregada. É a potência e a vida que eles perseguem. E, por sua vez, eles se tornam guardas de museu e velam por um império morto".

"O cedro", dizia meu pai, "alimenta-se do lodo no solo, mas o transforma em espessa folhagem que, por sua vez, se alimenta de sol."

"O cedro", ainda relatava meu pai, "é a perfeição do lodo. É o lodo feito virtude. Se quiseres salvar teu império, cria-lhe fervor. Ele drenará os movimentos dos homens. E os mesmos atos, os mesmos movimentos, as mesmas aspirações, os mesmos esforços, construirão tua cidade em vez de destruí-la.

E agora te digo:

Tua cidade morrerá por estar concluída. Pois eles viviam não do que recebiam, mas do que davam. Para disputar as provisões feitas, eles se tornarão como lobos em suas tocas. E se tua crueldade conseguir submetê-los, eles se tornarão como gado no estábulo. Pois uma cidade não deve ser concluída. Só digo que minha obra está finalizada quando meu fervor acaba. Eles morrem porque já estão mortos. A perfeição não é um objetivo a ser alcançado. É a troca em Deus. Nunca concluí minha cidade..."

CAPÍTULO XVII

POR ISSO SEMPRE DESPREZEI como vão o vento das palavras. E desconfiei dos artifícios da linguagem. Quando meus generais, em sua sólida estupidez, vinham me dizer: "O povo se revolta, aconselhamos habilidade...", eu os dispensava. Porque a habilidade não passa de uma palavra vazia. Não existe desvio possível na criação. Fundamos e fazemos, nada mais. Se afirmares, ao perseguir um objetivo, estar te dirigindo para outro, diferente do primeiro, apenas aquele que se deixa enganar pelas palavras acreditará em tua habilidade para tanto. Porque aquilo que fundas, no fim das contas, é esse objetivo para o qual primeiro te diriges e nada mais. Fundas aquilo com o qual te ocupas e nada mais. Mesmo que te ocupes para lutar contra ele. Fundo meu inimigo quando lhe faço guerra. Forjo-o e enrijeço-o. Se eu afirmar, em nome de liberdades futuras, que estou reforçando meu jugo, será o jugo que fundarei. E se eu fizer a guerra para obter a paz, fundarei a guerra. A paz não é um estado que se alcance pela guerra. Se eu acreditar na paz conquistada pelas armas e me desarmar, morrerei. Pois a paz só poderá ser estabelecida se eu fundar a paz.

Construir a paz é edificar um estábulo grande o suficiente para o rebanho inteiro poder dormir. É construir um palácio amplo o bastante para todos os homens poderem se reunir sem abandonar nenhuma de suas bagagens. Não se trata de amputá-los para que caibam. Construir a paz é obter de Deus que Ele empreste seu manto de pastor para receber os homens em toda a extensão de seus desejos. Como a mãe que ama os filhos. Ama o tímido e terno. E o outro, cheio de vida. E o outro, talvez corcunda, frágil e deformado. Todos, na diversidade de seu amor, servem a sua glória.

CAPÍTULO XVIIII

FOI POR ISSO QUE, CERTA NOITE, do alto da rocha negra que eu havia escalado, olhei para as manchas negras de meu acampamento na planície, no formato de uma figura triangular, ornado de sentinelas nos três picos, dotado de fuzis e pólvora e, no entanto, prestes a ser soprado, dispersado e derrubado como uma árvore morta, e perdoei os homens.

Pois compreendi. A lagarta morre ao construir sua crisálida. A planta morre ao produzir a semente. Quem se transforma conhece a tristeza e a angústia. Tudo nele se torna inútil. Quem se transforma não passa de cemitério e mágoas. E essa multidão esperava a transformação, tendo esgotado o velho império que ninguém poderia rejuvenescer. Não é possível curar a lagarta ou a planta, nem a criança que se transforma e quer, para ser feliz, voltar à infância e recuperar as cores das brincadeiras que a entendiavam, a suavidade dos braços maternos e o gosto do leite – mas não há mais cor para as brincadeiras, nem refúgio nos braços maternos, nem gosto no leite –, e ela se vai, triste. Tendo esgotado o velho império, os homens, sem o conhecer, querem um novo império. O menino que se transformou e perdeu o uso da mãe não conhecerá descanso até ter encontrado a mulher. Ela o reintegrará. Mas quem pode mostrar aos homens seu próprio império? Quem pode, na diversidade do mundo, pela simples virtude de seu gênio, talhar um rosto novo e forçar os homens a voltar os olhos em sua direção e conhecê-lo? E, depois de conhecê-lo, amá-lo? Não se trata de uma obra de lógico, mas de criador e de escultor. Porque somente aquele que não precisa se justificar pode forjar o mármore e imprimir-lhe o poder de despertar o amor.

CAPÍTULO XIX

MANDEI CHAMAR ARQUITETOS, portanto, e disse a eles: "De vocês depende a cidade futura, não em seu significado espiritual, mas no rosto que mostrará e que constituirá sua expressão. Concordo com vocês que se trata de instalar os homens em estado de felicidade. A fim de que eles disponham dos confortos da cidade e não percam suas forças em vãs complicações e em gastos estéreis. Mas sempre aprendi a distinguir o importante do urgente. Pois é urgente, por certo, que o homem coma, pois se ele não for alimentado, não haverá homem nem haverá mais problema. Mas o amor e o sentido da vida e o gosto de Deus são mais importantes. Não me interesso por uma espécie em processo de engorda. A pergunta que me faço não é saber se o homem, sim ou não, será feliz, próspero e se estará comodamente abrigado. Questiono-me, primeiramente, qual homem estará abrigado, próspero e feliz. Aos ricos comerciantes engordados pela segurança, prefiro o nômade eternamente em fuga que persegue o vento, pois ele embeleza a cada dia por servir a um senhor tão vasto. Se, obrigado a escolher, eu ficasse sabendo que Deus recusa ao primeiro Sua grandeza e só a concede ao segundo, mergulharia meu povo no deserto. Pois gosto que o homem doe sua luz. Pouco importa o tamanho da vela. É pela chama que avalio sua qualidade.

"Por isso lhes digo: e se vocês construíssem um templo inútil que não servisse à cozinha, ao descanso, à assembleia dos notáveis, às reservas de água, mas apenas ao engrandecimento do coração do homem, à serenidade dos sentidos e ao tempo que amadurece, pois em tudo semelhante a um celeiro do coração onde iríamos para mergulhar por algumas horas na paz equânime, na calmaria das paixões e na justiça sem deserdados; se vocês construíssem um templo onde a dor das úlceras se tornasse cântico e oferenda, onde a ameaça de morte se tornasse o porto avistado entre as águas enfim calmas, vocês pensariam ter desperdiçado seus esforços?"

CAPÍTULO XX

MEUS GENERAIS, EM SUA SÓLIDA estupidez, cansavam-me com suas demonstrações. Reunidos como em congresso, discutiam sobre o futuro. Era assim que desejavam se tornar hábeis. Meus generais tinham começado por aprender a história e conheciam uma a uma todas as datas de minhas conquistas e de minhas derrotas, as datas dos nascimentos e das mortes. Parecia-lhes evidente, portanto, que os acontecimentos devessem ser deduzidos uns dos outros. Eles viam a história do homem sob a luz de um longo encadeamento de causas e consequências, a qual se originava na primeira linha do livro de história e se prolongava até o capítulo em que se anotava para as gerações futuras que a criação havia felizmente desembocado naquela constelação de generais. Assim, entusiasmados demais, de consequência em consequência, eles demonstravam o futuro. Ou então vinham até mim, trazendo suas pesadas demonstrações: "É assim que deves agir para a felicidade dos homens ou para a paz, ou para a prosperidade do império. Somos sábios, estudamos a história...".

No entanto, sabia que a ciência só existe naquilo que se repete.

Meus generais exercem uma lógica quando procuram e descobrem uma causa para o efeito que lhes é mostrado. Pois, dizem eles, todo efeito tem uma causa e toda causa tem um efeito. E assim seguem, de causa em efeito, redundantes, até o erro. Outra coisa é recuar dos efeitos às causas ou descer das causas aos efeitos.

Também, na areia virgem e espelhada como talco, reli, *a posteriori*, a história de meu inimigo. Sabendo que um passo sempre é precedido por outro que o autoriza, e que a corrente segue de elo em elo sem que jamais possa faltar algum. Se o vento não se levantou e, revirando a areia, não apagou a página escrita, magnificamente, como um quadro-negro, posso recuar de pegada em pegada até a origem das coisas ou, seguindo a caravana, surpreendê-la no barranco onde ela resolveu se demorar. Ao longo dessa leitura, porém, não recebi nenhum ensinamento que me permitisse precedê-la na marcha. Pois a verdade que a domina tem uma essência diferente da areia de que disponho. E o conhecimento das pegadas não passa de conhecimento de um reflexo estéril, que não me instruirá nem sobre o ódio, nem sobre o terror, nem sobre o amor que governa os homens.

"Ainda assim", meus generais dirão, solidamente plantados em sua estupidez, "tudo continua a ser demonstrado. Se conheço o ódio, o amor ou o terror que os domina, posso prever seus movimentos. O futuro, portanto, está contido no presente..."

Mas eu responderei que sempre posso prever um passo além do que o da caravana. O novo passo sem dúvida repetirá o anterior na direção e no tamanho. Há ciência naquilo que se repete. Mas ela logo se desviará do caminho que minha lógica terá traçado, pois seu desejo mudará...

Como eles não me compreendiam, contei-lhes sobre o grande êxodo. Aconteceu para o lado das minas de sal. Os homens evitavam o máximo possível viver entre os minerais, pois ali nada favorecia a vida. O sol ardia e castigava, e as entranhas da terra, longe de produzir uma água límpida, produziam barras de sal que teriam matado a água se os poços já não estivessem secos. Presos entre o astro e o sal-gema, os homens vindos de outras partes com seus odres cheios dedicavam-se ao trabalho e retiravam a golpes de picareta esses cristais transparentes que representam a vida e a morte. Depois voltavam, ligados como por um cordão umbilical, às terras felizes de águas férteis.

O sol era forte, inclemente e branco como a fome. As rochas cortavam a areia aqui e ali, costeando as minas de sal com seus alicerces de ébano duro como diamante negro, cujas cristas os ventos fustigavam em vão. Quem assistisse às tradições seculares desse deserto teria previsto que seriam duradouras e estáveis por séculos. A montanha continuaria a se desgastar lentamente, como sob os dentes de uma lima fraca demais, os homens continuariam a extrair o sal, as caravanas continuariam a transportar água e víveres e a recolher os cativos...

Todavia, houve uma aurora em que os homens se voltaram para o lado da montanha. E aquilo que ainda não tinham visto se mostrou.

Pois o acaso dos ventos que há tantos séculos batiam na rocha havia esculpido um rosto gigante que expressava a cólera. O deserto, as salinas subterrâneas e as tribos, plantados numa base mais desumana que a água salgada dos oceanos, uma base de sal endurecido, eram encimados por um rosto negro e furioso, esculpido na rocha, que abria a boca para amaldiçoar, sobre o fundo de um céu puro. Os homens fugiram, tomados de pavor, quando o perceberam. A aventura propagou-se até o fundo dos poços e, quando os operários emergiam da terra, eles se viravam para ver a montanha e, com o coração apertado, se apressavam até suas tendas, empacotavam os utensílios de qualquer jeito, injuriavam a mulher, o filho e o escravo e, empurrando sua fortuna condenada sob o sol inexorável, pegavam as trilhas do norte. Como faltava água, todos pereciam. Vãs pareceram as predições dos lógicos, que viam a montanha se desgastar e os homens se perpetuarem. Como teriam previsto o que iria nascer?

Quando me volto para o passado, divido o templo em pedras. A operação é previsível e simples. Também quando disperso em ossos e vísceras o corpo desmantelado, e em entulho o templo, ou em cabras, ovelhas, casas e montanhas o domínio... Mas quando eu caminhar para o futuro, sempre precisarei contar com o nascimento de novos seres que vão se somar aos materiais e que não serão previsíveis porque terão outra essência. Esses seres, digo-os unos e simples, pois eles morrem e desaparecem quando são divididos. O silêncio é algo que se soma às pedras, mas que morre quando elas são separadas. Pois o rosto é algo que se soma ao mármore ou aos elementos do rosto, mas que morre quando ele é quebrado ou quando eles são separados. O domínio é algo que se soma às cabras, às casas, às ovelhas e às montanhas...

Não saberia prever, mas saberei fundar. Pois o futuro deve ser construído. Se eu reunir num rosto único a disparidade de minha época, se tiver mãos divinas de escultor, meu desejo se tornará realidade. E estarei errado se disser que eu soube prever. Pois terei criado. Em meio à disparidade que me cerca, terei mostrado um rosto e o terei imposto, e ele governará os homens. Como o domínio, que às vezes exige até mesmo seu sangue.

Distingui, assim, uma nova verdade, a de que é vão e ilusório ocupar-se do futuro. Que a única operação válida é expressar o mundo presente. E que expressar é construir com base na disparidade presente o rosto uno que a domina, é criar o silêncio a partir das pedras.

Qualquer outra pretensão não passa de vento de palavras...

ANTOINE DE SAINT-EXUPÉRY

CAPÍTULO XXIIII

É RUIM QUANDO O CORAÇÃO sobrepõe-se à alma. Quando o sentimento sobrepõe-se ao espírito. Em meu império, pareceu-me mais fácil unir os homens pelo sentimento do que pelo espírito que domina o sentimento. Sem dúvida, sinal de que o espírito deve se tornar sentimento, mas de que não há sentimento que conte sozinho. Pareceu-me, portanto, que não deveria submeter aquele que cria aos desejos da multidão. Pois é sua criação que deve se tornar o desejo da multidão. Esta deve receber espírito e transformar o que ela recebeu em sentimento. Ela não passa de um ventre. O alimento que recebe deve ser transformado em graça e em luz.

CAPÍTULO XXV

É POR ISSO QUE MANDEI CHAMAR educadores e disse-lhes: "Vocês não estão encarregados de matar o homem nos filhos dos homens, nem de transformá-los em formigas para viver no formigueiro. Pouco me importa que o homem seja mais ou menos saciado. O que me interessa é que ele seja mais ou menos homem. Não pergunto, para começar, se o homem, sim ou não, será feliz, mas qual homem será feliz. E pouco me importa a opulência dos sedentários saciados, como o rebanho no estábulo.

Vocês não devem sobrecarregá-los de fórmulas vazias, mas de imagens que carreguem estruturas.

Vocês não devem enchê-los de conhecimentos mortos. Mas devem forjar um estilo para eles, que os faça apreender.

Vocês não devem julgar suas aptidões pela simples e aparente facilidade em dada direção. Pois vai mais longe e tem mais êxito aquele que mais trabalha contra si mesmo. Assim, a primeira coisa que vocês devem levar em conta é o amor.

Vocês não devem insistir demais no uso, mas na criação do homem, a fim de que ele se aprimore em fidelidade e honra, e que se aprimore melhor. Vocês devem ensinar o respeito, pois a ironia é mau aluno e se esquece dos rostos.

Vocês devem lutar contra os laços do homem com os bens materiais. E devem fundar o homem no filho do homem, ensinando-lhe em primeiro lugar a troca, pois sem a troca haveria apenas endurecimento.

Vocês devem ensinar a meditação e a oração, pois nelas a alma torna-se ampla. E o exercício do amor. Pois quem poderia substituí-lo? O amor de si mesmo é o contrário do amor.

Vocês devem castigar a mentira em primeiro lugar, e a delação, que por certo pode servir ao homem e, aparentemente, à cidade. Mas somente a fidelidade pode criar os fortes. Porque não existe fidelidade só de um lado. Quem é fiel é sempre fiel. Não é fiel aquele que pode trair seu companheiro de trabalho. Preciso de uma cidade forte, mas não apoiarei sua força na deterioração dos homens.

Vocês devem ensinar o gosto pela perfeição, pois toda obra é um caminho na direção de Deus e só pode acabar na morte.

Vocês não devem ensinar o perdão ou a caridade em primeiro lugar. Pois eles poderiam ser mal-entendidos e não passar de respeito pela injúria ou pela úlcera. Mas devem ensinar a maravilhosa colaboração de todos por intermédio de todos e por meio de cada um. O cirurgião se apressará a atravessar o deserto para tratar o simples joelho de um trabalhador braçal. Pois se trata de um veículo. E os dois têm o mesmo condutor".

# CAPÍTULO XXVI

EU ME DEBRUÇAVA SOBRE o grande milagre da mudança e da transformação de si mesmo. Pois havia na cidade um leproso.

"Aqui está", me disse meu pai, "o abismo".

Ele me levava aos bairros às margens de um campo pobre e sujo. Em volta do campo, uma barreira e, no centro, uma casa baixa onde o leproso morava, separado dos homens.

"Achas", perguntava meu pai, "que ele vai gritar seu desespero? Observa-o quando ele sair e o verás bocejar. Nem mais nem menos do que aquele em quem o amor morreu. Nem mais nem menos do que aquele que foi derrotado pelo exílio. Pois assim o digo: o exílio não dilacera, desgasta. Passas a te alimentar de sonhos e brincas com dados vazios. Pouco importa a opulência. Serás rei de um reino de sombras."

"A necessidade", disse meu pai, "esta será a salvação. Não podes jogar dados vazios. Não podes te satisfazer com sonhos, pela simples razão de que teus sonhos não resistem. Os exércitos lançados nos sonhos vazios da adolescência são decepcionantes. O útil é aquilo que resiste a ti. E a infelicidade desse leproso não está no fato de que ele está apodrecendo, mas no de que nada lhe opõe resistência. Ei-lo encerrado, sedentário de suas provisões."

Os homens da cidade às vezes iam observá-lo. Eles se reuniam em volta do campo como aqueles que, depois de subir a montanha, se debruçam sobre a cratera do vulcão. E que empalidecem ao ouvir sob seus pés o globo terrestre preparar suas erupções. Eles se aglutinavam, portanto, como em torno de um mistério, em volta do quadrilátero do campo do leproso. Mas não havia mistério.

"Não tenhas ilusões", dizia meu pai. "Não imagines seu desespero e seus braços retorcidos na insônia, e sua cólera contra Deus, contra si ou contra os homens. Pois não havia nada dentro dele, salvo uma ausência crescente. O que ele teria em comum com os homens? Seus olhos escorrem e seus braços pendem como galhos. E só recebe da cidade o barulho de uma carruagem distante. A vida já só alimenta com um vago espetáculo. Um espetáculo não é nada. Só podes viver daquilo que transformas. Só podes viver daquilo que é armazenado em ti como num depósito. Aquele homem viveria se pudesse chicotear o cavalo, carregar pedras e contribuir para a edificação do templo. Mas tudo lhe é dado."

Entrementes, estabeleceu-se um costume. Os habitantes vinham a cada dia, comovidos por sua miséria, atirar suas oferendas dentro do círculo de estacas que criava aquela fronteira. Ele era servido, ornado e vestido como um ídolo. Alimentado com os melhores pratos. Nos dias de festa, era honrado com música. No entanto, apesar de precisar de todos, ninguém precisava dele. Ele dispunha de todos os bens, mas não tinha nenhum bem a oferecer. Disse meu pai: "Como os ídolos de madeira que enches de presentes. As lamparinas dos fiéis ardem na frente deles. O aroma dos sacrifícios fumega. Sua cabeleira orna-se de pedrarias. Mas te digo que a multidão que lança a seus ídolos braceletes de ouro e pedrarias eleva a si mesma, mas o ídolo de madeira continua sendo de madeira. Pois ela não transforma nada. Viver, para a árvore, é pegar a terra e moldar flores".

Vi o leproso sair de sua toca e passear sobre nós seu olhar sem vida. Mais inacessível ao rumor que, no entanto, tentava adulá-lo do que às ondas do mar. Separado de nós e doravante inacessível. E quando alguém da multidão expressava sua piedade, ele o olhava com um vago desdém... Não solidário. Enojado de um jogo sem garantia. Pois onde já se viu piedade que não pega nos braços para embalar? Em contrapartida, se algum traço animal ainda solicitasse dele a cólera de ter-se tornado espetáculo e curiosidade de feita, cólera pouco profunda, é verdade, pois não éramos mais de seu mundo, como as crianças em volta do lago onde rodopiasse uma única carpa vagarosa, de que nos importaria sua cólera, pois onde já se viu uma raiva que não pode bater e que apenas lança palavras vazias ao vento que as carrega? Assim, ele me pareceu despojado por sua opulência. E me lembrei daqueles que, leprosos do sul, por causa das leis a respeito da lepra, extorquiam os oásis do alto de seus cavalos, dos quais não tinham o direito de descer. Pediam esmola com a gamela na ponta de um bastão. E olhavam duramente e sem ver, pois rostos felizes, para eles, não passavam de território de caça. Porque teriam se irritado com uma felicidade tão estranha a seu universo quanto as brincadeiras silenciosas dos pequenos animais na clareira. Olhavam, portanto, friamente e sem ver. Depois, passando a passos lentos diante das cabanas, desciam do alto de seus cavalos um cesto na ponta de uma corda. E esperavam com paciência que o mercador o enchesse. Paciência sombria que dava medo. Pois, imóveis, para nós não passavam do lento desenvolvimento da doença. E forno, cadinho e alambique da decomposição. Para nós, não passavam de lugares de passagem e campos fechados, lares de um mal. Mas o que esperavam? Nada. Não esperamos nada de nós mesmos, esperamos dos outros. Quanto mais tua linguagem for rudimentar, mais serão grosseiros teus laços com os homens, menos poderás conhecer a espera e o tédio. Entretanto, o que aqueles homens que eram tão absolutamente separados de nós poderiam esperar de nossa parte? Eles não esperavam nada.

"Vê", disse meu pai. "Ele não consegue mais bocejar. Renunciou até mesmo ao tédio que é espera dos homens."

CAPÍTULO XXVIIII

A CIDADE, CERTA NOITE, estava em suspenso, sem sono, por causa de um homem que, ao amanhecer, devia expiar um crime. Diziam-no inocente. Patrulhas circulavam, com a simples missão de impedir que a multidão se reunisse, pois alguma coisa atraía os homens para fora de suas casas e os fazia se reunirem.

Eu me dizia: "O sofrimento de um só provocou esse incêndio. O homem encarcerado é brandido por todos como um tição".

Senti a necessidade de conhecê-lo. E rumei para a prisão. Avistei-a, quadrada e negra, que se destacava entre as estrelas. Os guardas abriram as portas, que giraram lentamente nas dobradiças. As paredes me pareceram de uma espessura inusitada, grades protegiam as janelas. Ali também havia patrulhas negras que circulavam ao longo dos vestíbulos e nos pátios, ou que levantavam quando eu passava, como animais noturnos… Por toda parte, um cheiro de fechado e ecos profundos de cripta quando se deixava cair uma chave ou quando se caminhava nas lajes. Eu pensava: "O homem deve ser perigoso para que, vendo-o tão debilitado, com a carne tão fraca a ponto de um prego poder esvaziá-lo de sua vida, seja necessário esmagá-lo sob uma montanha!".

Todos os passos que ouvia caminhavam sobre seu ventre. Todas as paredes, todas as portas, todos os contrafortes pesavam sobre ele. "Ele é a alma da prisão", dizia para mim mesmo, pensando nele. "Ele é o sentido e o centro e a verdade da prisão. No entanto, o que revela de si, senão um simples amontoado de trapos, deitado atravessado nas barras e talvez mesmo adormecido e respirando mal? Tal como está, porém, é o fermento de uma cidade, provocando, ao se voltar de uma parede a outra, esse tremor de terra."

Abriram o postigo e olhei para ele. Sabia bem que havia, ali, algo a ser compreendido. E o vi.

E pensei: "Talvez ele não tenha nada a se arrepender, salvo o amor pelos homens. Mas aquele que constrói uma casa dá forma à casa. Qualquer forma pode ser desejável. Mas não todas juntas. Caso contrário, não haverá mais casa.

Um rosto extraído da pedra é feito de todos os rostos recusados. Todos podem ser belos. Mas não todos ao mesmo tempo. Sem dúvida seu sonho é belo.

Estamos, ele e eu, no topo da montanha. Ele e eu, sozinhos. Somos a noite no topo do mundo. Nós nos encontramos e nos unimos. Pois, naquela altura, nada nos divide. Ele deseja, como eu, a justiça. Mesmo assim, morrerá...".

Eu sofria no coração.

No entanto, para que o desejo transforme-se em ação, para que a força da árvore se faça galho, para que a mulher se torne mãe, é preciso uma escolha. É da injustiça da escolha que nasce a vida. Também aquela ali, que era bela, era amada aos milhares. E, para ser, ela os reduziu ao desespero. É sempre injusto aquilo que é.

Compreendi que toda criação é, desde sempre, cruel.

Fechei a porta e segui pelos corredores. Cheio de estima e de amor: "Por que reduzir a vida à escravidão, quando sua grandeza é o orgulho?". Cruzei com patrulhas, carcereiros, varredores do alvorecer. E todo esse povo servia o prisioneiro. As pesadas paredes guardavam-no, como ruínas desmanteladas que ganham sentido do tesouro que soterram. Voltei-me mais uma vez para a prisão. Com sua torre em forma de coroa erigida aos astros, navio carregado em andamento, totalmente servil, pensei: "Quem vai vencer?". Depois, quando me afastei, esmagada pela noite, essa boca de paiol...

Pensei nos homens da cidade. "Eles vão chorar, sem dúvida. Mas também é bom que chorem."

Meditei sobre os cantos, os rumores e as meditações de meu povo. "Eles o enterrarão. Mas ninguém é enterrado", pensei. "A semente é enterrada. Não tenho poder sobre a vida e um dia ele terá razão. Mandarei enforcá-lo com uma corda. Mas ouvirei sua morte ser cantada. E esse apelo ecoará sobre quem quiser conciliar aquilo que é dividido. Mas o que tenho que conciliar?

Preciso me absorver numa hierarquia e não, ao mesmo tempo, em outra. Não devo confundir a beatitude com a morte. Caminho em direção à beatitude, mas não devo recusar as contradições. Devo recebê-las. Isso é bom, isso é ruim, tenho horror à mistura que não passa de xarope para os fracos e que os emascula, mas devo me engrandecer por aceitar meu inimigo."

CAPÍTULO XXIX

CONHECI OS LIMITES DE MEU IMPÉRIO. Mas esses limites já se mostravam, pois só admiro aquilo que resiste. A árvore ou o homem, acima de tudo, são aqueles que resistem. É por isso que comparava a tampas para cofres vazios os baixos-relevos de dançarinas obstinadas, que foram máscaras quando cobriam a obstinação e o rebuliço interno e a poesia, filha dos litígios. Gosto de quem se mostra por sua resistência, aquele que se fecha e se cala, que se mantém duro e de lábios cerrados nos suplícios, aquele que resistiu aos suplícios e ao amor. Daquele que prefere e que é injusto por não amar. De ti, como uma torre perigosa que nunca será tomada...

Pois odeio a facilidade. E não existe homem quando não há oposição. Apenas formigueiro, onde Deus já não está. Homem sem fermento. Eis o milagre que me aconteceu em minha prisão. Mais forte que tu, que eu, nós todos, que meus carcereiros e minhas pontes levadiças e minhas muralhas. Eis o enigma que me atormentava, o mesmo do amor, enigma que eu mantinha submisso, nu. Grandeza do homem e, ao mesmo tempo, sua pequenez, pois o vejo grande na fé e não no orgulho de sua revolta.

CAPÍTULO XXX

PARECEU-ME QUE O HOMEM NÃO ERA DIGNO de interesse se ele não fosse capaz de sacrifício, de resistência às tentações e de aceitação da morte – pois então ele não tem mais forma –, mas também se, fundido à massa, governado pela massa, ele se submetesse a suas leis. É assim com o javali e com o elefante solitário e com o homem na montanha, e a massa deve permitir o silêncio a cada um e não proibi-lo por ódio àquilo que é como o cedro, quando ele domina a montanha.

Aquele que me vem com sua linguagem para aprender e explicar o homem na lógica de sua exposição me parece a criança que se instala ao pé do Atlas com o balde e a pá e decide apreender a montanha e transportá-la para outro lugar. O homem é aquilo que é, não aquilo que se expressa. O objetivo de toda consciência por certo é expressar aquilo que é, mas a expressão é obra difícil, lenta e tortuosa – e o erro consiste em acreditar que não existe algo que não possa ser enunciado. Pois enunciar e conceber têm o mesmo sentido. Mas é fraca a parte do homem que até hoje aprendi a conceber. Ora, algo que concebi um dia não deixava de existir na véspera, e me engano se imaginar que aquilo que não posso expressar a respeito do homem não é digno de ser considerado. Tampouco expresso a montanha, mas posso significá-la. Mas confundo significar com apreender. Significo a quem já conhece, mas como transmitir a montanha com as fendas de pedras rolantes, os campos de lavanda e o topo denteado no meio das estrelas a quem ignora?

Sei quando esta não é fortaleza desmantelada ou barco sem direção, desatracado do anel de ferro para ser conduzido aonde se quiser, mas existência maravilhosa com leis da gravitação interna e silêncios mais majestosos que aquele do maquinário das estrelas.

Contemplei, assim, o conflito dominante de considerar o homem submetido e o homem irredutível, que mostra o que é. Sabia compreender o problema, mas não formulá-lo. Pois aqueles regidos pela disciplina mais dura e que, a um sinal meu, aceitam a morte, são imantados por minha fé e têm tanta força na disciplina que posso, diante deles, injuriá-los e submetê-los como crianças, mas, em contrapartida, lançados à aventura e confrontados com inimigos, mostram a têmpera do aço, cólera sublime e coragem na morte.

Compreendi que eram apenas dois aspectos do mesmo homem. E que aquele que admiro como uma partícula irredutível, ou aquela impossível de submeter, ausente em meus braços como um navio em alto-mar, aquele que chamo de homem porque não transige nem pactua, não compõe nem se despe de uma parte de si por habilidade, cobiça ou covardia, aquele que posso esmagar sob a mó sem extrair o óleo secreto, aquele que leva no coração o duro caroço da azeitona, aquele que não admito ser coagido pela multidão ou pelo tirano, transformado em diamante no coração, dele sempre descobri a outra face. Submetida, disciplinada, respeitosa e cheia de fé e entrega; filho sensato de uma raça espiritual e depositário de suas virtudes...

Mas aqueles que eu chamava de livres e que só decidiam por si mesmos, inexoravelmente solitários, os que não são governados, por falta de vento nos mastros, suas resistências não passam de caprichos incoerentes.

Assim foi a noite de núpcias e a do condenado à morte. E assim tive o sentimento da existência. Conservem suas formas, sejam permanentes como a roda de prova, transformem aquilo que tiram do exterior em si mesmos, como o cedro. Sou o enquadramento, a armadura e o ato criador do qual vocês nascem; é preciso, agora, como a árvore gigante que desenvolve suas ramagens, e não as ramagens de outra, que forma suas agulhas ou suas folhas, não as de outra, crescer e se estabelecer...

Mas a todos esses chamarei de escória, que vive dos gestos dos outros e, como o camaleão, muda de cor, ama os lugares de onde vêm os presentes, saboreia as aclamações e se julga nos espelho das multidões: pois não os vemos, eles não se fecham, como uma cidadela, sobre seus tesouros e, de geração em geração, não transmitem suas senhas, deixam crescer as crianças sem moldá-las. E elas se espalham pelo mundo como cogumelos.

CAPÍTULO XXXI

EU VI AQUELES QUE SOFRERAM COM A SEDE, a inveja da água, mais dura que a doença, porque o corpo conhece seu remédio e o exige como exigiria a mulher, e vê em sonho os outros bebendo. Pois vemos a mulher que sorri aos outros. Nenhuma coisa faz sentido quando não coloco nela meu corpo e meu espírito. Não existe aventura quando não me comprometo. Meus astrólogos, ao analisar a Via Láctea, graças a noites de estudos, descobrem o grande livro cujas páginas estalam magnificamente quando são viradas, e eles adoram Deus por ter enchido o mundo com uma essência tão pungente para o coração.

Eis o que digo: vocês só têm direito a um esforço em nome de outro esforço, pois precisam crescer.

CAPÍTULO XXXII

NAQUELE ANO, MORREU O HOMEM QUE reinava a leste de meu império. O homem que eu tinha duramente combatido, compreendendo depois de tantas lutas que me apoiava nele como numa parede. Ainda lembro de nossos encontros. Erguíamos uma tenda púrpura no deserto, que permanecia vazio, e íamos um e outro até aquela tenda, nossos exércitos ficavam afastados, porque é ruim que os homens se misturem. A multidão só vive no próprio ventre. E todas as douraduras descascam. Eles olhavam para nós ciosamente, apoiados nas armas e nada perturbados por uma singela perturbação. Pois meu pai tinha razão ao dizer: "Não deves encontrar o homem na superfície, mas no sétimo andar de sua alma, de seu coração e de seu espírito. Senão, de procurarem um ao outro nos movimentos mais vulgares, vocês derramarão inutilmente o sangue".

Eu havia compreendido, era despojado e protegido por uma tripla muralha de solidão que ia a seu encontro. Um diante do outro, sentávamos na areia. Não sei quem, na época, ele ou eu, era o mais poderoso. Naquela solidão sagrada, porém, o poder tornava-se moderação. Nossos gestos abalavam o mundo, mas nós os moderávamos. Discutíamos então as pastagens. Ele dizia: "Tenho 25 mil animais morrendo. Choveu em tua casa". Mas não podia tolerar que eles trouxessem seus costumes estrangeiros e a dúvida que faz apodrecer. Como receber em minhas terras esses pastores de outro universo? Eu respondia: "Tenho 25 mil crianças que precisam aprender suas orações e não as dos outros. Caso contrário, não terão forma...". As armas decidiam entre nossos povos. Éramos como duas marés que vêm e vão. Se nenhum de nós avançasse, apesar de colocarmos todo nosso peso contra o outro, era porque estávamos no auge, tendo fortalecido nosso inimigo com sua derrota. "Tu me venceste, tornei-me, portanto, mais forte."

Não que desprezasse sua grandeza. Ou os jardins suspensos de sua capital. Ou os perfumes de seus mercadores. Ou a delicada ourivesaria de seus cinzeladores. Ou sua grandes barragens para as águas. O homem inferior inventa o desprezo, pois sua verdade exclui os outros. Nós que sabemos que as verdades coexistem, não pensamos em nos diminuir reconhecendo a do outro, ainda que ela seja nosso erro. A macieira, que eu saiba, não despreza a vinha, nem a palmeira despreza o cedro. Mas cada um resiste ao mais forte e não mistura suas raízes. E salva sua forma e sua essência, pois existe um capital inestimável que não convém degradar.

Ele falava: "A verdadeira troca é o cofre de perfume, a semente ou o cedro amarelo de presente que enche tua casa com o perfume da minha. Ou ainda meu grito de guerra quando ele chega a ti de minhas montanhas. Ou talvez de um embaixador, se ele foi educado, formado e endurecido por bastante tempo, e se ao mesmo tempo ele te recusa e te aceita. Porque ele te recusa em tuas camadas inferiores. Mas te encontra ali onde o homem se estima acima de sua raiva. A única estima que vale é a do inimigo. A estima dos amigos só vale quando eles dominam seus reconhecimentos e agradecimentos e todos os gestos vulgares. Se morreres por teu amigo eu te proíbo de te enterneceres...". Eu mentiria se dissesse que tinha nele um amigo. No entanto, nos encontrávamos com uma alegria profunda. Mas é aqui que as palavras desviam-se, em razão da vulgaridade dos homens. A alegria não era para ele, mas para Deus. Ele era um caminho até Deus. Nossos encontros eram pedras angulares. E não tínhamos nada a nos dizer.

Deus me perdoe por ter chorado quando ele morreu.

Fiquei sozinho, único responsável por meu passado e sem testemunha que tivesse me visto viver. Todos as ações que eu havia desdenhado expor a meu povo mas que ele, meu vizinho do Leste, havia compreendido, todas as insurreições internas que não havia divulgado, mas que ele havia adivinhado em seu silêncio. Todas as responsabilidades que tinham me esmagado e que todos ignoravam porque era bom que acreditassem em meu arbítrio, mas que meu vizinho do Leste havia avaliado, nunca compadecido, muito acima, muito além, eis que ele havia adormecido na areia púrpura, tendo-a como uma mortalha digna do homem que era, eis que ele tinha se calado, eis que ele havia esboçado o sorriso melancólico e pleno de Deus que aceita ter amarrado o feixe de cereais, os olhos fechados sobre as provisões. Ah! Quanto egoísmo em meu desassossego! Eu, tão fraco, dando importância à trajetória de meu destino, quando ela não existe, medindo o império por mim mesmo em vez de me fundir a ele, descobrindo que minha vida pessoal havia chegado àquela crista, como uma viagem.

Conheci, naquela noite, a linha da partilha das águas em minha vida, descendo por uma margem depois de lentamente subir a outra, e não reconhecendo ninguém, pela primeira vez como um velho, sem ver rostos familiares, indiferente a todos porque eu mesmo estava indiferente, tendo deixado na outra margem todos os meus capitães, todas as minhas mulheres, todos os meus inimigos e talvez meu único amigo – doravante solitário em um mundo habitado por hordas que não conhecia mais.

Mas foi nesse momento que soube me recompor. "Rompi", pensei, "minha última casca e talvez me torne puro. Eu não era tão grande, pois assim me considerava. Essa provação me foi enviada porque eu amolecia. Pois inchava com os baixos movimentos de meu coração. Mas saberei devolver meu amigo morto a sua majestade e não o chorarei. Ele simplesmente terá sido. E a areia me parecerá mais rica porque muitas vezes, ao largo desse deserto, eu o vi sorrir. O sorriso de todos os homens será enaltecido por esse sorriso particular. Esse sorriso particular enriquecerá todos os sorrisos. Verei no homem o esboço que nenhum talhador de pedra soube extrair de seu minério, mas por meio desse minério conhecerei melhor o rosto do homem, pois terei examinado um, direto nos olhos.

Volto a descer, portanto, de minha montanha: não tenhas medo, meu povo, reatei o fio. Era prejudicial o fato de eu precisar de um homem. A mão que me curou e me recompôs se apagou, não a costura. Desço de minha montanha e cruzo com ovelhas e cordeiros. Acaricio-os. Estou sozinho no mundo diante de Deus, mas, acariciando esses cordeiros que abrem as fontes do coração, não qualquer cordeiro, mas por meio deles a fraqueza dos homens, volto a encontrar-te."

Quanto ao outro, estabeleci-o e ele nunca reinou tão bem. Estabeleci-o na morte. Todos os anos, erguemos uma tenda no deserto, enquanto meu povo reza. Meus exércitos apoiam-se nas armas, fuzis carregados, os cavaleiros circulam para policiar o deserto, e cortamos a cabeça daquele que se aventurar pela região. Avanço sozinho. Levanto a aba da tenda, entro e me sento. E o silêncio se faz sobre a terra.

CAPÍTULO XXXIIII

AGORA QUE SOU ATORMENTADO pela dor surda de meus rins, que meus médicos não sabem curar, agora que sou como uma árvore da floresta sob o machado do lenhador e que Deus vai me abater como uma torre deteriorada, agora que meus despertares não são mais despertares de 20 anos, relaxamento dos músculos e voo aéreo do espírito, encontrei meu consolo, que é não sofrer com esses anúncios que se espalham por meu corpo nem ser maculado por sofrimentos que são mesquinhos, pessoais e internos, aos quais os historiadores do império não concederão sequer três linhas em suas crônicas, pois pouco importa que meu dente amoleça e seja arrancado, seria bastante miserável de minha parte esperar um mínimo de piedade. A cólera me invade quando penso nisso. Pois as rachaduras da casca estão no recipiente, não no conteúdo. Disseram-me que meu vizinho do Leste, quando tocado pela paralisia, em que um lado se fez rígido e morto, e transportando consigo esse irmão siamês que não ria mais, não perdeu nada de sua dignidade e, mais ainda, venceu esse aprendizado. Àqueles que o felicitavam pela força na alma, ele respondia com desdém que se enganavam com sua pessoa e que era melhor guardar esse tipo de homenagem aos mercadores da cidade. Porque aquele que reina, quando não reina em primeiro lugar sobre seu próprio corpo, não passa de um usurpador ridículo. Para mim não existe declínio, mas uma alegria maravilhosa por poder me libertar, hoje, um pouco mais!

Ah, velhice do homem! Sem dúvida não reconheço mais nada na outra encosta de minha montanha. O coração cheio de meu amigo morto. Contemplo as aldeias com olhos secos pelo luto à espera de ser, como por uma maré, engolfado pelo amor.

CAPÍTULO XXXIX

ESCREVEREI UM HINO AO SILÊNCIO. Tu, músico das frutas. Tu, habitante dos porões, das despensas e dos celeiros. Tu, pote de mel da diligência das abelhas. Tu, alimento do mar em sua plenitude.

Tu, em quem, do alto das montanhas, encerro a cidade. Suas charretes silenciadas, seus gritos e a sonoridade de suas bigornas. Todas as coisas já estão suspensas na boca da noite. Vigilância de Deus sobre nossa febre, manto de Deus sobre a agitação dos homens.

Silêncio das mulheres que não são mais que carne onde o fruto amadurece. Silêncio das mulheres sob a reserva de seus seios pesados. Silêncio das mulheres que é silêncio de todas as vaidades do dia e da vida, que é feixe de dias. Silêncio das mulheres que é santuário e perpetuidade.

Silêncio em que se deixa para amanhã a única corrida que leva a algum lugar. Ela ouve a criança que lhe chuta o ventre. Silêncio, depositário em que encerrei toda minha honra e meu sangue.

Silêncio do homem que se debruça para refletir, recebe sem custo e fabrica o sumo dos pensamentos. Silêncio que lhe permite conhecer e ignorar, pois às vezes é bom ignorar. Silêncio que é recusa de vermes, parasitas e ervas daninhas. Silêncio que te protege no desenrolar de teus pensamentos. Silêncio dos próprios pensamentos. Repouso das abelhas, pois o mel está feito e deve ser tesouro escondido. Que amadurece. Silêncio dos pensamentos que preparam suas asas, pois é ruim que te agites no espírito e no coração. Silêncio do coração. Silêncio dos sentidos. Silêncio das palavras interiores, pois é bom que encontres Deus, que é silêncio no eterno. Pois tudo foi dito, tudo foi feito.

Silêncio de Deus como o sono do pastor, porque não existe sono mais doce, apesar de os cordeiros e as ovelhas parecerem ameaçados, quando não há nem pastor nem rebanho, pois quem poderia distinguir um do outro sob as estrelas quando tudo é sono, quando tudo é sono de lã?

Ah, Senhor! Que um dia, armazenando Tua criação, possas abrir esse grande portal à raça faladora dos homens e dispô-los no estábulo eterno, quando os tempos terão passado, e que possas retirar, como curando doenças, o sentido de nossas perguntas.

Pois me foi dado compreender que todo progresso do homem consiste em descobrir, uma depois da outra, que essas perguntas não têm sentido, pois consultei meus sábios e não é que tenham encontrado respostas às questões do ano passado, Senhor!, mas hoje eles riem de si mesmos, pois a verdade lhes apareceu como a supressão das perguntas.

Eu que sei muito bem, Senhor, que a sabedoria não é resposta, mas cura das vicissitudes da linguagem, sei disso por causa daqueles que se amam e se sentam com as pernas pendentes sobre o muro baixo diante da plantação de laranjeiras, ombro contra ombro, e que sabem não ter recebido resposta às perguntas que faziam ontem. Mas conheço o amor, quando todas as perguntas deixaram de ser feitas.

Uma a uma, de contradição dominada em contradição dominada, me encaminho rumo ao silêncio das questões e, assim, à beatitude.

Ó, faladores! As perguntas desviaram tanto os homens!

Insensato aquele que espera a resposta de Deus. Se Ele te recebe, se Ele te cura, é apagando tuas perguntas com Sua mão, como a febre. Assim é.

Armazenando um dia Tua criação, Senhor, abre-nos os dois batentes de Tua porta e faz-nos penetrar ali onde não seremos respondidos porque não haverá mais resposta, mas beatitude, que é a pedra angular das perguntas e rosto que satisfaz.

E este outro descobrirá a extensão de água doce, mais vasta que a extensão dos mares, que ele bem que havia adivinhado ao ouvir o canto das fontes, quando, com as pernas pendentes, sentava ao lado dela, que, no entanto, não era mais que uma gazela forçada a correr, e respirava um pouco contra o seu coração.

Silêncio, porto do navio. Silêncio em Deus, porto de todos os navios.

CAPÍTULO XL

DEUS ME ENVIOU AQUELA QUE MENTIA tão lindamente, com crueldade cantante, com simplicidade. Eu me debruçava sobre ela como sobre o vento fresco do mar.

"Por que mentes?", perguntava.

Ela chorava, então, banhada em lágrimas. Eu refletia sobre suas lágrimas: "Ela chora", dizia para mim mesmo, "por não ser acreditada ao mentir. Para mim, não existe encenação da parte dos homens. Ignoro o sentido do teatro. Ela por certo quer se fazer passar por outra. Mas não é esse o drama que me atormenta. Existe drama para ela, que tanto gostaria de ser aquela outra. Vi a virtude ser respeitada mais vezes por aquelas que fingem do que por aquelas que a exercem e que são tão virtuosas quanto são feias. Tão desejosas, as outras, de serem virtuosas e amadas, mas não sabendo se dominar, ou melhor, dominadas pelas outras. E sempre revoltadas. E mentindo para serem belas."

As razões que brincam com as palavras nunca são razões verdadeiras. Por isso não as censurarei por nada, salvo por se expressarem de maneira atravessada. Por esse motivo me calava diante das mentiras, sem ouvir o ruído das palavras, no silêncio de meu amor, apenas o esforço. O trabalho da raposa que caiu na armadilha e que se debate contra a armadilha. Ou o do pássaro ensanguentado na gaiola. Eu me voltava a Deus para Lhe dizer: "Por que não a ensinaste a falar uma linguagem comunicável, pois se eu lhe desse ouvidos, longe de amá-la, mandaria enforcá-la. No entanto, há algo de patético nela, que fica com asas ensanguentadas na noite de seu coração, e ela tem medo de mim como essas jovens raposas do deserto às quais eu oferecia pedaços de carne e que tremiam, mordiam e arrancavam a carne de minhas mãos para levá-la para suas tocas".

Ela me dizia: "Senhor, eles não sabem que sou pura".

Sabia da agitação que ela provocava em minha casa. Mesmo assim, me sentia pregado no coração pela crueldade de Deus:

"Ajuda-a a chorar. Derrama-lhe algumas lágrimas. Que ela fique cansada de si mesma contra o meu ombro: não há fadiga dentro dela."

Pois havia sido mal ensinada na perfeição de seu estado e me invadia o desejo de libertá-la. Sim, Senhor, falhei em meu papel... Porque não existe garotinha sem importância. Aquela que chora não é o mundo, é o signo do mundo. Sua angústia decorre de ela não vir a ser. De ser queimada e dilapidada em fumaça. Naufragada em um rio em movimento e impossível de conter. Eu chego e sou sua terra, seu estábulo e seu significado. Sou a grande convenção da linguagem, casa, enquadramento e armadura.

"Escute-me", eu lhe disse.

Ela também deve ser acolhida. E assim os filhos dos homens e principalmente aqueles que não sabem que podem vir a saber...

"Pois quero guiá-los rumo a si mesmos... Sou a primavera dos homens."

CAPÍTULO XLIII

DISSE A ELES: "NÃO TENHAM VERGONHA dos próprios ódios."
Pois haviam condenado cem mil homens à morte. Eles vagavam pelas prisões

com as placas ao peito que os distinguiam uns dos outros como se fossem gado. Cheguei, me apoderei das prisões e convoquei essa multidão. Ela não me pareceu diferente das outras. Ouvi, prestei atenção e olhei. Vi-os compartilhar o pão como os outros e se amontoarem, como os outros, em volta das crianças doentes. E niná-las e velar por elas. Vi-os, como os outros, sofrer a miséria de ficar sozinhos quando estavam sozinhos. E, como os outros, chorar quando a mulher começava, entre as paredes espessas, a sentir por outro prisioneiro um pendor no coração.

Lembro-me daquilo que meus carcereiros contaram. Pedi que trouxessem aquele que havia utilizado a faca na véspera, ainda ensanguentado de seu crime. Interroguei-o pessoalmente. Não me debrucei sobre ele, já tomado pela morte, mas sobre o impenetrável do homem.

Pois a vida brota ali onde consegue brotar. Na cavidade úmida da rocha forma-se o musgo. Já condenado, por certo, pelo primeiro vento seco do deserto. Mas ele esconde as sementes, que não morrerão. Quem chamaria de inútil esse surgimento de vegetação?

Vim a saber por meu prisioneiro, assim, que tinham zombado dele. E que ele havia sofrido em sua vaidade e em seu orgulho. Sua vaidade e seu orgulho de condenado à morte.

Vi, no frio, aqueles que se comprimiam uns contra os outros. Eles se pareciam com todas as ovelhas da terra.

Mandei chamar os juízes e perguntei-lhes:
"Por que foram separados do povo, por que usam no peito uma placa de condenados à morte?".
Eles me responderam: "É a justiça".
E pensava:
"Sim, é a justiça. Pois a justiça, para eles, consiste em destruir o insólito. A existência dos negros é para eles uma injustiça. E a existência das princesas, quando são operários. E a existência dos pintores, quando eles não compreendem a pintura."
Respondi-lhes:
"Quero que seja justo libertá-los. Trabalhem para compreender. De outro modo, se eles forçarem as prisões e ditarem as leis, eles também

ANTOINE DE SAINT-EXUPÉRY

sentirão a necessidade de aprisioná-los por sua vez e destruí-los, e não acredito que o império possa ganhar com isso".

Foi quando vi com clareza a loucura sanguinária das ideias, e dirigi a Deus a seguinte oração:

"Foste louco a ponto de fazê-los acreditar no próprio balbucio? Quem lhes ensinará não uma linguagem mas como se servir de uma linguagem! Pois foi dessa terrível promiscuidade das palavras, do vento de palavras, que eles tiraram a urgência das torturas. De palavras descabidas, incoerentes ou ineficazes nasceram efetivas máquinas de tortura".

Ao mesmo tempo, porém, tudo isso me parecia ingênuo e cheio do desejo de nascer.

CAPÍTULO XLIV

VEIO A NOITE EM QUE DESCI DE MINHA montanha pela encosta das novas gerações, das quais eu não conhecia mais nenhum rosto, cansado das palavras dos homens e sem encontrar no ruído de suas charretes nem de suas bigornas o canto de seus corações, e esvaziado deles como se não conhecesse mais sua língua, e indiferente a um futuro que doravante não me concernia mais – enterrado, me parecia. Eu me desesperava de mim, encerrado atrás dessa pesada muralha de egoísmo (Senhor, dizia a Deus, Tu te retiraste de mim, é por isso que abandono os homens), e me perguntava o que me havia decepcionado no comportamento deles.

Não solicitado a cobiçar para eles o que quer que fosse. Por que encher meus palmeirais com novos rebanhos? Por que aumentar meu palácio com novas torres, se já arrastava meu manto de sala em sala como um navio nas profundezas dos mares? Por que alimentar outros escravos se, em grupos de sete ou oito a cada porta, eles se mantinham como pilares de minha casa, e eu cruzava com eles ao longo dos corredores, apagados contra as paredes por minha passagem e pelo farfalhar de meu manto? Por que capturar outras mulheres se já as encerrava em meu silêncio, tendo aprendido a não escutar a fim de ouvir? Pois havia assistido ao sono delas, uma vez baixadas as pálpebras e os olhos tomados pelo veludo... Eu as deixava, então, cheio do desejo de subir na torre mais alta, mergulhada nas estrelas, e receber de Deus o sentido daquele sono, quando dormem as gritarias, os pensamentos medíocres, as habilidades degradantes e as vaidades que voltam a penetrar-lhes o coração ao amanhecer, quando só se trata para elas de triunfar sobre a companheira e destroná-la de meu coração. (Mas quando esquecia suas palavras, não restava mais que um voo de pássaro e a doçura das lágrimas...)

 CAPÍTULO XLV

NA NOITE EM QUE DESCI DE MINHA montanha pela encosta em que não conhecia mais ninguém, como um homem já enterrado por anjos emudecidos, veio-me o consolo de envelhecer. E de ser uma árvore com o peso de seus galhos, já todo endurecido por calos e rugas, como embalsamado pelo tempo no pergaminho de meus dedos, e tão difícil de ferir, como se já tivesse me tornado eu mesmo. E dizia comigo mesmo: "Como o tirano poderia assustar aquele que está velho com o cheiro dos suplícios, que é cheiro de leite azedo, e mudar dentro dele o que quer que seja, visto que ele mantém sua vida bem atrás de si, como o manto desfeito que continua preso apenas por um fio? Assim, já fui guardado na memória dos homens. E nenhuma negação de minha parte fará mais sentido".

Veio-me também o consolo de estar desobrigado de meus entraves, como se toda essa carne ressequida tivesse sido trocada no invisível por asas. Como se eu passeasse, finalmente nascido de mim mesmo, na companhia desse arcanjo que tanto havia procurado. Como se, ao abandonar meu velho envelope, me descobrisse extraordinariamente jovem. E essa juventude não era feita de entusiasmo, nem de desejo, mas de uma extraordinária serenidade. Essa juventude era a daqueles que beiram a eternidade, não

ANTOINE DE SAINT-EXUPÉRY

a dos que beiram a aurora dos tumultos da vida. Ela era feita de espaço e de tempo. Tinha a impressão de me tornar o eterno, de ter chegado ao fim do vir a ser.

Eu também era semelhante àquele que recolheu em seu caminho uma jovem apunhalada. Ele a carrega nos braços nodosos, toda desfeita e entregue como um buquê de rosas, suavemente adormecida por um fio de aço, e quase sorridente de apoiar seu rosto branco no ombro alado da morte, que a conduz, porém, para a planície onde estão os únicos que poderão curá-la.

"Maravilha adormecida que eu preencheria com minha vida, pois não me interesso mais pelas vaidades, pelas cóleras, pelas pretensões dos homens, pelos bens que podem me caber, pelos males que podem me atingir, mas somente por aquilo pelo qual me troco. Carregando meu fardo até os curandeiros da planície me tornarei luz dos olhos, mecha dos cabelos numa fronte pura e se, tendo-a curado, eu lhe ensinar a oração, a alma perfeita a fará manter-se ereta como um caule de flor bem sustentado pelas raízes..."

Não estou encerrado em meu corpo que estala como uma velha casca. Ao longo de minha lenta descida pela encosta de minha montanha, pareço arrastar, como um grande manto, todas os declives e todas as planícies e, salpicadas aqui e ali, as luzes de minhas casas como estrelas de ouro. Curvo-me, sob o peso de meus dons, como uma árvore.

Meu povo adormecido: eu te abençoo, continua a dormir.

Que o sol demore a tirar-te da noite suave! Que minha cidade ainda tenha o direito de repousar antes de aquecer, ao amanhecer, suas asas para o trabalho. Que aqueles que foram atingidos pelo mal ontem, e que gozam do adiamento de Deus, esperem mais antes de retomarem o luto, a miséria, a condenação ou a lepra que acaba de fustigar. Que todos permaneçam no seio de Deus, perdoados, acolhidos.

Sou eu que me encarregarei de ti.

Velo por ti, meu povo: continua a dormir.

CAPÍTULO XLVII

"VOCÊS NÃO TÊM VERGONHA", disse, "de seus ódios, desavenças, cóleras? Não estendam o punho por causa do sangue derramado ontem, pois se saírem renovados da aventura, como a criança do seio dilacerado ou o animal alado e embelezado pelo rompimento da crisálida, o que irão colher de ontem em nome de verdades que perderam a substância? Porque aqueles que chegam às vias de fato e ferem, sempre os comparei, instruído pela experiência, à prova sangrenta do amor. E o fruto que nascerá não é de um ou de outro, mas dos dois. E ele domina esses dois. Eles se reconciliarão por meio dele, até o dia em que eles mesmos, na próxima geração, sofrerão a prova sangrenta do amor.

Eles sofrem os horrores do parto, por certo. Passado o horror, porém, chega o momento da festa. Todos se encontram no recém-nascido. Vejam, quando a noite os invade e vocês adormecem, todos se tornam semelhantes uns aos outros. E disse o mesmo daqueles que, nas prisões, usam o colar dos condenado à morte: eles não diferem dos outros em nada. A única coisa que importa é que eles se encontrem em seu amor. Perdoarei a todos por terem matado, pois me recuso a distinguir segundo os artifícios de linguagem. Este matou por amor aos seus, pois só se coloca a vida em jogo por amor. E o outro também havia matado por amor aos seus. Saibam reconhecê-lo e renunciem a chamar de erro o contrário das verdades de vocês, e de verdade o contrário do erro. Pois a certeza que invade e obriga a escalar a montanha também invade o outro que também escala a sua montanha. E ele é governado pela mesma certeza que fez com que vocês acordassem durante a noite. Talvez não a mesma, mas uma igualmente forte.

Mas vocês só conseguem ver nesse homem aquilo que nega o homem que vocês são. E ele, da mesma forma, só sabe ler em vocês aquilo que o nega. Cada um sabe muito bem que existe outra coisa em si mesmo além de negação glacial ou odiosa, que existe descoberta de um rosto evidente, simples e puro, que ele lhe oferece para aceitar-lhe a morte. Vocês odeiam um ao outro por inventarem um adversário mentiroso e vazio. Eu,

ANTOINE DE SAINT-EXUPÉRY

porém, que os domino, digo que vocês amam o mesmo rosto, embora mal reconhecido e mal descoberto.

Lavem-se, portanto, desse sangue: nada pode ser construído com base na escravidão, apenas revoltas de escravos. Nada pode ser obtido do rigor se não houver inclinação à conversão. Se a fé oferecida não vale nada, e se houver inclinação para a conversão, então de que serve o rigor? Por que, chegado o momento, vocês usarão as armas? O que vocês ganharão com essas carnificinas em que ignoram quem estão matando? Desprezo a fé rudimentar que só concilia os carcereiros."

Desaconselho-te a polêmica. Ela não leva a nada. Alguns se enganam recusando tuas verdades em nome de suas próprias certezas, mas saibas que se polemizares com eles em nome de tua própria certeza recusarás a verdade deles. Aceita-os. Pega-os pela mão e guia-os. Diz-lhes: "Vocês têm razão, escalemos a montanha". Estabelecerás a ordem no mundo e eles poderão respirar na amplitude que terão conquistado.

Não se trata de dizer que "Esta cidade tem 30 mil habitantes", ao que o outro te responderia que "Ela só tem 25 mil", pois de fato cada um teria um número. E um, portanto, estaria enganado. Mas diz: "Esta cidade é obra de arquiteto, e estável. Navio que transporta os homens". E o outro dirá: "Esta cidade é cântico dos homens no mesmo trabalho...".

Pois se trata de dizer: "É fértil a liberdade que permite o nascimento do homem e as contradições que nutrem." Ou: "Putrefata é a liberdade, mas fértil é a coação que é necessidade interior e princípio do cedro." E eles derramam o sangue um do outro. Não te lamentes, pois aqui tens dor do parto, movimento contra si mesmo e apelo a Deus. Diz portanto a cada um: "Tens razão". Pois eles têm razão. Mas leva-os mais alto na montanha, pois o esforço de subir, que eles recusariam por si mesmos tanto ele exige da parte dos músculos e do coração, torna-se uma obrigação de seu sofrimento, que os enche de coragem. Foge para o alto quando os gaviões te ameaçam. Busca o sol nas alturas quando és uma árvore. Teus inimigos colaboram contigo, pois não existe inimigo no mundo. O inimigo te limita, portanto, ele te dá forma e te funda. Diz a ele: "Liberdade e coação são dois aspectos da mesma necessidade, que é ser aquele e não outro". Livre para ser aquele, não livre para ser outro. Livre em uma linguagem. Mas não livre para misturar-lhe outra. Livre dentro das regras de tal jogo de dados. Mas não para estragá-los quebrando as regras com as de outro jogo. Livre para construir, mas não para pilhar e destruir, com o uso mal dirigido, a reserva de teus bens, como aquele que escreve mal e produz efeito com seus excessos, destruindo assim seu próprio poder de expressão, pois ninguém sentirá mais nada ao lê-lo depois que ele destruir o sentido do estilo nos homens. Como o tolo que comparo ao rei e que faz rir enquanto o rei for respeitável e respeitado. Até que chega o dia em que ele se identifica com o tolo. Não pronuncio mais que uma evidência.

Todos sabem disso, pois aqueles que reclamam a liberdade reclamam a moral interior, para que mesmo assim o homem continue sendo governado. O policial, dizem eles, está por dentro. Aqueles que reclamam a coação afirmam que ela é liberdade do espírito, pois estás livre, em tua casa, para atravessar as antecâmaras, percorrer as salas uma a uma, abrir as portas, subir ou descer as escadas. Tua liberdade cresce com o número de paredes, grades e fechaduras. Dispões de tanto mais ações possíveis, que se oferecem a ti e entre as quais podes escolher, quanto a dureza de tuas pedras te encheu de obrigações. Na sala comum, onde te postas em meio à desordem, não existe mais liberdade para ti, apenas dissolução.

No fim das contas, todos sonham com uma mesma cidade. Mas um reclama para o homem, tal como ele é, o direito de agir. O outro, o direito de modelar o homem, para que ele seja e possa agir. Todos celebram o mesmo homem.

No entanto, os dois também se enganam. O primeiro julga-o eterno e existente por si. Sem saber que 20 anos de ensinamento e obrigações fundaram este e não outro. E que as faculdades de amor vêm, em primeiro lugar, do exercício da oração e não da liberdade interior. Como o instrumento musical se não aprendeste a tocar, ou o poema se não conheces nenhuma linguagem. O segundo também se engana, pois acredita nas paredes e não no homem. Como se acreditasse no templo, mas não na oração. Pois as pedras do templo são o silêncio que as domina e que é o único a contar. E o silêncio na alma dos homens. E a alma dos homens onde se mantém esse silêncio. Esse é o templo diante do qual me prostro. O outro, porém, faz seu ídolo da pedra e se prostra diante da pedra enquanto pedra...

O mesmo se dá com o império. Não fiz um deus do império para que sujeitasse os homens. Não sacrifico os homens ao império. Mas fundo o império para encher e animar os homens com ele. Para mim, o homem conta mais que o império. É para fundar os homens que os submeti ao império. Não é para fundar o império que sujeitei os homens. Abandona, portanto, essa linguagem que não leva a nada e aprende a distinguir a causa do efeito e o mestre do servidor. Pois só existe relação, estrutura e dependência interna. Eu, que reino, sou mais submetido a meu povo do que qualquer de meus súditos o é a mim. Eu, que subo a meu terraço e ouço as queixas noturnas, os balbucios, os gritos de sofrimento e o tumulto das alegrias para deles fazer um cântico a Deus, me comporto, portanto, como um servidor. Sou o mensageiro que os reúne e que os conduz. Sou o escravo que carrega as liteiras. Sou o tradutor.

Eu, a pedra angular, sou o nó que os mantém unidos e que os ata em forma de templo. Como poderiam me querer mal? As pedras poderiam se considerar lesadas por terem que sustentar sua pedra angular?...

Não aceites discussões sobre esses assuntos, pois são vazias.

CAPÍTULO XLIX

A MARCHA É QUE CONTA. Ela permanece, não o objetivo, que não passa de ilusão do viajante ao avançar de topo em topo, como se o objetivo tivesse um sentido. Da mesma forma, não há progresso sem aceitação do que existe. Do qual partes eternamente. Não acredito em repouso. Pois se alguém é dilacerado por um conflito, não convém que procure uma paz precária e de má qualidade na aceitação cega de um dos dois elementos do conflito. O que o cedro ganharia em evitar o vento? O vento o dilacera mas também o erige. Sábio é aquele que consegue separar o bem do mal. Buscas um sentido para a vida, quando o sentido é tornar-se si mesmo, e não obter a paz miserável proporcionada pela ausência de conflitos. Se algo se opuser a ti e te dilacerar, deixa que cresça, pois estás criando raízes e te transformando. Bem-aventurado teu dilaceramento, que te faz parir a ti mesmo: pois nenhuma verdade pode ser demonstrada e atingida pela certeza. As que te são propostas não são mais que cômodo arranjo, semelhantes às drogas para dormir.

Desprezo aqueles que se embrutecem para esquecer, ou que, simplificando a si mesmos, sufocam, para viver em paz, alguma das aspirações de seus corações. Saiba que toda contradição sem solução, todo conflito irreparável, te obriga a crescer para conseguir absorvê-lo. Nos nós de tuas raízes, bebes a terra sem rosto, seu sílex e seu húmus, e eriges um cedro para a glória de Deus. Somente conduz à glória a coluna do templo que nasceu, por meio de 20 gerações, de seu desgaste pelos homens. Tu também, se quiseres crescer, desgasta-te pelos conflitos: eles levam a Deus. Este é o único caminho que existe no mundo. E decorre disso que o sofrimento te engrandece, quando o aceitas.

E se me perguntares: "Devo acordar aquele homem, ou deixá-lo dormir a fim de que seja feliz?", responderei que não sei nada da felicidade. Mas se houver uma aurora boreal, deixarás teu amigo dormindo? Ninguém deve dormir se tem possibilidade de conhecê-la. Por certo, ele ama seu sono e se envolve com ele: no entanto, arranca-o da felicidade e tira-o dali para que ele possa vir a ser.

 CAPÍTULO L

A MULHER TE ROUBA PELA CASA. Desejável é o amor do perfume da casa, do canto do jorro de água, da música das chaleiras silenciosas e da bênção das crianças que vêm umas depois das outras, com os olhos cheios do silêncio da noite.

Contudo, não procures escolher e preferir segundo fórmulas o brilho do guerreiro na areia ou os benefícios de seu amor. Aqui, somente a linguagem divide. Só há amor no guerreiro cheio das amplidões de seu deserto, e só há oferenda da vida, durante a emboscada em volta dos poços, no amante que soube amar, pois de outro modo a carne oferecida não será sacrifício nem dom de amor. Se aquele que combate não é homem mas autômato e máquina de bater, onde está a grandeza do guerreiro? Vejo apenas a obra monstruosa de um inseto. E se aquele que acaricia a mulher não passa de gado no estábulo, onde está a grandeza do amor? Não conheço nada maior que o guerreiro que depõe as armas e embala o filho, ou o esposo que faz a guerra.

Não se trata de uma oscilação de uma verdade a outra, de uma coisa válida em um momento e, depois, de outra. Mas de duas verdades que só adquirem sentido juntas. É como guerreiro que fazes amor e como amante que fazes a guerra.

Mas aquela que te conquistou com suas noites, tendo conhecido a doçura de tua cama, se dirige a ti, sua maravilha, e diz: "Meus beijos não são doces? Nossa casa não é fresca? Nossas noites não são felizes?". E tu concordas, sorrindo. Diz ela: "Então, fica comigo para me sustentar. Quando vier o desejo, bastará estender o braço que me dobrarei para ti sob o teu peso como a jovem laranjeira sob o peso das laranjas. Pois lá longe levas uma vida avara que não ensina nenhuma carícia. E os movimentos de teu coração, como a água de um poço cheio de areia, não dispõem de campina para viver".

De fato, conheceste em tuas noites solitárias esses impulsos desesperados por esta ou aquela cuja imagem te dava forças, pois todas ficam mais bonitas no silêncio.

Julgas que a solidão da guerra te fez perder a ocasião maravilhosa. No entanto, o aprendizado do amor só acontece nas interrupções do amor. O aprendizado da paisagem azul de tuas montanhas só acontece entre as rochas que levam ao topo, e o aprendizado de Deus só acontece no exercício das orações que não recebem resposta. Pois somente te satisfará, sem perigo de desgaste, aquilo que te for concedido fora do escoamento dos dias, quando os tempos estiverem revolutos e quando te for permitido ser, tendo terminado de vir a ser.

Podes te enganar, por certo, e lamentar aquele que lança seu apelo à noite vã e que acredita que o tempo corre inutilmente roubando seus tesouros. Podes te preocupar com essa sede de amor sem amor, tendo esquecido que o amor, em essência, é sede de amor, como sabem os dançarinos e as dançarinas, que fazem seus poemas do flerte, enquanto poderiam, em primeiro lugar, se unir.

Digo que a ocasião perdida é que conta. A ternura entre as paredes da prisão talvez seja a grande ternura. A oração é fértil enquanto Deus não responde. E são as rochas e os espinhos que nutrem o amor.

Não confundas, portanto, o fervor com o uso das provisões. O fervor que exige para si não é fervor. O fervor da árvore vai para os frutos que não lhe dão nada em troca. Como eu, em relação a meu povo. Pois meu fervor escoa na direção de pomares dos quais nada tenho a esperar.

Tampouco te encerres na mulher. Por nela buscar aquilo que já encontraste. Podes voltar a ela de tempos em tempos, nada mais, como aquele que mora na montanha e às vezes desce até o mar.

Falarei, então, da atenção. Se abrires a porta ao caminhante e ele se sentar, não o censures por não ser outro. Não o julgues. Pois a primeira coisa de que ele tinha fome era de estar em algum lugar, na casa de alguém, com seu peso, sua bagagem de recordações, sua respiração difícil e seu bastão pousado em um canto. Era de estar ali, em meio ao calor e à paz de teu rosto, apenas com o seu passado, que não está em causa, e como que despido de todas as suas manias. Suas muletas, que ele não sente mais porque não lhe pedes para dançar. Então ele se tranquiliza, bebe o leite que serves e come o pão que cortas, e o sorriso que lhe concedes é um manto quente, como o sol para um cego.

Onde vês que seja um rebaixamento, sob o pretexto de que ele é indigno, sorrir-lhe?

Onde vês que lhe dás alguma coisa, se não lhe dás o essencial, que é a atenção, a mesma que pode fazer tão nobres tuas relações com teu inimigo mais mortal? Que reconhecimento pretendes obter dele com o fardo de teus presentes? Ele só poderá te odiar se for embora de tua casa cheio de dívidas.

 # CAPÍTULO LV

NÃO CONFUNDAS O AMOR COM o delírio da posse, que provoca os piores sofrimentos. Ao contrário da opinião comum, o amor não faz sofrer. O instinto de propriedade, que é o contrário do amor, é que faz padecer. Pois por amar a Deus eu vou a pé pela estrada, mancando com dificuldade para levá-lo aos outros homens. E não reduzo meu Deus à escravidão. Sou alimentado pelo que ele dá aos outros. Sei reconhecer aquele que ama de verdade pelo fato de que ele não pode ser lesado. Aquele que morre pelo império não pode ser lesado pelo império. Pode-se falar na ingratidão deste ou daquele, mas quem falaria na ingratidão do império? O império é construído por teus dons; que aritmética sórdida precisas utilizar para te preocupares com uma homenagem prestada por ele? Aquele que deu sua vida ao templo, que trocou a si mesmo pelo templo, este amou de verdade, como poderia se sentir lesado pelo templo? O amor verdadeiro começa ali onde não se espera mais nada em troca. E se o exercício da oração se revela tão importante, para ensinar ao homem o amor dos homens, é porque ele não obtém nenhum resposta.

Reconheço a amizade porque ela não pode ser frustrada, e reconheço o amor verdadeiro porque ele não pode ser lesado.

Amar-me, acima de tudo, é colaborar comigo.

Como o templo onde só o amigo pode entrar, mas incontável.

CAPÍTULO LVIII

AMIGO É AQUELE QUE NÃO JULGA. Eu já disse, é aquele que abre a porta ao caminhante, à muleta, ao bastão apoiado em um canto, e que não lhe pede para dançar para julgar sua dança. E quando o caminhante fala sobre a primavera na estrada lá fora, o amigo é aquele que recebe essa primavera. E quando ele conta o horror da fome da aldeia de onde vem, aquele que sofre com ele essa fome. Pois como já disse, o amigo, no homem, é a parte que existe para ti e que abre para ti uma porta que talvez não se abra para mais ninguém. Teu amigo é verdadeiro e tudo o que ele diz é verdade, e ele te ama mesmo quando te odeia em outra casa. E o amigo no templo, aquele que, graças a Deus, frequento e encontro, é aquele que vira para mim o mesmo rosto que o meu, iluminado pelo mesmo Deus, pois nesse momento a unidade se fez, mesmo se, lá fora, ele for comerciante e eu capitão, ou jardineiro e eu homem do mar. Encontrei-o, acima de nossas divisões, e sou seu amigo. Posso me calar a seu lado, isto é, nada temer por meus jardins internos, minhas montanhas, minhas ravinas e meus desertos, pois ele não passeará seus sapatos por eles. Tu, meu amigo, recebes de mim com amor como se recebesses o embaixador de meu império interior. E tu o tratas bem e o fazes sentar-se e o ouves. E ficamos felizes. Nunca me viste, quando eu recebia embaixadores, mantê-los a distância ou rejeitá-los porque no fundo de seus impérios, a mil dias de marcha do meu, os homens se alimentavam de pratos que não me agradavam ou porque seus costumes não eram como os meus. A amizade passa primeiro pela trégua e pela grande circulação do espírito, acima dos detalhes vulgares. Nada tenho a censurar àquele que sente à minha mesa como num trono.

Sabe-se que a hospitalidade, a cortesia e a amizade são encontros do homem no homem. Que iria eu fazer no templo de um deus que discutisse sobre o tamanho ou sobre a corpulência de seus fiéis, ou na casa de um amigo que não aceitasse minhas muletas e quisesse me fazer dançar para me julgar?

Encontrarás juízes suficientes pelo mundo. Quando se tratar de te moldar de outra forma e de te fortalecer, deixa esse trabalho a teus inimigos.

Eles se encarregarão bem dele, como a tempestade que esculpe o cedro. Teu amigo foi feito para te acolher. Saiba que Deus não te julga, quando vens a Seu Templo, Ele te recebe.

CAPÍTULO LX

VIERAM-ME REFLEXÕES SOBRE A VAIDADE. Ela sempre me pareceu uma doença, e não um vício. Naquela que vi comover-se com a opinião da multidão, e exaltar-se em suas atitudes e em sua voz porque se tornava um espetáculo, e que obtinha satisfações extraordinárias das palavras pronunciadas a seu respeito, naquela cuja bochecha se enchia de fogo porque a olhavam, percebi outra coisa que a estupidez: percebi doença. Pois como obter sua satisfação do outro, se não por amor e dom? No entanto, a satisfação que ela obtém de sua vaidade lhe parece mais calorosa do que ela obtém dos bens, pois ela pagaria por esse prazer em detrimento dos outros prazeres.

Escassa e infeliz alegria, como a de um vício. Como aquele que se coça quando algo o espeta e sente prazer. A carícia, ao contrário, é abrigo e morada. Quando acaricio a criança, é para protegê-la. Ela recebe o sinal disso no aveludado do rosto.

Mas tu, vaidosa, caricatura!

Estes, os vaidosos, cessaram de viver. Pois quem se trocará por algo maior que si, se em primeiro lugar exige receber? Este não crescerá mais, atrofiado para todo o sempre.

O guerreiro corajoso, quando o felicito, fica comovido e treme como a criança de minha carícia. E não há vaidade nisso.

O que mexe com um e o que mexe com outro? Em que eles diferem?

Se a vaidosa adormecer...

Não conhecerás o movimento da flor que solta ao vento todas as suas sementes, que não lhe serão devolvidas.

Não conhecerás o movimento da árvore que cede seus frutos, que não lhe serão devolvidos.

Não conhecerás o júbilo do homem que entrega sua obra, que não lhe será devolvida.

Não conhecerás o fervor da dançarina que apresenta uma dança, que não lhe será devolvida.

Da mesma forma o guerreiro, que dá sua vida. Se o felicito por isso, é porque construiu sua passarela. Ensino-lhe que ele renunciou a si mesmo em todos os homens. Ele fica contente, não de si, mas dos homens.

O vaidoso, porém, caricatura. Não peço modéstia, pois amo o orgulho, que é existência e permanência. Se és modesto, cedes ao vento como cata-vento. Pois o outro tem mais peso que tu.

Peço-te que vivas não do que recebes mas do que dás, pois somente isso pode te fazer crescer. E isso não te ordena a desprezar aquilo que dás. Deves formar teu fruto. É o orgulho que preside sua permanência. Caso contrário, mudarias, ao sabor dos ventos, sua cor, sabor e cheiro!

Mas o que é um fruto para ti? Teu fruto só terá valor se não puder ser restituído.

CAPÍTULO LXIII

VEIO-ME O GRANDE EXEMPLO DAS cortesãs e do amor. Pois se acreditas nos bens materiais em si mesmos, te enganas. Assim como não existe paisagem contemplada do alto das montanhas enquanto não a tiveres construído por ti pelo esforço da ascensão, assim também é o amor. Nada tem sentido em si mesmo. Em todas as coisas, o verdadeiro sentido é a estrutura. Teu rosto de mármore não é a soma de um nariz, uma orelha, um queixo e outra orelha, mas a musculatura que os une. Punho fechado que contém alguma coisa. A imagem do poema não reside na estrela, nem no número sete, nem na fonte, mas unicamente no laço que formo obrigando minhas sete estrelas a se banharem na fonte. Sem dúvida, são necessários objetos entrelaçados para que a ligação se revele. Mas seu poder não reside nos objetos. Não é no fio, nem no suporte, nem em nenhuma de suas partes, que reside a armadilha para raposas, mas num conjunto que é criação. Ouves a raposa uivar porque foi capturada. Da mesma forma, eu, ou o cantor, o escultor e o dançarino, poderei te capturar em minhas armadilhas.

O mesmo se dá com o amor. O que tens a esperar da cortesã? Apenas repouso da carne depois da conquista do oásis. Ela não exige nada de ti e não te obriga a ser. E teu reconhecimento no amor, quando desejas voar ao socorro de tua bem-amada, vem de ter sido solicitado o arcanjo que dormia dentro de ti.

Não é a facilidade que faz a diferença. Pois aquela que amas, se ela te amar também, bastará que abras os braços para recebê-la. A diferença reside no dom. Não existe dom possível à cortesã, pois ela considera aquilo que lhe trazes como um tributo.

Quando te impõem um tributo, tu discutirás esse encargo. O sentido da dança, aqui, é que é dançado. O exército que se espalha ao anoitecer pelo bairro reservado da cidade, com seu pobre soldo no bolso, que é preciso fazer durar, negocia e compra o amor, como um alimento. Assim como o alimento torna possível uma nova marcha pelo deserto, o amor comprado tranquiliza sua carne, disponível para a solidão. Mas todos se transformam em comerciantes e não experimentam nenhum fervor.

Para dar à cortesã seria preciso ser mais rico que um rei, pois por aquilo que trazes ela agradece a si mesma e se parabeniza por seu êxito, ela honra a si por ser tão hábil e bela e ter tirado de ti essa quantia. Nesse poço sem fundo, podes derramar o carregamento de mil caravanas de ouro sem ter sequer começado a dar. Porque é preciso alguém para receber.

É por isso que meus guerreiros, com a mão atrás das orelhas, acariciam à noite as raposas do deserto que conseguiram capturar, e sentem um vago amor, com a ilusão de dar ao pequeno animal selvagem, ébrios de reconhecimento quando elas chegam a se aninhar contra os seus corações.

No bairro reservado, porém, consegues encontrar uma cortesã que por precisar de ti se aninhe em teu ombro?

Ainda assim, acontece de um de meus homens, nem mais nem menos rico que os outros, considerar seu ouro como as sementes que a árvore deseja lançar ao vento, pois, sendo soldado, ele despreza as provisões. Ele passeia à noite em volta das tabernas no esplendor de sua magnificência. Como aquele que semeia a cevada e caminha a grandes passos para a terra escarlate que é digna de receber.

Meu soldado dilapida suas riquezas, pois não tem o desejo de guardá-las, e é o único a conhecer o amor. E talvez inclusive o desperte dentro delas, pois dança uma outra dança, que, então, é recebida.

Digo que o grande erro é ignorar o fato de que receber é muito diferente de aceitar. Receber é um dom, o dom de si mesmo. Avaro não é aquele que não se arruína em presentes, mas aquele que não dá a luz do próprio rosto em troca de tua oferenda. Avara é a terra que não se embeleza depois que lançaste tuas sementes.

Cortesãs e guerreiros ébrios às vezes produzem alguma luz.

 CAPÍTULO LXIV

SAQUEADORES INSTALARAM-SE EM meu império. Pois mais ninguém criava o homem. O rosto patético não era mais máscara, era a tampa de uma caixa vazia.

Eles foram de destruição do Ser em destruição do Ser. Não vejo nada, neles, pelo qual se mereça morrer. Então que seja viver. Porque aquilo pelo qual aceitas morrer constitui a única coisa pela qual podes viver. Eles queimavam velhas construções, alegres com o ruído da queda dos templos. Quando esses templos desmoronavam, não deixavam nada em troca. Eles destruíam seu próprio poder de expressão, portanto. E destruíam o homem.

Ou então alguém se enganava sobre a alegria. Pois a princípio havia dito: "A aldeia". E suas resistências, seus costumes e seus ritos obrigatórios. Havia nascido uma aldeia fervorosa. Depois, ele a confundiu. Quis fazer

ANTOINE DE SAINT-EXUPÉRY

sua alegria não de uma estrutura que veio a ser e que lentamente se consolidou, mas do estabelecimento em algo que fosse provisão, como o poema. E a esperança é vã.

A aldeia não é esse poema no qual podes simplesmente te estabelecer no calor da sopa ao anoitecer e no cheiro bom do gado no estábulo, alegrando-te com a fogueira na praça para a festa – pois o que a festa amarraria a ti se ela não ecoasse em outra coisa? Se ela não fosse lembrança da libertação depois da escravidão, do amor depois do ódio, ou milagre no desespero. Não serias nem mais nem menos feliz do que um de teus bois. Mas a aldeia em ti se construiu de forma lenta, e para chegar ao que ela é escalaste vagarosamente uma montanha. Pois eu te moldei com base em meus ritos e costumes, e por meio de tuas renúncias e teus deveres, tuas cóleras obrigatórias e teus perdões, tuas tradições e não outras. E não é esse fantasma de aldeia que essa noite te faz cantar o coração – seria fácil demais ser homem –, é uma música aprendida aos poucos, contra a qual a princípio lutaste.

Vais à aldeia e a esses costumes, mas por te divertires tu os saqueias, pois eles não são divertimentos e jogos, e se te divertires ninguém mais acreditará neles. E não restará nada. Nem para eles, nem para ti...

CAPÍTULO LXV

DIZIA MEU PAI: "A ORDEM, EU A ERIJO. Não segundo a simplicidade e a economia. Não se trata de triunfar sobre o tempo. Não me interessa saber se os homens vão engordar por construir celeiros em vez de templos, e aquedutos em vez de instrumentos musicais, pois desprezando toda humanidade sovina e vaidosa, mesmo que opulenta, o que me interessa é conhecer de que homem se tratará. Aquele que me interessa é o que tiver se banhado longamente no tempo perdido do templo, como se contemplasse a Via Láctea que o faz vasto, que tiver exercitado o coração no amor por meio do exercício da oração que não obtém resposta (pois a resposta que compensasse a oração faria o homem mais sovina ainda) e que tiver ecoado o poema com frequência.

Pois o tempo que economizo na construção do templo, navio que se dirige para algum lugar, ou no embelezamento do poema que faz ecoar o coração dos homens, precisa ser empregado mais para enobrecer do que engordar a espécie humana. Inventarei, portanto, os poemas e os templos.

Mesmo sabendo do tempo perdido em funerais, pois os homens cavam a terra para colocar os despojos do morto podendo usar esse tempo para lavrá-la e semeá-la, proibirei as fogueiras onde os cadáveres são queimados, pois pouco me importa o tempo ganho quando perco acima de tudo o amor dos mortos. Pois não encontrei imagem mais bela para servi-los do que o túmulo no qual os parentes comparecem procurando a pequenos passos a pedra dos seus entre o restante das pedras, sabendo-os devolvidos à terra como a colheita, de volta à massa natural. E sabendo que resta do morto alguma coisa, uma relíquia no ossuário, a forma de uma mão que acariciou, o osso do crânio, essa arca de tesouros, vazio sem dúvida mas antes preenchido por tantas maravilhas. Ordenei que construíssem, quando fosse possível, ainda mais inútil e custosa, uma casa para cada morto, a fim de que todos pudessem se reunir nos dias de festa e compreender, não apenas com a razão, mas também com todos os movimentos da alma e do corpo, que mortos e vivos se unem uns aos outros e formam uma mesma árvore que cresce. Tendo o costume de ver o mesmo poema, a mesma curva no casco e a mesma coluna atravessarem gerações e serem embelezados e depurados, pois o homem por certo é perecível se o olharmos de frente, como míopes se olhando perto demais, mas não na sombra que ele projeta, no reflexo que deixa de si mesmo. E se economizo o tempo perdido no sepultamento dos cadáveres e na construção de uma morada para eles, e se desejo fazer esse tempo perdido servir para entrelaçar a corrente das gerações, para que por meio dela a criação se eleve direto ao sol como uma árvore, se decreto essa ascensão mais digna do homem do que o crescimento da circunferência da barriga, então usarei o tempo ganho de que passarei a dispor, tendo pesado bem o seu uso, para o sepultamento dos mortos".

ANTOINE DE SAINT-EXUPÉRY

"A ordem que erijo", expunha meu pai, "é a ordem da vida. Digo que uma árvore é uma ordem, apesar de ela ser ao mesmo tempo raízes, tronco, galhos, folhas e frutos. E digo que um homem é uma ordem, apesar de ele ter um espírito, um coração e não poder ser reduzido a uma função, como lavrar ou perpetuar a espécie, e que ele seja ao mesmo tempo aquele que lavra e reza, que ama e resiste ao amor, que trabalha e descansa, que escuta as canções do anoitecer.

Mas alguns reconheceram que os impérios gloriosos estavam em ordem. A estupidez dos lógicos, dos historiadores e dos críticos os fez acreditar que a ordem dos impérios era mãe de suas glórias, enquanto digo que tanto a ordem quanto a glória são o fruto apenas do fervor. Para criar a ordem, crio um rosto a ser amado. Eles, no entanto, propõem a ordem como um fim em si mesmo, e tal ordem, quando discutida e aperfeiçoada, torna-se economia e simplicidade. E eludem aquilo que é difícil de enunciar, enquanto nada do que realmente importa pode ser enunciado. Ainda não conheci um professor que pudesse me dizer com simplicidade por qual razão eu amava o vento no deserto sob as estrelas. Concordamos sobre o que é usual porque fácil é a linguagem que expressa o habitual. Podemos dizer sem medo de sermos desmentidos que mais valem três sacos de cevada do que um só. Acredito levar mais aos homens apenas os obrigando, para que bebam dessa bebida que torna vasto, a caminhar algumas vezes à noite sob as estrelas, no meio do deserto.

A ordem é o sinal da existência e não sua causa. Da mesma forma, o plano do poema é sinal de que ele está acabado e é marca de sua perfeição. Não é em nome de um plano que trabalhas, mas trabalhas para obtê-lo. Alguns, porém, dizem a seus alunos: 'Vejam esta grande obra e a ordem que ela revela. Fabriquem primeiro uma ordem, assim suas obras serão grandes'. Essas obras, então, não serão mais que esqueletos sem vida e restos de museu.

Erijo o amor pelo domínio e assim tudo se ordena, a hierarquia dos lavradores, dos pastores e dos ceifeiros, o pai à frente. Da mesma forma que as pedras em volta do templo se ordenam quando impões que elas sirvam para a glória de Deus. A ordem nascerá da paixão dos arquitetos.

Portanto, não tropeces em tua linguagem. Se impuseres a vida, fundarás a ordem, e se impuseres a ordem, imporás a morte. A ordem pela ordem é uma caricatura da vida".

CAPÍTULO LXVI

ENTREMENTES, VEIO-ME O PROBLEMA do sabor das coisas. Os homens de um acampamento fabricavam cerâmicas bonitas. Os homens de outro acampamento, cerâmicas feias. Compreendi com certeza que não existe uma lei que possa ser formulada para embelezar as cerâmicas. Nem com gastos em ensino, nem com concursos e honrarias. Também observei que aqueles que trabalhavam em nome de uma ambição que não a qualidade do objeto, mesmo dedicando a ele suas noites de trabalho, realizavam objetos pretensiosos, vulgares e complicados. De fato, as noites de vigília eram dedicadas à venalidade, à luxúria ou à vaidade, ou seja, a si mesmos, eles não se doavam mais em Deus por meio de um objeto que se tornasse fonte de sacrifício e imagem de Deus, em que as rugas, os suspiros, as pálpebras pesadas, as mãos trêmulas de tanto modelar, as satisfações do anoitecer após o trabalho e o desgaste do fervor confundem-se. Pois conheço uma única ação fértil, a oração. Mas também sei que toda ação se torna oração quando ela é dom de si ao vir a ser.

CAPÍTULO LXVIIII

OCORREU-ME, ESTRONDOSA, ESTA OUTRA verdade do homem. A saber, que a felicidade não significa nada para ele – e que o interesse é tão pouco. O único interesse que o move é o de ser permanente e durar.

E, para o rico, enriquecer, e para o marinheiro, navegar, e para o larápio, espreitar sob as estrelas. Via a felicidade facilmente ser desdenhada por todos quando ela não passava de ausência de preocupação e segurança. Nessa cidade sombria, esgoto que corria para o mar, meu pai ficou comovido com o destino das prostitutas. Elas se decompunham como uma gordura esbranquiçada e decompunham os viajantes. Ele enviou seus guardas para capturarem algumas, como quem aprisiona insetos para estudar seus costumes. A patrulha perambulou por entre as paredes que secretavam a cidade apodrecida. Às vezes, em uma taberna sórdida que exalava, como visgo, um cheiro de cozinha rançosa, os homens percebiam, sentada num tamborete sob a lamparina que lhe cabia, pálida e triste como uma lanterna sob a chuva, de pesado rosto bovino marcado por um sorriso como uma ferida, a moça que esperava. Era comum que ela estivesse entoando um canto monocórdio para chamar a atenção dos passantes à maneira das medusas moles que dispõem o visgo de suas armadilhas. Essas litanias desesperadas seguiam ruela acima. Quando o homem se deixava capturar, a porta se fechava sobre ele por alguns instantes e o amor se consumava em meio à mais amarga degradação, a litania era suspensa por um momento, substituída pelo sopro curto do monstro lívido e pelo silêncio duro do soldado que comprava desse fantasma o direito de não pensar mais no amor. Ele vinha apagar sonhos cruéis, pois talvez fosse de uma pátria de palmeiras e moças sorridentes. Pouco a pouco, ao longo das expedições distantes, as imagens de suas palmeiras tinham desenvolvido em seu coração uma ramagem de peso intolerável. O riacho tinha se tornado música cruel e os sorrisos das moças, seus seios mornos sob o tecido, as sombras sugeridas de seus corpos e a graça que enlaçava seus gestos, tudo se tornava para ele uma queimadura cada vez mais devorante no coração. Por isso ele vinha gastar seu magro soldo para pedir ao bairro reservado que o esvaziasse de um sonho. E quando a porta voltava a abrir, ele se via sobre a terra, encerrado em si mesmo, duro e desdenhoso, tendo por algumas horas descolorido seu único tesouro, cuja luz não aguentava mais.

Então voltaram os homens de armas com suas madréporas ofuscadas pela luz dura do posto de observação. Meu pai me mostrou:

"Vou te ensinar o que primeiro nos governa".

Ele mandou que as vestissem com tecidos novos, instalou cada uma em uma casa fresca ornada com um jato de água e mandou entregar-lhes finas rendas para bordar. E mandou pagar-lhes de modo a que recebessem o dobro do que ganhavam. Depois proibiu que as vigiassem. "Aquelas que eram o mofo triste de um pântano tornaram-se felizes", ele me disse. "E limpas, calmas e tranquilas..." No entanto, uma depois da outra, todas desapareceram e voltaram à cloaca.

"Pois foi a própria miséria que elas choraram", disse meu pai. "Não por gosto estúpido da miséria contra a felicidade, mas porque o homem se dirige em primeiro lugar para sua própria densidade. E acontece que a casa dourada, a renda e as frutas frescas são recreação, jogo e lazer. E disso elas não podiam fazer suas vidas e se entediavam. Longo é o aprendizado da luz, da limpeza e da renda quando ele precisa cessar de ser espetáculo refrescante para se transformar em rede de laços, obrigação e exigência. Elas recebiam, mas não davam nada. E então lamentaram, não por amargura, mas apesar da amargura, as horas pesadas de suas esperas e o olhar pousado no quadrado negro da porta onde, de hora em hora, surgia um presente da noite, obstinado e cheio de ódio. Elas lamentaram a leve vertigem que as enchia com um veneno amargo quando o soldado, depois de empurrar a porta, mirava para elas como se olhasse para um animal marcado, olhos fixos na garganta... Acontecia de algum deles furar uma das mulheres como se enfiasse um punhal silencioso em um odre, para desenterrar, embaixo de alguns tijolos ou telhas, as moedas de prata de seus tesouros.

Elas sentiam falta da espelunca sórdida onde ficavam entre elas, na hora em que o bairro reservado se fechava segundo as ordens e quando, bebericando seus chás ou calculando seus ganhos, injuriavam-se umas às outras e liam o futuro nas palmas de suas mãos obscenas. E talvez até predissessem essa mesma casa e essas trepadeiras de flores habitadas então por mulheres mais dignas que elas. A maravilha dessa casa construída em sonho é que ela abriga, em vez da própria pessoa, um si mesmo transfigurado. Como a viagem que te transformará. Mas se eu te encerrar nesse palácio, serás tu que arrastarás teus velhos desejos, teus velhos rancores, teus velhos desgostos, serás tu que claudicarás se já claudicavas, pois não existe fórmula mágica que transfigure. Só posso lentamente, à força de

ANTOINE DE SAINT-EXUPÉRY

constrangimentos e sofrimentos, obrigar-te à transformação para te fazer vir a ser. Mas não passou por transformação aquela que desperta nesse ambiente puro e simples, que boceja e que, não estando mais ameaçada por golpes, encolhe sem motivo a cabeça entre os ombros quando alguém bate à porta, e que, se continuam batendo, também espera sem objeto, pois não há mais presentes da noite. Como não estão mais cansadas das noites fétidas, elas não experimentam mais a libertação do amanhecer.

Podem ter agora um destino desejável, mas deixaram de possuir, ao sabor de mutáveis predições, um destino para cada noite, vivendo no futuro a vida mais maravilhosa que jamais houve. Elas não sabem mais o que fazer de suas cóleras súbitas, frutos de uma vida sórdida e malsã, que continuam acontecendo contra suas vontades, como os animais retirados das margens mas que por muito tempo se fecham sobre si mesmos na hora das marés, tomados de contrações. Quando essas cóleras as invadem, não há mais injustiça contra a qual gritar, elas de repente se veem como essas mães de filhos mortos em quem o leite continua jorrando sem servir para nada.

Pois o homem, garanto, procura a própria densidade e não sua felicidade".

CAPÍTULO LXIX

VEIO-ME AINDA A IMAGEM DO TEMPO ganho, pois pergunto: "Em nome de quê?". E o outro me respondeu: "Em nome da cultura". Como se ela pudesse ser exercício vazio.

Louco é aquele que afirma distinguir a cultura do trabalho. Pois o homem primeiro se desgostará de um trabalho que será a parte morta de sua vida, depois de uma cultura que não passará de aposta sem garantia, como a tolice dos dados que lanças, quando eles não representam mais tua fortuna e não rolam mais tuas expectativas. Não se trata de um jogo de dados, mas do jogo de teus rebanhos, de tuas pastagens ou de teu ouro. Como a criança que constrói seu castelo de areia. Não se trata de um punhado de terra, mas de cidadela, montanha ou navio.

Sem dúvida, vi o homem sentir prazer no descanso. Vi o poeta dormir sob as palmeiras. Vi o guerreiro beber chá na casa das cortesãs. Vi o carpinteiro sentir sob o alpendre a calidez da noite. E sem dúvida eles pareciam cheios de alegria. Mas já disse: justamente porque estavam cansados dos homens. Era um guerreiro que ouvia os cantos e contemplava as danças. Um poeta que sonhava sobre a grama. Um carpinteiro que respirava o cheiro da noite. Foi em outro lugar que vieram a ser. A porta importante da vida de cada um deles continuava sendo a parte de trabalho. Pois a verdade do arquiteto, que é um homem e que se exalta e obtém sua plena significação ao governar a ascensão de seu templo, e não ao descansar jogando dados, é a verdade de todos. O tempo ganho no trabalho, quando não é simples lazer, relaxamento dos músculos após o esforço ou sono do espírito após a invenção, não passa de tempo morto. Divides a vida em duas partes inaceitáveis: um trabalho que não passa de uma corveia à qual é recusado o dom de si mesmo, ou um lazer que não passa de uma ausência.

CAPÍTULO LXX

ERA BONITA A DANÇARINA APRISIONADA pela polícia de meu império. Bonita e misteriosamente vestida. Tive a impressão de que compreendendo-a seriam conhecidas reservas de território, calmas planícies, noites na montanha e travessias do deserto ao vento.

"Ela existe", eu me dizia. Mas sabia que tinha costumes de muito longe e que operava, aqui, por uma causa inimiga. No entanto, quando tentaram forçar seu silêncio, meus homens não conseguiram arrancar mais que um sorriso melancólico de sua impenetrável candura.

Honro, acima de tudo, aquilo que no homem resiste ao fogo.

Ela, quando a ameacei, esboçou diante de mim uma leve reverência: "Lamento, Senhor...".

Considerei-a sem dizer mais nada e ela sentiu medo. Pálida, e em uma reverência mais lenta:

"Lamento, Senhor...".

Ela pensava que iria sofrer.

Eu disse: "Lembre, sou mestre de tua vida".

Ela me respondeu: "Prezo, Senhor, vosso poder...".

Tinha a gravidade de quem carrega uma mensagem secreta e prefere, por fidelidade, correr o risco de morrer.

A meus olhos, então, ela se tornava o tabernáculo de um diamante. Mas tinha um compromisso com meu império:

"Teus atos merecem a morte".

"Ah, Senhor... (estava mais pálida do que no amor)... Sem dúvida seria justo..."

Compreendi, conhecendo os homens, o fundo de um pensamento que ela não soube expressar: "Seria justo, talvez não que eu morra, mas que seja salvo, mais do que eu, aquilo que carrego em mim...".

"Então existe em ti", perguntei, "algo mais importante que tua carne jovem e que teus olhos cheios de luz? Acreditas estar protegendo dentro de ti alguma coisa, mas não haverá mais nada em ti quando fores morta..."

Ela ficou perturbada, na superfície, por causa das palavras que lhe faltavam para me responder:

"Talvez, Senhor, tenhais razão...".

Senti que ela me dava razão somente no império das palavras, em que não sabia se defender.

"Então, te curvas", disse.

"Perdão, sim, me curvo mas não falarei, Senhor..."

Desprezo aquele que é forçado por argumentos, pois as palavras devem expressar-te e não te conduzir. Elas designam sem nada conter. Mas aquela alma não era dessas que podem ser desaferrolhadas por um vento de palavras:

"Não falarei, Senhor, mas me curvo..."

Respeito aquele que, pelas palavras e mesmo quando elas se contradizem, permanece estável como a roda de proa de um navio, que apesar da demência do mar persegue, inexorável, sua estrela. Pois, assim, sei para onde está indo. No entanto, aqueles que se encerram em uma lógica e seguem suas próprias palavras andam em círculos como lagartas.

Mirei-a por longo tempo:

"Quem te forjou? De onde vens?", perguntei-lhe.

Ela sorriu sem responder.

"Queres dançar?"

E ela dançou.

Sua dança foi admirável, o que não me surpreendeu, pois havia algo dentro dela.

Observaste o rio do alto das montanhas? Ele encontra o rochedo ali e, sem poder recortá-lo, contornou-o. Virou, mais adiante, para seguir por um declive mais favorável. Na planície, desacelerou em meandros por causa da diminuição das forças que não o puxavam mais para o mar. Mais longe, adormeceu em um lago. Depois empurrou um de seu braços, retilíneo, e o depositou na planície como um gládio.

Assim, gosto que a dançarina encontre linhas de força. Que seu gesto, aqui, detenha-se e que, ali, solte-se. Que seu sorriso, que há pouco era fácil, agora pene para manter-se como uma chama ao vento, que agora ela deslize com facilidade como sobre um declive invisível, mas que mais tarde ela desacelere, quando os passos se tornam difíceis como durante uma escalada. Gosto que ela tropece em alguma coisa. Ou triunfe. Ou morra. Gosto que ela venha de uma paisagem construída contra ela, que haja dentro dela pensamentos permitidos e outros condenáveis. Olhares possíveis, outros impossíveis. Resistências, adesões e recusas. Não gosto que seja semelhante em todas as direções, como uma geleira. Mas estrutura dirigida como a árvore viva, que não está livre do crescimento, mas vai se diversificando segundo o gênio de sua semente.

A dança é um destino e caminho na vida. Mas quero te fundar e animar rumo a alguma coisa, para comover-me com teus passos. Pois quando queres cruzar a correnteza e a correnteza se opõe a tua marcha, então danças; quando queres correr ao amor e o rival se opõe a tua marcha, então danças. E há a dança de espadas quando queres levar à morte. E há a dança do veleiro sob sua vela quando é preciso usá-la para chegar ao porto a que se dirige e escolher, ao vento, desvios invisíveis.

Precisas do inimigo para dançar, mas que inimigo te honraria com a dança de sua espada se não existe ninguém dentro de ti?

A dançarina, escondendo o rosto entre as mãos, fez-se patética para meu coração. Vi nela uma máscara. Existem rostos falsamente atormentados no cortejo dos sedentários, mas eles são tampas de caixas vazias. Pois não há nada em ti se não recebeste nada. Aquela, porém, eu a reconhecia como depositária de uma herança. Havia, nela, esse núcleo duro que resiste até o carrasco, pois o peso de uma mó não conseguiria extrair o óleo do segredo. Essa caução pela qual se morre e que faz com que se saiba dançar. Porque só existe homem naquele que foi embelezado pelo cântico, pelo poema ou pela oração, e que foi construído a partir de dentro. Seu olhar pousa sobre ti com clareza, pois é o olhar de um homem habitado. E se tirares a impressão de seu rosto, ela se tornará a máscara dura do império de um homem. E saberás que esse homem é governado e que ele dançará contra o inimigo. Mas o que saberás da dançarina, se ela não passa de uma paragem deserta? Não existe dança do sedentário. Ali onde a terra é avara, onde a carroça arrasta as pedras, onde o verão árido demais seca as plantações, onde o homem resiste aos bárbaros, onde o bárbaro esmaga o fraco, então ali nasce a dança, em razão do sentido de cada passo. Pois a dança é luta contra o anjo. A dança é guerra, sedução, assassinato e arrependimento. Que dança obterias de teu rebanho bem alimentado?

CAPÍTULO LXXIIII

VEIO-ME ENTÃO O GOSTO DA MORTE:

"Dá-me a paz dos estábulos", eu disse a Deus, "das coisas arrumadas, das colheitas feitas. Deixa-me ser, tendo acabado de vir a ser. Estou cansado dos lutos de meu coração. Estou velho demais para recomeçar todos os meus galhos. Perdi, um após o outro, meus amigos e meus

inimigos, e uma luz se fez em meu caminho de triste lazer. Afastei-
-me, voltei, olhei: encontrei os homens em volta do bezerro de ouro,
não interessados, mas estúpidos. As crianças que nascem hoje me são
mais estranhas que os jovens bárbaros sem religião. Estou cheio de
tesouros inúteis, como de uma música que nunca agradou e nunca
será compreendida.

Comecei minha obra com meu machado de lenhador na floresta, e
ébrio pelo cântico das árvores. É preciso encerrar-se em uma torre para
ser justo. Agora que vi os homens perto demais, estou cansado.
Aparece, Senhor, pois tudo fica difícil quando se perde o gosto de Deus".

Veio-me um sonho depois do grande entusiasmo.

Pois eu havia entrado na cidade como vencedor, e a multidão
espalhava-se em campos de bandeirolas, gritando e cantando à minha
passagem. As flores formavam um leito para nossa glória. Mas Deus me
invadiu apenas com um sentimento amargo. Era prisioneiro, parecia-me,
de um povo débil.

Essa multidão que faz tua glória te deixa tão sozinho! Aquele que se
dá a ti se separa de ti, pois não existe passarela de ti ao outro senão pelo
caminho de Deus. Os únicos a serem meus verdadeiros companheiros são
os que se prostram comigo em oração. Confundidos na mesma medida
e sementes da mesma espiga que fazem o pão. Os outros, porém, me
adoravam e faziam de mim um deserto, pois não sei respeitar quem se
engana e não posso consentir com essa adoração de mim mesmo. Não
sei receber o incenso porque não me julgo pelos outros e estou cansado
de mim, que sou um peso a carregar e preciso, para entrar em Deus, me
despir de mim. Aqueles que me incensavam me deixavam triste e deserto,
como um poço vazio quando o povo tem sede e se debruça sobre ele. Sem
nada para dar que valesse a pena e, eles, porque se prosternavam diante
de mim, sem nada para receber.

Pois preciso daquele que é janela aberta para o mar e não espelho
para o tédio.

Daquela multidão, somente os mortos, que não se agitavam mais por
vaidades, me pareciam dignos.

Então me veio esse sonho, pois as aclamações tinham me cansado como um ruído vazio que não podia mais me instruir.

Um caminho escarpado e escorregadio elevava-se sobre o mar. A tempestade havia rebentado e a noite escorria como um odre cheio. Obstinado, subia a Deus para lhe perguntar a razão das coisas e descobrir para onde conduzia a troca que tinham tentado me impor.

No topo da montanha, porém, descobri apenas um pesado bloco de granito negro – que era Deus.

"É mesmo Ele", eu dizia comigo mesmo, "imutável e incorruptível", pois ainda esperava não reforçar minha solidão.

Eu disse: "Senhor, ensine-me. Meus amigos, meus companheiros e meus súditos me parecem apenas fantoches sonoros. Seguro-os na mão e movo-os segundo minha vontade. Não é o fato de me obedecerem que me atormenta, pois é bom que minha sabedoria desça até eles. Mas que tenham se tornado o reflexo de um espelho que me torna mais solitário que um leproso. Quando rio, eles riem. Quando me calo, eles se entristecem. Minha palavra, que conheço, preenche-os como o vento às árvores. Sou o único a preenchê-los. Não existe mais troca para mim, pois nessa audiência desmesurada ouço apenas minha própria voz, que eles me devolvem como os ecos gelados de um templo. Por que o amor me assombra e o que tenho a esperar desse amor que não passa de multiplicação de mim mesmo?".

O bloco de granito, que escorria uma chuva brilhosa, permanecia impenetrável.

"Senhor", continuei, pois havia em um galho vizinho um corvo preto, "compreendo que seja de Tua majestade Te calares. No entanto, preciso de um sinal. Quando eu terminar minha oração, ordena a esse corvo que alce voo. Será como o piscar de olhos de outro que não eu e não estarei mais sozinho no mundo. Estarei ligado a Ti por uma confidência, mesmo que obscura. Não peço nada, apenas que me seja representado que talvez exista algo a ser compreendido."

E observei o corvo. Mas ele se manteve imóvel. Então me inclinei para o bloco.

"Senhor", eu disse, "por certo Tens razão. Não cabe a Tua majestade submeter-se a minhas ordens. Se o corvo tivesse voado, teria ficado ainda mais triste. Pois só poderia receber um sinal de um igual, portanto ainda de mim mesmo, reflexo de meu desejo. E de novo teria reencontrado minha solidão".

Assim, tendo-me prostrado, voltei sobre meus passos. Ocorreu, porém, que meu desespero deu lugar a uma inesperada e singular serenidade. Eu afundava na lama do caminho, era arranhado pelos espinhos, lutava contra o chicote das rajadas e, mesmo assim, uma espécie de clareza equânime se fazia dentro de mim. Pois não sabia nada e não havia nada que pudesse conhecer sem desânimo. Não havia tocado Deus, um deus que se deixa tocar não é mais um deus. Um deus que obedece à oração, tampouco. Pela primeira vez, percebi que a grandeza da oração reside, em primeiro lugar, em não ser respondida e em não entrar nessa troca a feiura de um comércio. E que o aprendizado da oração é o aprendizado do silêncio. E que o amor só pode ter início quando não houver mais dom a ser obtido. O amor é exercício da oração e a oração, exercício do silêncio.

Voltei até meu povo, pela primeira vez, encerrando-o no silêncio de meu amor. E encorajando, assim, seus dons até a morte. Ébrios que estavam de meus lábios fechados. Era pastor, tabernáculo de seus cânticos e depositário de seus destinos, mestre de seus bens e de suas vidas, porém mais pobre que eles e mais humilde em meu orgulho que não se deixava curvar. Sabendo que não havia nada a receber. Eles simplesmente vinham a ser através de mim, seus cânticos fundiam-se a meu silêncio. Por meio de mim, eles e eu não éramos mais que oração que se fundia ao silêncio de Deus.

CAPÍTULO LXXVIIII

VIERAM ATÉ MIM, ENTÃO, para me fazer observações, não os geômetras de meu império, que se reduziam, aliás, a um só, e que além

disso havia morrido, mas uma delegação de comentaristas dos geômetras, que eram dez mil.

Quando o homem cria um navio, ele não se preocupa com pregos, mastros e tábuas, mas coloca no arsenal dez mil escravos e alguns ajudantes munidos de chicotes. E assim desabrocha a glória do navio. Nunca vi um escravo que se vangloriasse de ter vencido o mar.

Contudo, quando o homem cria uma geometria, não se preocupa em deduzi-la até o fim, de consequência em consequência, pois esse trabalho vai além de suas forças e de seu tempo, então ele incita o exército de dez mil comentaristas, que aperfeiçoam os teoremas, exploram os caminhos férteis e recolhem os frutos da árvore. Mas como eles não são escravos e não há chicote para acelerar seu trabalho, não há nenhum que não deixe de se acreditar igual ao único e verdadeiro geômetra, pois eles o compreendem e depois enriquecem sua obra.

Eu, porém, sabendo o quanto é precioso seu trabalho – pois é preciso armazenar as colheitas do espírito –, e sabendo também que é derrisório confundi-lo com a criação, gesto gratuito, livre e imprevisível do homem, mantive-os a uma boa distância, com medo de que eles se inchassem de orgulho e se dirigissem a mim como iguais. Ouvi-os murmurando entre si, queixando-se.

Depois, tomaram a palavra:

"Protestamos, em nome da razão. Somos os sacerdotes da verdade. Tuas leis são leis de um deus menos garantido que o nosso. Tens homens de armas, e esses músculos podem nos esmagar com seu peso. Mas triunfaremos contra ti, mesmos nos porões de teus cárceres".

Eles falavam, percebendo que não corriam risco de atiçar minha raiva. Olhavam uns aos outros, satisfeitos da própria coragem.

No entanto, eu pensava. Havia recebido o único e verdadeiro geômetra todos os dias à minha mesa. Às vezes, ia à tenda dele em noites de insônia, e tendo piedosamente tirado os sapatos, bebia seu chá e provava do mel de sua sabedoria.

"Tu, geômetra", eu lhe dizia.

"Não sou geômetra acima de tudo, sou homem. Um homem que às vezes sonha com geometria quando algo mais urgente não o governa, como o sono, a fome ou o amor. Mas agora que envelheço, sem dúvida tens razão: não passo de um geômetra."

"Tu és aquele a quem a verdade se revela..."

"Sou apenas aquele que tateia e busca uma linguagem, como a criança. A verdade não se revelou a mim. Mas minha linguagem é simples para os homens como tua montanha, e eles é que fazem dela sua verdade."

"Soas amargurado, geômetra."

"Teria amado descobrir no universo o vestígio de um manto divino e, tocando fora de mim uma verdade, como um deus que tivesse se escondido dos homens por muito tempo, teria amado segurá-lo pela aba do casaco e arrancar seu véu do rosto para mostrá-lo. Mas não me foi dado descobrir outra coisa que não eu mesmo..."

Era assim que falava. Eles, porém, brandiam a fúria de seu ídolo acima de suas cabeças.

"Falem mais baixo", eu lhes dizia, "compreendo mal, mas ouço muito bem."

E eles resmungaram com menos força.

Um deles finalmente se expressou por todos, empurrado suavemente à frente, pois eles se arrependiam de ter demonstrado tanta coragem.

Ele me perguntou: "Onde vês a presença de criação arbitrária, ação de escultor e poesia no monumento das verdades que te convidamos a reconhecer? Nossas proposições decorrem uma da outra, do ponto de vista da lógica mais estrita, e nada do homem governou essa obra".

De um lado, portanto, eles reivindicavam a posse de uma verdade absoluta – como os povos que invocam um ídolo qualquer feito de madeira pintada e dizem que ele pode lançar sua cólera sobre os homens – e, por outro, igualavam-se ao único e verdadeiro geômetra, pois todos os que tinham êxitos maiores ou menores haviam servido ou descoberto, mas não criado.

"Vamos estabelecer diante de ti as relações entre as linhas de uma figura. Ora, enquanto podemos transgredir tuas leis, em contrapartida não podes te libertar das nossas. Deves nos tomar como ministros, pois nós sabemos."

Eu me calei, refletindo sobre a tolice. Eles se enganaram a respeito de meu silêncio e hesitaram:

"Pois queremos te servir, acima de tudo", disseram.

Respondi, então:

"Vocês afirmam não criar, ainda bem. Pois quem é vesgo cria vesguices. Odres cheios de ar só criam vento. Se vocês fundassem reinos, o respeito a uma lógica que só se aplica à história já passada, à estátua já criada e ao órgão já morto os faria submetidos de antemão ao sabre bárbaro.

Certa vez, foram descobertos os vestígios de um homem que, tendo ao alvorecer deixado sua tenda a caminho do mar, caminhou até a falésia vertical e se deixou cair. Ele estava cansado dos lógicos que se debruçavam sobre os signos e conheciam a verdade. Pois não faltava nenhum elo à cadeia de acontecimentos. Os passos se sucediam uns aos outros, não havia nenhum que não fosse autorizado pelo precedente. Retraçando os passos das consequências às causas, o morto era levado até sua tenda. Seguindo os passos de causa em consequência, ele era devolvido à morte".

"Entendemos tudo!", os lógicos exclamaram, parabenizando-se uns aos outros.

E eu julgava que compreender teria sido conhecer, como eu conhecia, certo sorriso mais frágil que a água parada, pois teria bastado um simples pensamento para alterá-lo, e que talvez nesse instante não existisse mais porque vinha de um rosto adormecido, e que justamente não era daqui, mas da tenda de um estrangeiro situada a cem dias de marcha.

Pois a criação tem uma essência diferente da do objeto criado, ela escapa às marcas que deixas atrás de si e nunca pode ser lida em signo nenhum. Sempre descobrirás que as marcas, os vestígios e os signos decorrem uns dos outros. Porque a sombra deixada pela criação na parede da realidade é lógica pura. Mas essa descoberta evidente não impedirá tua estupidez.

Como eles não se convenciam, com minha bondade continuei a instruí-los:

"Era uma vez um alquimista que estudava os mistérios da vida. Certo dia, ele retirou de seus alambiques, retortas e drogas um minúsculo fragmento de matéria viva. Os lógicos acorreram. Eles repetiram a experiência, misturaram as drogas, sopraram o fogo sob as retortas e obtiveram outra célula de carne. E se foram proclamando que o mistério da vida não existia mais. A vida era apenas um resultado natural de causa em efeito e de efeito em causa, da ação do fogo sobre as drogas e das drogas, que de início não têm vida, umas sobre as outras. Os lógicos, como sempre, haviam compreendido tudo à perfeição. Mas a criação tem uma essência diferente da do objeto criado, que ela governa, e ela não deixa vestígios em signos. O criador sempre escapa à criação. E o vestígio que ele deixa é lógica pura. Eu, com humildade, fui instruir-me junto ao geômetra meu amigo: 'O que vês de novo', ele me perguntou, 'senão que a vida semeia a vida?' A vida não teria surgido sem a consciência do alquimista, que, a meu ver, vivia. Esquecemos disso, pois, como sempre, ele se retirou de sua criação. Como tu mesmo, quando conduzes o homem ao topo de tua montanha, de onde são ordenados os problemas. A montanha torna-se verdade para além de ti, que o deixas sozinho. E ele não se pergunta por que escolheste essa montanha, simplesmente se vê ali, pois precisa de fato estar em algum lugar".

Como eles continuavam resmungando, pois os lógicos não são lógicos, continuei:

"Pretensiosos, é isso que vocês são. Seguem a dança das sombras na parede e têm a ilusão de conhecer, leem passo a passo as proposições de geometria e não concebem que alguém trabalhou para estabelecê-las, leem vestígios na areia e não percebem que houve alguém que se recusou a amar, leem o surgimento da vida a partir de materiais e não entendem que houve alguém que refutou e que escolheu. Vocês são escravos, não venham me dizer que conceberam e lançaram o navio.

Aquele que era o único de sua espécie e que morreu, eu o teria sentado a meu lado se ele assim desejasse, para que a meu lado ele governasse os homens. Pois ele vinha de Deus. E sua linguagem sabia me revelar a bem-amada distante que não tinha a essência da areia e não podia ser lida à primeira vista".

"A partir de um número infinito de misturas possíveis, ele sabia eleger aquela que nenhum êxito permitia distinguir, e que no entanto era a única a conduzir a algum lugar. Quando falta o fio condutor no labirinto das montanhas, ninguém consegue progredir por dedução, pois o caminho se interrompe assim que o abismo aparece e a encosta oposta continua

ignorada pelos homens. Então às vezes surge um guia, como se voltasse de lá, e traça o caminho. Depois de percorrido, esse caminho terá sido traçado e parecerá evidente. E o milagre de uma ação semelhante a um retorno será esquecido."

CAPÍTULO LXXIX

UM HOMEM VEIO CONTRADIZER MEU PAI:

"A felicidade dos homens...", ele começou.

Meu pai cortou sua palavra:

"Não pronuncies essa palavra em minha casa. Experimento as palavras que carregam o peso das entranhas, mas rejeito as cascas vazias.

"No entanto", disse o outro, "se tu, chefe de um império, não te preocupares em primeiro lugar com a felicidade dos homens...".

Respondeu meu pai: "Não me preocupo nem um pouco em correr atrás do vento para obter provisões, pois se o mantenho imóvel o vento deixa de existir".

CAPÍTULO LXXX

LEMBRO-ME DE ALGO QUE MEU PAI havia dito: "Para erigir a

laranjeira, sirvo-me de adubo e esterco, dou golpes de picareta na terra e também podo os galhos. Assim se desenvolve uma árvore com a capacidade de florescer. Eu, o jardineiro, reviro a terra sem me preocupar com flores ou felicidade, pois para que a árvore floresça é preciso, em primeiro lugar, que haja uma árvore. Para que haja um homem feliz é preciso, em primeiro lugar, que haja um homem".

Mas o outro continuou a interrogá-lo:

"Se não é em direção à felicidade que os homens correm, então para onde eles correm?".

"Ah!", disse meu pai, "Mostrarei mais tarde."

"Observarei, primeiro, que ao constatar que a alegria com frequência coroa o esforço e a vitória, tu concluis, qual lógico estúpido, que os homens lutam pela felicidade. Responderei a isso dizendo que a morte coroa a vida, mas os homens não têm o desejo de morrer. Da mesma forma, utilizamos palavras que são como medusas sem vértebras. Digo-te que existem homens felizes que sacrificam sua felicidade para partir para a guerra."

"Porque encontram no cumprimento de seu dever uma forma mais elevada de felicidade..."

"Recuso-me a falar contigo se não encheres tuas palavras com um significado que possa ser confirmado ou desmentido. Eu não saberia lutar contra essa água-viva que muda de forma. Pois se a felicidade é tanto surpresa do primeiro amor quanto vômito da morte quando um tiro no ventre torna o poço inacessível, como queres que eu compare tuas afirmações à vida? Afirmaste apenas que os homens buscam aquilo que buscam e perseguem aquilo que perseguem. Não te arriscas a ser contradito e não tenho o que dizer de tuas verdades invulneráveis.

Falas como quem faz malabarismos. Se renunciares a sustentar teus disparates, se renunciares a explicar a partida dos homens para a guerra por meio do gosto pela felicidade, e se mesmo assim continuares afirmando que a felicidade explica tudo no comportamento do homem, já te ouço dizer que as partidas para a guerra são explicadas por movimentos de loucura. Ainda assim, exigirei que te comprometas, explicando-me as palavras que usas. Pois se chamas de louco aquele que solta espuma ou que caminha de cabeça para baixo, ao observar os soldados que partem para a guerra caminhando sobre os dois pés, não ficarei satisfeito.

Acontece que não tens linguagem para me dizer que direção é essa a que se esforçam os homens. Nem que direção é essa à qual devo conduzi-los. Usas recipientes pequenos demais, como a loucura e a felicidade, na vã esperança de neles encerrar a vida. Como a criança que, usando uma pá e um balde ao pé do Atlas, quisesse deslocar a montanha."

"Então, ensina-me", pediu o outro.

CAPÍTULO LXXXI

SE ÉS DETERMINADO NÃO POR UM movimento de teu espírito ou de teu coração, mas por motivos enunciáveis e inteiramente contidos no enunciado, então te renego.

Porque tuas palavras não são signo de outra coisa, como o nome de tua esposa, que significa mas não contém coisa alguma. Não podes raciocinar sobre um nome, pois o peso está em outro lugar. Não te ocorre dizer: "Seu nome informa que ela é bonita...".

Como esperar, portanto, que um raciocínio sobre a vida possa bastar em si mesmo? Se ele tivesse outra coisa por baixo como garantia, seria possível que essa garantia se fizesse mais sólida sob um raciocínio menos brilhante. Pouco me importa comparar a felicidade de fórmulas. A vida é o que é.

Portanto, se a linguagem com que me comunicas tuas razões de agir não for o poema que deve me trazer de ti uma nota profunda, se ela não encobrir nada de informulável, com que no entanto pretendes me encher, então te recuso.

Se mudares teu comportamento por um leve tremor de ar que contém apenas lógica estéril e sem peso, em vez de por um rosto que fundamente teu novo amor, então te recuso.

Pois não se morre pelo signo, mas pela garantia do signo. E esta impõe, quando queres expressá-la ou começar a expressá-la, o peso dos livros de todas as bibliotecas do mundo. Não posso expressar-te aquilo que apreendi com tanta simplicidade durante minha compreensão. Precisas ter caminhado por ti mesmo para receberes a montanha de meu poema em todo o seu significado. Quantas palavras, ao longo de quantos anos, eu precisaria gastar se quisesse transportar a montanha até ti, que nunca deixaste o mar?

E a fonte, se nunca tiveste sede e nunca colocaste as mãos em concha para receber a água? Posso cantar as fontes, mas onde estará a experiência que desencadeio em ti e os músculos que despertarão tuas lembranças? Bem sei que não se tratava de falar das fontes. Mas de Deus. Para que minha linguagem te fisgue, porém, e possa me tornar e te tornar operante, ela precisa se agarrar a alguma coisa dentro de ti. É por isso que se eu quiser te ensinar sobre Deus, primeiro te enviarei escalar montanhas, a fim de que a abóbada de estrelas adquira a teus olhos sua plena tentação. E te enviarei morrer de sede nos desertos, a fim de que as fontes possam te encantar. E te mandarei quebrar pedras por seis meses, a fim de que o sol do meio-dia te aniquile. Depois, eu direi: "No segredo da noite que chega, tendo subido à abóbada de estrelas, aquele que foi esvaziado pelo sol do meio-dia matará sua sede no silêncio das fontes divinas".

E tu acreditarás em Deus.

E não poderás negá-lo, pois Ele simplesmente será, como a melancolia que existe no rosto que esculpi.

Pois não existe linguagem ou ação, mas dois aspectos do mesmo Deus. É por isso que chamo de oração o trabalho, e de trabalho a meditação.

CAPÍTULO LXXXVIII

NÃO RECEBERÁS NENHUM SINAL, pois a marca da divindade de quem desejas um sinal é o próprio silêncio. As pedras não sabem e não podem saber nada do templo que elas constituem. Tampouco o pedaço de casca pode saber da árvore que ele constitui com outros pedaços de casca. Nem a própria árvore, ou a casca, do domínio que ela compõe com outras árvores. Nem tu, de Deus. Pois seria preciso que o templo se manifestasse à pedra, ou a árvore à casca, o que não faz sentido, visto que a pedra não tem linguagem para recebê-lo. A linguagem é da escala da árvore.

Essa foi minha descoberta após a viagem rumo a Deus.

Sempre sozinho, fechado em mim diante de mim. Não tenho esperança de sair por mim mesmo de minha solidão. A pedra não tem esperança de ser outra coisa que pedra. Ao colaborar, porém, ela se une e se torna templo. Não tenho mais esperança de pretender a aparição do arcanjo, pois ou ele é invisível ou não existe. Aqueles que esperam um sinal de Deus fazem dele um reflexo de espelho, não descobririam nada além de si mesmos. Ao me comprometer com meu povo, porém, recebo o calor que me transfigura. E essa é a marca de Deus. Pois uma vez feito o silêncio, ele se torna verdadeiro para todas as pedras.

Fora de todas as comunidades, portanto, não seria nada e não obteria satisfação.

Deixem-se ser grão de trigo durante o inverno no celeiro, e durmam.

CAPÍTULO LXXXVIII

ALGUNS RECUSAM A TRANSCENDÊNCIA:

"Eu", eles dizem.

Batem-se no peito. Como se houvesse alguém dentro deles. Como pedras do templo que dissessem: "Eu, eu, eu…".

Como aqueles que eu condenava a extrair diamantes. Os suores, os esforços e o embrutecimento tornavam-se diamantes e luz. Eles existiam pelo diamante, que era sua significação. Veio o dia, porém, em que eles se revoltaram. "Eu, eu, eu!", diziam. Recusavam-se a se submeter ao diamante. Não queriam mais vir a ser. Queriam se sentir honrados por si próprios. Em vez do diamante, propunham a si mesmos como modelo. Eram feios, porque eram bonitos no diamante. Pois as pedras são belas no templo. Pois a árvore é bela no campo. Pois o rio é belo no império. E todos cantam o rio: "Tu, o nutridor de nossos rebanhos, o sangue lento de nossas planícies, o condutor de nossos navios…".

Aqueles, porém, se julgavam um objetivo e um fim, só se interessavam por aqueles que os serviam, não ao que eles serviriam acima de si mesmos.

E por isso eles massacraram os príncipes, reduziram os diamantes a pó para dividi-los entre todos, colocaram nas masmorras os que, buscadores da verdade, pudessem um dia dominá-los. Eles diziam: "É chegado o momento de o templo servir às pedras". E todos partiam enriquecidos, pensavam eles, de seus pedaços de templo, mas despossuídos de sua parte divina e tendo-se tornado simples entulho!

CAPÍTULO LXXXIX

NO ENTANTO, PERGUNTAS:

"Onde começa e acaba a escravidão, onde começa e acaba o universal? E os direitos do homem, onde eles começam? Pois conheço os direitos do templo, que é o sentido das pedras, e os direitos do império, que é o sentido dos homens, e os direitos do poema, que é o sentido das palavras. Mas não reconheço os direitos das pedras contra o templo, nem os direitos das palavras contra o poema, nem os direitos do homem contra o império".

Não existe verdadeiro egoísmo, apenas mutilação. Aquele que vai sozinho dizendo "Eu, eu, eu..." está como que ausente do reino. Como a pedra fora do templo ou a palavra árida fora do poema, ou o pedaço de carne que não faz parte de um corpo.

"Mas", dizem-lhe, "posso suprimir os impérios e unir os homens em um único templo, e assim eles obtêm seu sentido de um templo mais vasto...".

"Porque não entendes nada", respondeu meu pai. "As pedras que vês compõem um braço e disso obtêm seu sentido. Outras, uma garganta ou uma asa. Juntas, porém, elas compõem um anjo de pedra. Outras, juntas, compõem uma ogiva. Outras, uma coluna. Mas se pegares esses anjos de pedra, essas ogivas e essas colunas, juntos eles comporão um templo. E se pegares todos os templos, eles comporão a cidade sagrada que te governa em tua marcha no deserto. Afirmas que em vez de submeter as pedras ao braço, à garganta e à asa de uma estátua, e através da estátua ao templo, através dos templos à cidade sagrada, que será mais proveitoso submeter diretamente as pedras à cidade sagrada, fazendo um grande amontoado uniforme, como se o brilho da cidade santa, que é uno, não nascesse da diversidade. Como se o brilho da coluna, que é uno, não nascesse do capitel, do fuste e do pedestal, que são diversos. Quanto mais a verdade é elevada, mais deves observar do alto para apreendê-la. A vida é una, como a encosta até o mar, que no entanto se diversifica de nível em nível, delegando seu poder de Ser em Ser como de degrau em degrau. O veleiro é uno, apesar das diversas partes. Bem de perto vês velas, mastros, uma proa, um casco, um talha-mar. Mais perto ainda, cordas, chapas, tábuas e pregos. E cada um pode ser decomposto ainda mais.

"Meu império não tem significado nem vida de verdade, nem desfiles de soldados em posição de sentido, se como a cidade simples não passasse de pedras bem alinhadas. Primeiro, teu lar. Dos lares uma família. Das famílias uma tribo. Das tribos uma província. Das províncias meu império. Vês esse império fervilhante e animado de leste a oeste e de norte a sul, como um veleiro no mar que se alimenta do vento e se organiza rumo a um objetivo invariável, apesar de o vento variar e do veleiro ter várias partes.

Agora podes continuar teu trabalho de elevação e tomar os impérios para deles fazer um navio mais casto que absorva os navios e os leve para uma direção que será una, alimentada de ventos diferentes e variados, sem que o rumo varie sob as estrelas. Unificar é interligar melhor as diversidades particulares, e não apagá-las para uma ordem vã."

(Mas não existe etapa em si. Nomeaste algumas. Poderias ter nomeado outras que teriam se ajustado às primeiras. Talvez.)

 # CAPÍTULO XC

MESMO ASSIM TE INQUIETAS, pois viste o tirano esmagar os homens. E o usurário mantê-los escravizados. E, algumas vezes, o construtor de templos não servir a Deus, mas servir a si e aproveitar-se do suor dos homens. E não te pareceu que os homens fossem engrandecidos com isso. Porque inapropriada era a ação. Pois não se trata de ascender, e ao acaso das pedras obter o braço. Ao acaso dos anjos, das colunas ou das ogivas obter o templo. És livre para parar na etapa que quiseres. Submeter os homens ao templo não é melhor do que ao simples braço da estátua. Pois nem o tirano, nem o usurário, nem o braço, nem o templo têm qualidade para absorver os homens e enriquecê-los em troca do próprio enriquecimento deles.

Não são os materiais da terra que se organizam ao acaso e se elevam na árvore. Para criar a árvore, primeiro lançaste a semente em que ela dormia. Ela veio do alto, não de baixo.

Tua pirâmide não fará sentido se não terminar em Deus. Pois Ele se espalha sobre os homens depois de Tê-los transfigurado. Podes te sacrificar ao príncipe se ele próprio se prostra diante de Deus. Pois assim teu bem voltará a ti tendo mudado de gosto e de essência. E o usurário não existirá, nem o braço sozinho, nem o templo sozinho, nem a estátua. Pois de onde viria o braço que não nasceu de um corpo? O corpo não é a reunião dos membros. Assim como o veleiro não é, ao acaso de sua reunião, o resultado de elementos diversos, ele, pelo contrário, decorre por meio de diversidades e contradições aparentes apenas do declive rumo ao mar, que é uno. Assim como o corpo diversifica-se em membros mas não é uma soma, pois não se vai dos materiais ao conjunto. Todo criador, todo jardineiro e todo poeta te dirá que se vai do conjunto aos materiais. Basta-me inflamar os homens com o amor das torres que se elevam nas areias para que os escravos dos escravos de meus arquitetos inventem o transporte de pedras e várias outras coisas.

CAPÍTULO XCV

O DIAMANTE É FRUTO DO SUOR DE um povo. Um povo que suou, porém, produziu um diamante não consumível nem divisível, que não serve a cada um dos trabalhadores. Devo renunciar à captura do diamante, que é estrela nascida da terra? Se eu extirpar do bairro dos cinzeladores aqueles que cinzelam jarros de ouro – que não são divisíveis porque cada um custa uma vida e porque enquanto eles o cinzelam preciso alimentá--los com um trigo cultivado alhures, pois se eu os mandar lavrar a terra não haverá mais jarros de ouro, apenas uma carga mais pesada de trigo a ser distribuída –, dirás que a nobreza do homem consiste em não extrair o diamante e em não cinzelar o ouro? Onde vês que isso enriqueça o homem? Que importa o destino do diamante? Aceitarei, se necessário, para agradar ao ciúme da multidão, queimar uma vez por ano todos os que eu tiver recolhido, pois assim eles se beneficiarão de um dia de festa, ou então inventar uma rainha que encherei com o brilho deles e, assim, terão uma rainha ornada de diamantes. Dessa forma, em troca, o brilho da rainha ou o calor da festa se espalharão sobre eles. Mas onde vês que eles serão mais ricos por encerrar esses diamantes no museu, onde não servirão para nada nem para ninguém, salvo a alguns ociosos estúpidos, e enobrecerão apenas um guarda grosseiro e embotado?

Precisarás admitir que somente tem valor aquilo que custou tempo aos homens, como o templo. E que a glória de meu império, do qual cada um receberá sua parte, decorre do diamante que os obrigo a extrair e da rainha que terei ornado com ele.

Pois conheço uma única liberdade, que é exercício da alma. E não a outra, que é risível, pois ainda te vês obrigado a procurar a porta para atravessar as paredes e não estás livre para ser jovem nem para gozar do sol à noite. Se te obrigo a escolher essa porta e não outra, tu te queixarás de meus maus-tratos, mas não verás, se houver uma única porta, que sofres a mesma coação. Se te recuso o direito de casar com aquela que te parece bela, tu te queixarás de minha tirania, mas não terás percebido, visto que não conheceste nenhuma outra, porque em tua aldeia todas eram vesgas.

Mas aquela que desposarás, como a obriguei a vir a ser e como em ti também forjei uma alma, vocês dois gozarão da única liberdade que tem um sentido e que é exercício do espírito.

Pois a licença te afasta e, segundo as palavras de meu pai: "Ser livre não significa não ser".

CAPÍTULO XCVI

UM DIA TE FALAREI DA NECESSIDADE ou do absoluto, que é nó divino e une as coisas.

Porque é impossível jogar com emoção o jogo de dados quando os dados não significam nada. Se, antes de embarcar, aquele que envio ao mar quando o mar está tempestuoso toma conhecimento disso com um amplo olhar, e encara as nuvens pesadas como adversários, mede a onda e respira a força do vento, todas essas coisas ecoarão umas sobre as outras e, pela necessidade que é minha ordem, à qual não há nada a responder, ele não verá mais um confuso espetáculo de feira, apenas uma basílica que tem em mim a pedra angular que estabelece sua permanência. Assim, esse homem será magnífico ao entrar no mar, por sua vez delegando ordens segundo o cerimonial do navio.

Outro homem, porém, que queira visitar o mar a passeio e possa vagar como quiser e decidir dar meia-volta segundo sua própria vontade, não terá acesso à basílica e as pesadas nuvens não lhe serão uma provação, apenas pouco mais importantes que uma tela pintada, e o vento que refresca não será transformação do mundo, apenas fraca carícia sobre a pele, e a onda que se forma será apenas enjoo em seu ventre.

É por isso que aquilo que chamarei de dever, que é o nó divino que une as coisas, só construirá teu império, teu templo ou teu domínio quando ele se mostrar a ti como absoluta necessidade, e não como jogo cujas regras seriam cambiáveis.

Dizia meu pai: "Reconhecerás um dever quando não couber a ti escolhê-lo".

Por isso se enganam aqueles que tentam agradar. E que para agradar se fazem maleáveis e dúcteis. E que correspondem aos desejos de antemão. E que mentem em todas as coisas para satisfazer aos outros. O que posso querer com essas medusas que não têm osso nem forma? Eu as vomito e as devolvo a suas nebulosas: venham a mim quando tiverem sido erigidas.

As próprias mulheres se cansam de quem as ama quando ele, para demonstrar seu amor, aceita se fazer eco e espelho, pois ninguém precisa de sua própria imagem. Preciso de ti que foi erigido qual fortaleza, com teu núcleo que posso conhecer. Estabelece-te, pois existes. A mulher gosta e se faz serva daquele que é de um império.

# CAPÍTULO XCVIII

VIERAM-ME, ENTÃO, AS SEGUINTES observações a respeito da liberdade.

Quando meu pai morto se fez montanha e barrou o horizonte dos homens, despertaram os lógicos, os historiadores e os críticos, inflados pelo vento das palavras que ele os havia feito engolir, e descobriram que o homem era belo.

Ele era belo porque meu pai o havia fundado.

"Visto que o homem é belo", eles exclamaram, "convém libertá-lo. Ele se desenvolverá com toda liberdade, e todas as suas ações serão maravilhosas. Pois tolhemos seu esplendor!"

Eu, que ao anoitecer vou às plantações de laranjeiras, cujos galhos podamos e os troncos sustentamos, poderia dizer: "Minhas laranjeiras são belas e carregadas de laranjas. Então por que podar os galhos que também dariam frutos? Convém libertar a árvore. Ela se desenvolverá com toda liberdade. Pois tolhemos seu esplendor".

Então eles libertaram o homem. O homem manteve-se ereto porque havia sido talhado ereto. E quando apareceram os guardas que, não por respeito à matriz insubstituível mas por necessidade vulgar de dominação, se esforçavam em dominá-lo, esses homens tolhidos em seu esplendor se revoltaram. O gosto da liberdade os inflamou de uma ponta à outra do território, como um incêndio. Para eles, tratava-se da liberdade de serem belos. Quando eles morriam pela liberdade, morriam por sua própria beleza e sua morte era bela.

A palavra liberdade soava mais pura que o clarim.

Mas eu lembrava das palavras de meu pai:

"A liberdade deles é a liberdade de não ser".

E eis que, de consequência em consequência, eles se tornaram balbúrdia em praça pública. Pois quando decides por ti e teu vizinho decide por si, os atos, ao se somarem, se destroem. Quando cada um pinta o mesmo objeto segundo seu gosto, um de vermelho, o outro de azul, o outro de ocre, o objeto perde a cor. Quando a procissão se organiza e cada um escolhe uma direção, a loucura sopra essa poeira e não há mais procissão. Quando divides teu poder e o divides entre todos, não obténs o reforço mas a dissolução desse poder. E quando cada um escolhe o lugar do templo e leva sua pedra para lá, então verás uma planície pedregosa em vez de um templo. Pois a criação é una e tua árvore é explosão de uma única semente. Por certo essa árvore é injusta, pois as outras sementes não germinarão.

Pois o poder, quando amor da dominação, é estúpida ambição. Mas quando ele é ato criador e exercício de criação, que vai contra a inclinação natural que leva à mistura dos materiais, ao derretimento das geleiras, à desintegração dos templos sob o tempo, à dispersão do calor do sol em morna tibiez, ao embaralhamento das páginas do livro quando o desgaste as separa, à confusão e à degeneração das linguagens, à igualdade das potências, ao equilíbrio dos esforços e ao rompimento em soma incoerente de toda construção nascida do nó divino que liga as coisas, então celebro esse poder. Ele é como o cedro que aspira o cascalho do deserto, mergulha as raízes em um solo onde os sumos não têm sabor, captura com os galhos um sol que iria se misturar ao gelo e apodrecer com ele, e que, no deserto doravante imutável, onde tudo foi aos poucos distribuído, nivelado e equilibrado, começa a erigir a injustiça da árvore que transcende rocha e cascalho, desenvolve ao sol um templo, canta ao vento como uma harpa e restabelece o movimento naquilo que é imóvel.

Pois a vida é estrutura, linhas de força e injustiça. Quando há crianças que se entediam, impõe-lhes restrições, como regras de um jogo, e as verás correr.

Vieram os tempos em que a liberdade, por falta de objetos a libertar, não foi mais que partilha de provisões em meio a uma igualdade odiosa.

Pois em tua liberdade esbarras no vizinho e ele esbarra em ti. O estado de repouso que encontras é o estado de bolinhas misturadas depois que elas cessaram de se mover. A liberdade leva à igualdade e a igualdade leva ao equilíbrio, que é morte. Não é preferível que a vida te governe e que esbarres, como em obstáculos, nas linhas de força da árvore que brota? A única coerção que te tolhe e que é importante odiares aparece no ódio de teu vizinho, na inveja de teu igual, na igualdade com o bruto. Eles te engolirão na turba morta, mas tão estúpido é o vento das palavras que vocês falam em tirania quando são ascensão de uma árvore.

Vieram, então, os tempos em que a liberdade não foi mais a liberdade da beleza do homem, mas expressão da massa. O homem tinha se fundido à massa, que não é livre porque não tem direção e apenas pesa, mantendo-se assente. O que não impedia chamassem de liberdade essa liberdade estagnada e de justiça essa estagnação.

Veio o tempo em que a palavra liberdade, que ainda imitava o chamado de um clarim, esvaziou-se de seu som patético. Os homens sonhavam confusamente com um novo clarim que os despertasse e os obrigasse a construir.

Pois só é belo o canto do clarim que te arranca do sono.

A restrição válida é exclusivamente aquela que te submete ao templo segundo teu significado, pois as pedras não são livres para ir aonde bem entenderem, do contrário não se doariam a nada nem receberiam seu significado de nada. A restrição válida deve te submeter ao clarim que subleva, ela produz, a partir de ti, algo maior que tu. Aqueles que morriam pela liberdade quando ela era o rosto amplificado de si mesmos e caminho para sua própria beleza, estando submetidos a essa beleza, aceitavam restrições e se acordavam à noite ao chamado do clarim, sem liberdade para continuar a dormir ou acariciar suas mulheres, mas governados. Pouco me importa conhecer, pois estás sob uma restrição quando o guarda é interno e também quando ele é externo.

Se ele é interno, sei que foi, primeiro, externo, da mesma forma que teu senso de honra vem do fato de que o rigor de teu pai te fez crescer segundo a honra.

E se por restrição quero dizer o contrário de licenciosidade, que significa trapaça, não desejo que ela seja o efeito de minha polícia, pois observei, quando passeava no silêncio de meu amor, as crianças de que te falei, que se submetiam às regras do jogo e que não trapaceavam sem sentir vergonha. Porque elas conhecem o rosto do jogo. Chamo de rosto aquilo que nasce de um jogo. O fervor, o prazer de solucionar problemas, a jovem audácia, um conjunto que gosta desse jogo e não de outro, certo deus que as fez vir a ser, pois nenhum jogo endurece por si mesmo, mudas de jogo para mudares. Mas se te consideras grande e nobre nesse jogo, descobres, ao trapacear, que justamente estás destruindo aquilo pelo qual jogavas. A grandeza e a nobreza. E estarás sob uma restrição por amor a um rosto.

O guarda fundamenta tua semelhança com o outro. Como ele veria mais longe? A ordem, para ele, é aquela do museu ao qual ele foi alinhado. Mas não fundamento a unidade do império no fato de te assemelhares a teu vizinho. Mas no fato de que teu vizinho e tu mesmo, como a coluna e a estátua do templo, estão fundamentados no império, que é uno.

Minha restrição é cerimonial do amor.

CAPÍTULO C

SE APRISIONAS SEGUNDO UMA IDEIA preconcebida e percebes que aprisionas bastante (talvez pudesses aprisionar a todos, pois todos carregam um pouco daquilo que condenas, como se aprisionasses os desejos ilegítimos e tivesses que colocar até mesmo os santos na prisão), então tua ideia preconcebida é um mau ponto de vista para julgar os homens, montanha proibida e sangrenta que arbitra mal e te força a agir contra o próprio homem. Pois aquele que condenas poderia ter uma parte boa considerável. Ora, acontece que tu o esmagas.

E se teus guardas, que necessariamente são estúpidos, e agentes cegos de tuas ordens, que desempenham uma função da qual não exiges nenhuma intuição e, muito pelo contrário, à qual recusas esse direito, pois se trata, para eles, não de compreender e julgar mas de distinguir segundo teus signos, se teus guardas recebem a ordem de classificar em preto e não em branco – porque para eles só existem duas cores –, aquele que cantarola quando está sozinho, por exemplo, ou que às vezes duvida de Deus ou boceja ao lavrar a terra ou que de certo modo pensa, age, ama, odeia, admira ou despreza o que quer que seja, então se abre o século abominável em que te vês mergulhado em um povo de traidores do qual não cortarás cabeças suficientes, e tua multidão será multidão de suspeitos, e teu povo será povo de espiões, pois escolheste um modo de partilha que não passa por fora dos homens, o que te permitiria classificar uns à direita e outros à esquerda, agindo assim com clareza, mas um modo de partilha que passa por dentro do homem, dividindo-o em si mesmo, fazendo-o espião de si mesmo, suspeito de si mesmo, traidor de si mesmo, pois é próprio de cada um duvidar de Deus nas noites quentes. Pois é próprio de cada um cantarolar na solidão ou bocejar ao lavrar a terra, ou em certas horas, ou pensar, agir, amar, odiar, admirar ou desprezar o que quer que seja no mundo. Porque o homem vive. E somente verias como santo, salvo e desejável aquele cujas ideias seriam um ridículo bazar e não movimentos de seu coração.

E como pedes a teus guardas que descubram no homem o que é do próprio homem e não disto ou daquilo, eles se dedicarão com todo o zelo e o descobrirão em cada um, pois presente em todos, eles se assustarão com os progressos do mal e te assustarão com seus relatórios, eles te farão partilhar de sua fé na urgência da repressão e, depois de te converterem, te farão construir calabouços para encerrar teu povo inteiro. Até o dia em que serás obrigados a encerrá-los por sua vez, pois eles também são homens.

E se um dia quiseres que camponeses lavrem tuas terras sob seu sol benéfico, que escultores esculpam suas pedras, que geômetras fundamentem suas figuras, precisarás mudar de montanha. E, dependendo da montanha escolhida, teus condenados se tornarão santos, e tu elevarás estátuas àquele que condenavas a quebrar pedras.

CAPÍTULO CI

VEIO-ME ENTÃO A NOÇÃO DE PILHAGEM, na qual eu sempre havia pensado, sem que Deus me tivesse esclarecido a seu respeito. Sabia que o plagiário é aquele que despedaça totalmente o estilo para obter efeitos que o sirvam, efeitos louváveis em si, pois é próprio do estilo permiti-los. O estilo é criado para que os homens possam carregar seus movimentos internos. No entanto, despedaças o teu veículo sob o pretexto de veicular, como aquele que mata seu jumento com cargas que ele não poderia suportar. Com cargas bem medidas, tu o exercitarias no trabalho e ele trabalharia ainda melhor do que já trabalha. Portanto, expulso aquele que escreve contras as regras. Que ele se vire para se expressar segundo as regras, pois somente assim ele as fundará.

Acontece que o exercício da liberdade, quando liberdade da beleza do homem, é como a pilhagem de uma reserva. De nada serve uma reserva adormecida e uma beleza que decorre da qualidade da matriz, mas que nunca sairá do molde para ser exposta à luz. É bom construir celeiros para armazenar os grãos. Eles só farão sentido, porém, se dispersares esses grãos durante o inverno. O sentido do celeiro será o contrário do lugar de armazenar. Ele se tornará o local de onde tirar. A linguagem inábil é a única causa de contradição, pois entrar ou sair são palavras que se opõem, ao passo que bastaria dizer – não que "Esse celeiro é o lugar onde guardo", ao que outro lógico te responderia com razão que "É o lugar de onde tiras" – que ele é um porto de grãos, dominando esse vento de palavras, absorvendo suas contradições e fundando o significado do celeiro.

Minha liberdade, portanto, não passa de uso dos frutos de minha restrição, única a ter o poder de fundar alguma coisa que mereça ser libertada. Aquele que vejo livre nos suplícios porque se recusa a abjurar, e porque resiste às ordens do tirano e de seus carrascos, este chamo de livre, e o outro que resiste às paixões vulgares também o digo livre, pois não posso considerar livre aquele que se faz escravo de qualquer pedido, pois chamam de liberdade a liberdade de se fazer escravos.

ANTOINE DE SAINT-EXUPÉRY

*

Pois quando erijo o homem, liberto atitudes de homem, quando erijo o poeta liberto poemas, e quando faço de ti um arcanjo liberto palavras aladas e passos seguros como os de um dançarino.

CAPÍTULO CIII

MEUS CARCEREIROS SABEM MAIS sobre os homens do que os geômetras. Faz com que ajam e verás. O mesmo acontece no governo de meu império. Posso hesitar entre os generais e os carcereiros. Mas não entre estes e os geômetras.

Não se trata de conhecer as medidas nem de confundir a arte das medidas com a sabedoria, "conhecimento da verdade", eles dizem. Sim. De uma verdade que permite as medidas. Claro que podes desajeitadamente te servir dessa linguagem ineficaz para governar. E passarás trabalho para tomar medidas abstratas e complicadas que poderias ter tomado facilmente sabendo dançar ou vigiar o cárcere. Pois os prisioneiros são crianças. Como os homens.

CAPÍTULO CIV

ELES CERCAVAM MEU PAI:
"Cabe a nós governar os homens. Conhecemos a verdade".
Assim falavam os comentaristas dos geômetras do império. Meu pai respondia:
"Vocês conhecem a verdade dos geômetras...".

"E então? Não é a verdade?"

"Não", respondia meu pai.

"Eles conheciam", me dizia ele, "a verdade de seus triângulos. Outros conhecem a verdade do pão. Se não o amassares bem, ele não crescerá. Se teu forno for quente demais, ele queimará. Se ele for frio demais, a massa abatumará. Apesar de suas mãos produzirem um pão crocante e que te alegra os dentes, os homens que amassam o pão não vêm solicitar de mim o governo do império".

"Talvez estejas certo a respeito dos comentadores dos geômetras. Mas existem historiadores e críticos. Eles explicaram as ações dos homens. Eles conhecem o homem."

Disse meu pai: "Eu entrego o governo de meu império àquele que acredita no diabo. Pois, desde a época em que o aperfeiçoam, ele decifra bastante bem o obscuro comportamento humano. Mas é verdade que o diabo não serve para explicar as relações entre as retas. É por isso que não espero dos geômetras que eles me mostrem o diabo em seus triângulos. E nada desses triângulos pode ajudar a guiar os homens".

Então, perguntei: "Estás sendo obscuro, acreditas então no diabo?".

"Não", respondeu meu pai.

Mas ele acrescentou:

"O que significa acreditar? Se acredito que o verão amadurece a cevada, não estarei dizendo nada de fértil ou criticável, pois fui eu que chamei de verão a estação em que a cevada amadurece. E o mesmo se dá com as outras estações. Mas se faço relações entre as estações, como saber que a cevada amadurece antes da aveia, estarei acreditando nessas relações porque elas existem. Pouco importam os objetos interligados: utilizei-os como se fossem uma rede para capturar uma presa".

E meu pai complementava:

"Acontece como com a estátua. Acreditas que para o criador se trate de descrever uma boca, um nariz ou um queixo? Não, claro. Trata-se apenas da repercussão dessas partes umas sobre as outras, que será, por exemplo, dor humana. E que aliás é possível fazer ouvir, pois comunicas não com as partes, mas com os nós que as unem".

"O selvagem acredita", continuou meu pai, "que o som está no tambor. E ele adora o tambor. Outro acredita que o som está nas baquetas, e adora as baquetas. Um último acredita que o som está na força de seu braço, e o vemos se exibindo com o braço para o alto. Tu, porém, reconheces que ele não está nem no tambor, nem nas baquetas, nem nos braços, e chamas de verdade o tamborilar do tocador de tambor.

Recuso, portanto, à frente de meu império os comentaristas dos geômetras que veneram como ídolo aquilo que serviu à construção, e quando um templo os comove, eles adoram seu poder nas pedras. Esses viriam governar os homens com suas verdades de triângulos".

No entanto, entristeci:
"Então não existe verdade", disse a meu pai.

Ele me explicou sorrindo: "Se conseguires formular a que desejo do conhecimento é recusado uma resposta, também chorarei sobre a enfermidade que nos obstrui. Mas não compreendo o objeto que afirmavas apreender. Aquele que recebe uma carta de amor se considera realizado quaisquer que sejam a tinta e o papel. Não é neles que procurava o amor".

CAPÍTULO CVIIII

DE MINHA VISITA À SENTINELA ADORMECIDA.

É bom que seja punida com a morte. Pois sobre sua vigilância repousa o sono de lenta respiração, quando a vida te alimenta e se perpetua por ti, como a palpitação do mar dentro de uma enseada. E como os templos fechados, de riquezas sacerdotais lentamente coletadas como um mel, repousam no suor e nos golpes de cinzel, de martelo e de pedras carregadas, e nos olhos cansados do movimento das agulhas nos tecidos de ouro, que os fazem florescer com arranjos delicados sob a invenção de mãos piedosas. E como os celeiros de provisões, para que seja mais fácil de suportar o inverno. E os livros sagrados nos celeiros da sabedoria, onde repousa a garantia do homem. E os doentes que ajudo a morrer, tornando a morte pacífica como é costume entre os seus, e quase despercebida por simplesmente delegar a herança. Sentinela, sentinela, és o sentido das muralhas, que são proteção para o corpo frágil da cidade e que a impedem de se espalhar, pois se alguma brecha aparece perde-se o sangue do corpo. Vais de um lado a outro, primeiro aberto ao rumor de um deserto que prepara suas armas e incansavelmente volta a te atacar, como a onda, e a te pressionar e endurecer, ao mesmo tempo que te ameaçar. Não há como distinguir o que te devasta do que te funda, pois é o mesmo vento que esculpe as dunas e que as apaga, a mesma onda que esculpe a falésia e que a derruba, a mesma restrição que esculpe tua alma ou que a embrutece, o mesmo trabalho que te faz viver e que da vida te impede, o mesmo amor saciado que te sacia e que te esvazia. E teu inimigo tem tua própria forma, pois ele te obriga a construir-te por dentro de tuas muralhas, assim como poderíamos dizer que o mar é inimigo do navio, porque está pronto a absorvê-lo e porque o navio, acima de tudo, é luta contra ele, mas do qual também podemos dizer que é muro, limite e forma do mesmo navio, pois ao longo das gerações é o cortar das ondas pelo talha-mar que pouco a pouco esculpe o casco, que se fez mais harmonioso para naufragar, e assim erigiu-o e embelezou-o. Podemos dizer que é o vento, que rasga as velas, que as desenhou da mesma forma que ele desenha a asa, e que sem inimigo não tens nem forma nem medida. O que seriam as muralhas se não houvesse sentinela?

É por isso que aquela que dorme deixa a cidade nua. E é por isso que vamos capturá-la quando isso acontece, para afogá-la em seu próprio sono.

Ora, eis que ela dormia com a cabeça apoiada na pedra plana e com a boca entreaberta. Seu rosto era o de uma criança. Ela ainda mantinha o fuzil contra o corpo, como um brinquedo carregado no sonho. Olhando para ela, tive piedade. Pois tenho piedade, em noites quentes, da fraqueza dos homens.

Fraqueza das sentinelas, é o bárbaro que as adormece. Conquistadas pelo deserto e deixando as portas livres para se abrirem lentamente sobre as dobradiças silenciosas, para que a cidade esgotada seja fecundada e precise do bárbaro.

Sentinela adormecida. Vanguarda dos inimigos. Já conquistada, pois teu sono é não ser mais da cidade, unida e permanente, mas esperar a mudança e abrir-te à semente.

Então me veio a imagem da cidade derrotada por causa de teu simples sono, pois tudo se ata e se desata em ti. Como és bela quando vigias, ouvidos e olhos da cidade... E tão nobre por compreender, dominando com teu simples amor a inteligência dos lógicos, pois eles não compreendem a cidade, apenas a enxergam. Para eles, há aqui uma prisão, ali um hospital, acolá a casa de uns amigos, e essa mesma eles decompõem em seus corações, vendo um quarto, depois um outro e outro. E não param nos quartos, pois de cada um veem este e aquele objeto, e outros mais. Depois apagam o próprio objeto. E o que farão com materiais que não querem usar para construir?

Mas tu, sentinelas, quando vigias, estás em relação com a cidade entregue às estrelas. Não essa casa ou essa outra, nem o hospital ou o palácio. Mas a cidade. Não a queixa do moribundo, nem o grito da mulher parindo, nem o gemido de amor, nem o chamado do recém-nascido, mas sopro diverso de um corpo único. Mas a cidade. Não a vigília daquele, nem o sono deste, nem o poema do outro, nem a busca de um último, mas a mistura de fervor e sono, o fogo sob as cinzas da Via Láctea. Mas a cidade. Sentinela, sentinela, o ouvido colado no peito de uma amante, ouvindo o silêncio, o repouso e os sopros diversos que não devem ser distinguidos quando se quer entender, pois são o batimento de um coração. O batimento do coração. E não outra coisa.

Sentinela, quando vigias te tornas igual a mim. Pois a cidade repousa em ti e na cidade repousa o império. Concordei que, à minha passagem, te ajoelhas, pois assim vão as coisas, como a seiva que vai da raiz às folhas. É bom que tua homenagem suba até mim, pois ela é circulação do sangue do império, como o amor do marido para a mulher, como o leite da mãe para o filho, como o respeito da juventude pela velhice. Como dizer que alguém recebe alguma coisa? Pois sou o primeiro a te servir.

É por isso que, de perfil, quando te apoias em tua arma, ó meu igual em Deus, quem pode distinguir a pedra da base da pedra angular, quem pode se mostrar cioso de um ou de outro? É por isso que meu coração bate de amor ao te ver, sem que haja nada que me impeça de te mandar prender por meus guardas.

Pois dormes. Sentinela adormecida. Sentinela morta. Olho para ti com pavor, pois em ti dorme e morre o império. Vejo-o doente por meio de ti, pois é um mau sinal que me delegue sentinelas para dormir... "Sem dúvida", penso eu, "o carrasco fará seu trabalho e a afogará em seu próprio sono..." Mas senti surgir, em minha piedade, um conflito novo e inesperado. Pois somente os impérios fortes cortam a cabeça das sentinelas adormecidas, mas aqueles que delegam apenas sentinelas para dormir não têm mais o direito de cortar nada. É importante compreender o rigor. Não é cortando as cabeças das sentinelas adormecidas que se despertam os impérios, é quando os impérios estão despertos que as cabeças das sentinelas adormecidas são cortadas. Aqui, mais uma vez, confundes o efeito com a causa. Ao ver que os impérios fortes cortam cabeças, queres criar a força do teu cortando-as, mas não passas de um bufão sanguinário. Erige o amor e erigirás a vigilância das sentinelas, bem como a condenação daquelas que dormem, pois elas mesmas já se cortaram do império.

Nada tens para te dominar além da disciplina que vem de teu cabo, que te vigia. E os cabos não têm outra disciplina, quando duvidam de si, além daquela que vem dos sargentos, que os vigiam. E os sargentos dos capitães, que os vigiam. E assim até chegar a mim, que só tenho a Deus para me governar e que permanece, quando duvido, instável no deserto. Entretanto, quero te contar um segredo, o da permanência. Pois quando dormes tua vida fica suspensa. Mas ela também fica suspensa quando tens esses eclipses do coração que são o segredo de tua fraqueza. Pois em volta de ti nada mudou, mas tudo mudou dentro de ti mesmo. E estás diante da cidade, sentinela, porém não mais apoiada no peito de tua bem-amada ouvindo os batimentos de seu coração, que não consegues distinguir de seu silêncio ou de seu hálito, pois tudo é signo dessa mesma bem-amada, que é uma. Estás perdida em meio a objetos amontoados que não sabes mais reunir em um só, submetida aos ares noturnos que se contradizem uns aos outros, ao canto do bêbado que nega a queixa do doente, ao lamento em torno de alguma morte que nega o grito do recém-nascido, ao templo que nega essa balbúrdia de feira. E te perguntas: "O que fazer com toda essa desordem e esse espetáculo incoerente?". Pois se não sabes mais que aqui há uma árvore, então as raízes, tronco, galhos e folhas não terão mais comum medida. Como

ANTOINE DE SAINT-EXUPÉRY

serias fiel se não há mais ninguém para receber? Sei que não dormirias se tivesses que velar por algum doente amado. Mas aquele que poderias ter amado se desvaneceu e se transformou em monte de materiais. Pois o nó divino que une as coisas desfez-se. Mas quero que sejas fiel a ti mesma, sabendo que vais voltar. Não te peço que compreendas ou que sintas a cada instante, pois sei muito bem que mesmo o amor mais intenso é cheio de travessias de desertos interiores. Diante da própria bem-amada te perguntas: "Seu rosto é um rosto. Como posso amá-la? Sua voz é essa voz. Ela disse aquela tolice. Ela deu esse passo em falso...". Ela é uma soma que se decompõe e não pode mais te alimentar, e logo acreditarás que a odeias. Mas como poderias odiá-la? Não és sequer capaz de amar.

Contudo, te calas, pois sabes que, obscuramente, trata-se apenas de um sono. A verdade da mulher é a verdade do poema que lias ou do domínio ou do império. Falta a ti o poder, que é também amor e conhecimento, de ser amamentado e mesmo o de descobrir os nós divinos que unem as coisas.

Tu, minha sentinela adormecida, encontrarás teus amores reunidos como um tributo que te será devolvido, não um ou outro, mas todos, e convém respeitar em ti, quando te invade o tédio de ser infiel, essa casa abandonada.

Quando minhas sentinelas percorrem o caminho da ronda, não exijo que todas tenham fervor. Muitas se entediam e sonham com a sopa, porque quando todos os deuses dormem em ti, resta o apelo animal das satisfações de teu ventre, e quem se entedia pensa em comer. Não exijo que as almas de todas estejam despertas. Pois chamo de alma aquilo que, vindo de ti, comunica-se com os conjuntos que são nós divinos que unem as coisas e que ri das muralhas. Exijo apenas que, de tempos em tempos, uma de suas almas se inflame. Que haja uma com o coração batendo. Que haja uma que conheça o amor e que, de repente, sinta-se invadida pelo peso e pelos sons da cidade. Uma que se sinta vasta e respire as estrelas, e que contenha o horizonte como as conchas contêm o canto do mar.

Basta-me que tenhas conhecido a visita e a plenitude de ser um homem, e que te mantenhas bem preparada para receber, pois ele é como o sono, a fome e o desejo, que te invadem a intervalos regulares, e tua dúvida não passa de pureza e dela eu gostaria de te consolar.

Será devolvido a ti, se fores escultor, o sentido do rosto. Será devolvido a ti, se fores sacerdote, o sentido de Deus. Será devolvido a ti, se fores amante, o sentido do amor. Será devolvido a ti, se fores sentinela, o sentido do império. Será devolvido a ti, se fores fiel a ti mesmo e limpares tua casa mesmo que ela pareça abandonada, a única coisa que pode alimentar teu coração. Pois não conheces a hora da visita, mas é importante que saibas que ela é a única coisa no mundo capaz de te preencher.

É por isso que te construo assim, nas calmas horas de estudo, para que o poema, por milagre, possa te incendiar, e nos ritos e nos costumes do império, para que este possa se enraizar em teu coração. Pois não existe dom que não tenhas preparado. E a visita não vem se não houver casa construída para recebê-la.

Sentinela, sentinela, é caminhando ao longo das muralhas, invadida pelo tédio da dúvida que vem das noites quentes, é ouvindo os sons da cidade quando a cidade não fala contigo, é vigiando as casas dos homens quando elas são lúgubre amontoado, é respirando o deserto ao redor quando ele não passa de vazio, é te esforçando em amar sem amar, acreditar sem acreditar e em ser fiel quando não há mais a quem ser fiel, que preparas em ti a iluminação da sentinela, que virá a ti como recompensa e dádiva do amor.

Ser fiel a ti mesma não é difícil quando há a quem ser fiel, mas quero que tua lembrança constitua um apelo a cada instante e que digas: "Que minha casa seja visitada. Eu a construí e a mantenho pura…". Minha restrição existe para te ajudar. Obrigo meus sacerdotes ao sacrifício mesmo quando esses sacrifícios não têm mais sentido. Obrigo meus escultores a esculpir mesmo quando eles duvidam de si mesmos. Obrigo minhas sentinelas a andar de um lado para o outro sob pena de morte, caso contrário elas morreriam por si próprias, já separadas do império por si próprias.

Eu as salvo com meu rigor.

Como aquele que se prepara na austeridade do posto de guarda. Eu o envio como batedor para ultrapassar as fileiras do inimigo. Ele sabe que morrerá, pois os inimigos estão alerta. Ele teme os suplícios que lhe serão infligidos para que brotem de seus gritos os segredos da cidadela. Por certo existem homens unidos pelo amor, que se preparam cheios de alegria, pois a única alegria é casar e eles casam. Não acredito, quando tomas a bem-amada na noite de núpcias, que se trate para ti de uma simples conquista de um corpo, que poderias ter possuído no bairro reservado da cidade onde ficam as moças de aparência semelhante, mas que haja mudança de sentido e da cor de todas as coisas. Há a volta para casa ao anoitecer, e o despertar feito herança devolvida, e a esperança das crianças e o fato de tu as ensinares a rezar. E até a chaleira que se torna chá antes do amor. Pois assim que ela entra em tua casa, teus tapetes de lã alta se tornam um prado sob seus passos. E de tudo o que recebes, e que é novo sentido do mundo, há tão pouca coisa que usas. Não é preenchido nem pelo objeto dado nem pela carícia do corpo, nem pelo uso desta ou daquela vantagem, mas somente pela qualidade do nó divino que une as coisas.

Aquele que se prepara para morrer te parece não receber nada no presente porque nem mesmo uma pequena carícia lhe é prometida, muito pelo contrário, apenas a sede sob o sol, o vento arenoso que range nos dentes, os homens em volta dele transformados em espremedores de segredos. E aquele que se prepara para entrar na morte vestido com seu uniforme de morte deveria, a teu ver, gritar seu desespero como o homem que condenei à forca por algum crime e que luta com a própria pele contra as grades implacáveis. Mas aquele que se prepara para a morte está em paz, te encarando com um olhar calmo e respondendo às gozações dos guardas, que são afeto bruto e não bazófia para mostrar coragem ou algum desdém pela morte, ou algum cinismo ou o que quer que seja de parecido, ele é transparente como uma água parada e não tem nada a te esconder – e apesar de um pouco triste, demonstra sem incômodo sua tristeza –, nada além de seu amor. E te direi por que mais tarde.

Mas contra esse mesmo que não treme o fechar das correias de couro, conheço armas que se sobrepõem à morte. Pois ele é vulnerável por vários lados. Bloqueamos todas as divindades de seu coração. E a simples inveja, quando ameaça de um império e de um sentido das coisas e de um gosto de voltar para casa, arruinará muito bem essa bela imagem de calma, sabedoria e renúncia! Tomarás tudo o que é dele porque ele devolverá a Deus não apenas aquela que amava como também sua casa, as vindimas de suas vinhas e a colheita estalante de seus campos de cevada. E não apenas as colheitas, as vindimas e as vinhas, mas sobretudo seu sol. E não apenas seu sol, como também aquela que é de sua casa. E vês que ele abdica de tantos tesouros sem se arruinar. Enquanto bastaria, para deixá-lo fora de si e para transformá-lo em um demente, roubar um sorriso de sua amada. E não tocaste aqui em um grande enigma? Porque o apanhas não pelos objetos possuídos, mas pelo sentido que ele tira do nó divino que une as coisas. E porque ele prefere sua própria destruição à destruição daquilo pelo qual se troca e do qual em retorno recebe seu leite. Ele é circulação de um ao outro. Aquele que carrega no coração a vocação do mar aceita morrer em um naufrágio. E apesar de ser verdade que no momento do naufrágio ele talvez sinta o alvoroço do animal quando a armadilha se fecha sobre ele, também é certo que essa explosão de pânico não conta nada, pois ele a prevê, aceita e despreza, e, ainda por cima, aprecia a certeza de que um dia morrerá no mar. Pois se ouço suas queixas dessa morte cruel que os aguarda, não os vejo se vangloriarem por ela para seduzirem as mulheres, apenas desejo secreto de amor e pudor em confessá-lo.

Não existe aqui, nem em qualquer outro lugar, linguagem que te permita expressar-te. Quando se trata da civilização do amor, podes dizer "ela" e traduzir. Acreditas que é dela que se trata, mas é do sentido das coisas. Ela está ali apenas para representar o nó divino que une as coisas ao Deus que é o sentido de tua vida e que merece teus impulsos, que devem se comunicar de tal modo e não de outro com o mundo. Tu te tornas subitamente tão vasto que tua alma, como conchas marinhas, passa a ecoar. Talvez possas dizer "o império" com a certeza de ser compreendido e de estar pronunciando uma palavra simples, se todos em volta de ti a entenderem, segundo teu instinto, mas não se puder haver alguém que veja nela apenas uma soma e que rirá de ti, pois não se tratará do mesmo império. E não gostarás que alguém acredite que trocas tua vida por um armazém de acessórios.

Há aqui como que uma aparição que se acrescenta às coisas e as domina, e apesar de escapar a tua inteligência, ela no entanto aparece como evidente a teu espírito e a teu coração. E ela te governa melhor ou mais rigidamente – e mais seguramente – do que qualquer coisa compreensível (mas da qual não podes ter certeza porque outros a observam ao mesmo tempo), e te faz ficar silencioso por medo de ser chamado de louco e de ver esse rosto que te apareceu submetido à ironia, que vem do imbecil.

Porque a ironia o destruirá tentando mostrar do que ele é feito. Como responderia que há, aqui, uma coisa totalmente diferente, pois essa coisa é para teu espírito e não para teus olhos?

Meditei muitas vezes sobre essas aparições, que são as únicas às quais podes pretender, porém mais belas do que as que tens o costume de solicitar, no desespero das noites quentes. Mas quando, ao duvidares de Deus, tens o costume de desejar que Deus se mostre à maneira de um passante que te visita – e quem encontrarias senão teu igual e semelhante, que não te conduziria a lugar nenhum e que te encerraria assim na solidão –, enquanto desejas não a expressão da majestade divina, mas espetáculo e parque de diversões que te dariam um prazer vulgar de parque de diversões e uma decepção irritada contra Deus. (E como darias prova de tanta vulgaridade?) Queres que alguma coisa desça até ti, que te visite no estágio em que estás, humilhando-se assim a ti e sem razão, e nunca ficarás satisfeito, como foi com minha busca de Deus, mas acontece, muito pelo contrário, que os impérios espirituais se abrem e as aparições te ofuscam, não sendo mais para os olhos nem para a inteligência, apenas para o coração e para o espírito, quando fazes um esforço de ascensão e acedes ao estágio onde não há mais as coisas, mas os nós divinos que as unem.

Então não podes nem mesmo morrer, pois morrer é perder. E deixar para trás. E não se trata de abandonar, mas de te misturar a. E toda tua vida é reembolsada.

Sabes bem de um incêndio em que enfrentaste a morte para salvar vidas. Tu, de um naufrágio.

Tu os vês morrer aceitando a morte, olhos abertos sobre o verdadeiro conhecimento, eles que teriam rugido, roubado, frustrado e zombado por um sorriso dirigido a outro.

Diga-lhes que se enganam: eles vão rir.

Todavia tu, sentinela adormecida, não porque abandonaste a cidade mas porque a cidade te abandonou, sinto diante de teu pálido rosto infantil uma preocupação pelo império que não consegue mais despertar minhas sentinelas.

Por certo me engano, recebendo plenamente o canto da cidade e percebendo a união daquilo que se mostra a ti. Sei que precisava esperar, ereto como um círio, para ser recompensado na hora certa com tua luz, subitamente ébrio de tua ronda como de uma dança miraculosa sob as estrelas na amplidão do mundo. Pois sob a noite espessa há navios que descarregam suas caixas de metais preciosos e marfim, e tu, sentinela das muralhas, contribuis para protegê-los e para ornar de ouro e prata o império que serves. Pois em algum lugar haverá amantes que se calam antes de ousar abrir a boca e que se encaram querendo falar... pois se um falar e o outro fechar os olhos, o universo mudará. Tu proteges esse silêncio. Pois em algum lugar haverá o último sopro antes da morte, quando todos se inclinam para recolher a palavra do coração e a benção eterna que guardarão consigo. Tu salvas a palavra do morto.

Sentinela, sentinela, não sei onde acaba o teu império quando Deus te dá a clareza de alma das sentinelas, esse olhar sobre o horizonte ao qual tens direito. Pouco me importa que sejas, em outros momentos, aquele que sonha com a sopa resmungando de seu trabalho. É bom que durmas e é bom que esqueças. Mas é ruim que, esquecendo, deixes tua casa cair.

Pois fidelidade é ser fiel a si mesmo.

E quero salvar não apenas a ti, mas também teus companheiros. E obter de ti essa permanência interior da alma bem erigida. Porque não destruo minha casa quando dela me afasto. Nem queimo minhas rosas quando deixo de contemplá-las. Elas permanecem disponíveis a um novo olhar, que logo as farão florescer.

Enviarei meus guardas te capturarem, portanto. Serás condenada à morte das sentinelas adormecidas. Ainda te restam a retratação e a transformação, graças ao exemplo de teu próprio suplício, em vigilância das sentinelas.

CAPÍTULO CXII

A GRANDE LUTA CONTRA OS OBJETOS: é chegada a hora de te falar de teu grande erro. Pois julguei fervorosos e reconheci como felizes, mexendo e remexendo a ganga no despojamento das terras áridas, flagelados pelo sol como frutas passadas, esfolados pelas pedras, cavando as profundezas da argila para na volta dormirem nus sob a tenda, aqueles que viviam da extração uma vez por ano de um diamante puro. E vi infelizes, amargos de coração e divididos aqueles que, por receberem em seu luxo os diamantes, dispunham apenas de uma pedraria inútil. Pois não precisas de um objeto, mas de um deus.

A posse do objeto é permanente, mas não o alimento que dele recebes. O objeto só faz sentido ao te ampliar, e tu te amplias com tua conquista mas não com tua posse. É por isso que venero aquele que provoca, como conquista difícil, a ascensão da montanha, a educação com vista a um poema, a sedução da alma inacessível, e que te obriga, assim, a vir a ser. Desprezo, porém, o outro que acumula de provisões, pois não tens mais nada a receber. Depois de extraído o diamante, o que farás com ele?

Trago o sentido da festa, que estava esquecido. A festa é o coroamento dos preparativos da festa, a festa é o topo da montanha depois da ascensão, a festa é a captura do diamante quando te é permitido extraí-lo da terra, a festa é a vitória que coroa a guerra, a festa é a primeira refeição do doente no primeiro dia de sua recuperação, a festa é a promessa de amor quando ela baixa os olhos ao falares...

E é por isso que inventei, para te instruir, esta imagem:

Se eu quisesse, poderia te criar uma civilização fervorosa, cheia de alegria nas equipes e risos francos dos operários voltando do trabalho, e com um gosto forte pela vida e espera ardente por milagres do dia seguinte e do poema, onde as estrelas refletiriam em ti e onde, no entanto, não farias nada além de cavar o solo para extrair esses diamantes que enfim se tornariam luz, depois de uma silenciosa transformação nas entranhas do planeta. (Pois vindos do sol, transformados em plantas, depois em noite opaca, eles voltam a ser luz.) Assim, como te disse, garanto-te uma vida patética se te condeno a essa extração e te convido um dia por ano à festa capital, que consistirá em oferenda de diamantes, que diante do povo suado serão queimados e transformados em luz. Teus movimentos internos não são governados pelo uso dos objetos conquistados, tua alma se alimenta do sentido das coisas e não das coisas em si.

Com esse diamante, eu por bem poderia, para teu luxo, ornar uma princesa em vez de queimá-lo. Ou guardá-lo em um cofre no segredo de um templo, para fazê-lo brilhar mais forte não para os olhos, mas para o espírito (que se alimenta atravessando paredes). Entretanto, eu com certeza não faria nada de essencial por tua pessoa se o desse a ti.

Compreendi o sentido profundo do sacrifício, que não consiste em te amputar de nada, mas em te enriquecer. Pois te enganas ao estender os braços para o objeto, se o que procuras é seu sentido. Se te invento um império em que cada noite os diamantes extraídos alhures te são entregue, melhor enriquecer-te com pedras, pois neles não encontrarás nada do que desejavas obter. Mais rico é aquele que pena o ano inteiro batendo na rocha e que queima uma vez por ano o fruto de seu trabalho para obter o brilho da luz, do que aquele que todos os dias recebe, vindos de longe, frutos que nada exigiram de si.

(Como no boliche: tua alegria é derrubar os pinos. É uma festa. Mas não tens nada a esperar de um pino derrubado.)

É por isso que sacrifícios e festas confundem-se. Demonstras, com eles, o sentido de teus atos. Como poderias dizer que a festa não é o fogo alegre depois de recolhida a madeira, os músculos felizes depois de escalada a montanha, a vindima depois do amadurecimento das vinhas? Como seria possível usar uma festa como se utiliza uma provisão? Uma festa é, depois da marcha, a chegada e o coroamento da marcha, mas nada tens a esperar de tua transformação em sedentário. É por isso que não te instalas nem na música, nem no poema, nem na mulher conquistada, nem na paisagem percebida do alto das montanhas. Eu te perco se te distribuo na igualdade de meus dias. Se não os organizo como um navio que parte para algum lugar. Pois o próprio é uma festa, desde que sejas escalado. Pois o templo é uma festa, desde que te liberte de preocupações medíocres. Todos os dias sofreste a cidade que te esmagou com seu peso. Todos os dias sofreste essa febre nascida da urgência, do pão a ganhar, das doenças a curar e dos problemas a resolver, indo para um lado e outro, rindo aqui e chorando lá. Depois vem a hora concedida ao silêncio e à beatitude. Sobes os degraus e empurras a porta, não há mais nada para ti além de mar e contemplação da Via Láctea, provisão de silêncio e vitória sobre o usual, e precisavas disso como de um alimento, pois sofreste com objetos e coisas que não são para ti. Precisavas vir a ser para que um rosto nascesse das coisas, para que uma estrutura se estabelecesse e lhe desse um sentido por meio dos diferentes espetáculos do dia. Mas o que virás fazer em meu templo se não viveste na cidade, se não lutaste, suportaste e sofreste, se não trazes a provisão de pedras que se trata de construir em ti? Falei-te de meus guerreiros e do amor. Se fores apenas amante não haverá ninguém para amar e a mulher bocejará a teu lado. Somente o guerreiro pode constituir o amor. Se fores apenas guerreiro não haverá ninguém para morrer, salvo o inseto vestido com escamas de metal. Somente o homem solitário e que amou pode morrer como homem. Não há contradição nisso, apenas na linguagem. Frutos e raízes têm a mesma medida comum, que é a árvore.

CAPÍTULO CXIIII

NÃO NOS ENTENDEMOS A RESPEITO da realidade. Chamo de realidade não aquilo que pode ser medido em uma balança (da qual zombo, pois não sou uma balança e pouco me importam as realidades da balança), mas o que pesa sobre mim. Pesa sobre mim esse rosto triste ou essa cantata, esse fervor no império ou essa piedade pelos homens, essa qualidade da ação ou esse gosto de viver, essa injúria ou esse lamento, essa separação ou essa comunhão na colheita (bem mais que as uvas colhidas, pois mesmo quando levadas para serem vendidas alhures, recebi delas o essencial. Como aquele que devia ser condecorado pelo rei e que participou da festa, gozou de seu renome, recebeu felicitações dos amigos e assim conheceu o orgulho do triunfo – mas o rei morreu de uma queda de cavalo antes de pendurar em seu peito o objeto de metal. Dirias que o homem não recebeu nada?).

A realidade, para o teu cão, é um osso. A realidade, para tua balança, é um peso de ferro. Mas a realidade, para ti, tem outra natureza.

É por isso que chamo de fúteis os financistas e de sensatas as dançarinas. Não que despreze a obra dos primeiros, mas porque desprezo sua altivez, sua segurança e sua satisfação consigo mesmos, pois eles se acreditam o objetivo, o fim e a essência, mas não passam de criados e servem, em primeiro lugar, às dançarinas.

Não te enganes sobre o sentido do trabalho. Alguns trabalhos são urgentes. Como nas cozinhas de meu palácio. Pois se não houver comida não haverá homens. Convém que os homens sejam alimentados, vestidos e abrigados. Convém que eles sejam, apenas isso. Esses serviços a princípio são urgentes. Mas não é isso que importa: a importância está na qualidade. As danças, os poemas, os cinzeladores dos andares de cima, o geômetra e o observador de estrelas, que existem graças ao trabalho das cozinhas, são os únicos que honram o homem e que lhe dão um sentido.

Portanto, quando chega aquele que só conhece as cozinhas, das quais de fato chegam realidades para as balanças e ossos para os cães, proíbo-o de falar dos homens, pois ele negligenciará o essencial, à maneira do suboficial que não leva em conta nada do homem além de sua capacidade de manejar as armas.

Por que se dançaria em teu palácio se as dançarinas forem enviadas às cozinhas para te enriquecer com um suplemento de comida? E por que se cinzelariam jarros de ouro, se enviando os cinzeladores para cinzelar jarros de estanho se disporia de mais jarros? E por que se talhariam diamantes, por que se escreveriam poemas, por que se observariam as estrelas, se basta enviar esses homens para bater o trigo e dispor de um suplemento de pão?

No entanto, como em tua cidade te faltarão coisas que sejam para o espírito e não para os olhos ou para os sentidos, serás obrigado a inventar falsos alimentos, que não valerão mais nada. Buscarás quem fabrique poemas, autômatos que fabriquem danças, ilusionistas que do vidro talhado fabriquem diamantes. Eles terão a ilusão de viver. Apesar de não haver mais nada dentro deles, apenas um simulacro de vida. Pois terão confundido o verdadeiro sentido da dança, do diamante e do poema – que só te alimentarão com suas partes invisíveis se tiverem sido transpostos – com forragem para a manjedoura. A dança é guerra, sedução, assassinato e arrependimento. O poema é escalada da montanha. O diamante é ano de trabalho transformado em estrela. Mas lhes faltará o essencial.

Como no boliche: como tua alegria é derrubar os pinos inimigos, sentirias prazer em alinhar centenas deles e construir uma máquina para derrubá-los...

ANTOINE DE SAINT-EXUPÉRY

CAPÍTULO CXIV

MAS NÃO PENSES QUE DESPREZO tuas necessidades. Sequer cogito que sejam opostas a teu significado. Pois quero, para demonstrar--te minha verdade, traduzir-me em palavras que se contradigam, como necessário e supérfluo, causa e efeito, cozinha e salão de baile. Mas não acredito nessas divisões que vêm de uma linguagem infeliz e da escolha de uma montanha inadequada para ler os movimentos do homem.

Assim como o sentido da cidade, minha sentinela só chega a ela quando Deus a enriquece com a clareza do olho e do ouvido das sentinelas, quando o grito do recém-nascido não se oporá mais às queixas em volta do morto, nem a feira ao templo, nem o bairro reservado à fidelidade no amor. E dessa diversidade nascerá a cidade que absorve, abraça e unifica, como a árvore que surge dos diversos elementos da árvore, como o templo que domina com a qualidade de seu silêncio a diversidade de estátuas, pilares, altares e abóbadas, assim como só encontro o homem quando ele não me aparece mais como aquele que canta contra aquele que bate o trigo, ou aquele dança contra aquele que planta a semente nos sulcos, ou aquele que observa contra aquele que forja os pregos, pois quando te divido não te compreendo e te perco.

É por isso que, fechado no silêncio de meu amor, saí para observar os homens de minha cidade. Desejando compreendê-la.

CAPÍTULO CXVIII

NO QUE DIZ RESPEITO A MEU VIZINHO, observei que não era frutífero examinar os fatos, o estado das coisas, as instituições e os objetos de seu império, apenas as inclinações. Pois se examinares meu império irás até os ferreiros e os verás forjando pregos, entusiasmados com esses pregos e cantando canções da forja. Depois irás até os lenhadores e os verás derrubando árvores, entusiasmados com o corte delas e enchendo-se de júbilo intenso na hora da festa do lenhador, que ocorre no primeiro estalido, quando a majestade da árvore começa a vir abaixo. E se fores ver os astrônomos, verás que se entusiasmam com estrelas e só escutam o seu silêncio. De fato, cada um se imagina assim. Mas se eu te perguntar: "O que se passa em meu império, o que nascerá amanhã em minha casa?", tu me dirás: "Pregos serão forjados, árvores serão derrubadas, estrelas serão observadas. Haverá, portanto, reservas de pregos, reservas de madeira e observações de estrelas". Míope e te aproximando perto demais, não reconheceste a construção de um navio.

Nenhum deles teria sido capaz de te dizer: "Amanhã, embarcados, estaremos no mar". Cada um acreditava servir seu deus e dispunha de uma linguagem inadequada para cantar-te o deus dos deuses, o navio. Pois a riqueza do navio é que ele se torne amor dos pregos pelo ferreiro.

Quanto à previsão do futuro, terias descoberto muito mais se tivesses dominado esse conjunto heterogêneo e tomado consciência que elevei a alma de meu povo, que é inclinação para o mar. Terias visto, então, esse veleiro que é reunião de pregos, tábuas e troncos de árvore, governado pelas estrelas, terias visto esse veleiro formar-se lentamente em meio ao silêncio e moldar-se à maneira do cedro que drena os sumos e os sais do cascalho para levá-los à luz.

E terias reconhecido essa inclinação de efeitos irresistíveis que leva ao amanhã. Pois não há como se enganar: onde quer que possa se mostrar, ela o fará. Reconheço a inclinação para a terra porque não posso soltar, por um instante sequer, a pedra que tenho na mão sem que ela caia imediatamente.

Quando vejo um homem a passeio dirigir-se para o leste, não posso prever seu futuro. Ele pode estar andando em círculos e, enquanto acredito que está bem estabelecido em sua viagem, ele me desorienta com uma meia-volta. Mas posso prever o futuro de meu cão a cada vez que solto sua corrente, por menos que o faça. Será para o leste que me fará dar um passo e que me puxará, pois a leste está o cheiro da caça e a leste meu cão correrá se eu o soltar. Uma polegada de corda me ensinou mais que mil passos.

O prisioneiro que observo, que está sentado ou deitado, parece vencido e despido de todo desejo. Mas ele já tende para a liberdade. Reconhecerei sua inclinação, pois me bastará mostrar-lhe um buraco na parede para que ele estremeça e volte a ter músculos e atenção. E quando a brecha dá para o campo, mostra-me alguém que esqueça de olhar por ela!

Se raciocinares com tua inteligência, esquecerás desse buraco e de outros, ou olhando para ele não o verás porque estarás pensando em outra coisa. Ou então, vendo-o e encadeando silogismos para saber se vale a pena utilizá-lo, decidirás tarde demais, pois os pedreiros o terão apagado da parede. Mostra-me, nesse reservatório onde a água pesa, que fissura ela pode esquecer!

Por isso digo que a inclinação, mesmo quando informulável por falta de linguagem, é mais poderosa que a razão e a única a governar. E por isso digo que a razão é apenas a serva do espírito, e que ela primeiro transforma a inclinação e depois elabora demonstrações e máximas, o que a seguir te permite acreditar que teu bazar de ideias te governou. No entanto, só foste governado pelos deuses que são templo, domínio, império, inclinação para o mar ou necessidade de liberdade.

Assim, não observarei as ações de meu vizinho que reina do outro lado da montanha. Pois não sei reconhecer, pelo voo da pomba, se ela está se dirigindo a um pombal ou se está ungindo as asas de vento, pois não sei reconhecer, pelo passo do homem rumo ao lar, se ele cede ao desejo pela mulher ou ao tédio de seu dever, e se seu passo constrói o divórcio ou o amor. Mas aquele que mantenho no cárcere, se surgir a ocasião, ele pousará o pé na chave esquecida por mim, ele tateará as grades para ver se alguma delas se move e avaliará com os olhos os carcereiros, e já posso adivinhá-lo caminhando em liberdade pelos campos.

O que quero saber de meu vizinho não é o que ele faz, mas o que ele nunca esquece de fazer. Pois assim conhecerei que deus o domina, mesmo que ele mesmo o ignore, e qual a direção de seu futuro.

CAPÍTULO CXVIIII

LEMBREI-ME DO PROFETA DE OLHAR duro, que também era vesgo. Ele veio me ver e começou a se enfurecer. Uma fúria sombria:

Ele me disse: "Convém exterminá-los".

Entendi que gostava da perfeição. Pois somente a morte é perfeita.

"São pecadores", ele falou.

Calei-me. Via a minha frente aquela alma afiada como um gládio. E pensei: "Ele existe contra o mal. Ele só existe pelo mal. O que seria sem o mal?".

"O que desejas", perguntei-lhe, "para ser feliz?"

"O triunfo do bem."

Compreendi que mentia. Pois chamava de felicidade o desperdício e a ferrugem de seu gládio.

Pouco a pouco, fui percebendo essa verdade estrondosa segundo a qual quem ama o bem é indulgente com o mal. Quem ama a força é indulgente com a fraqueza. Pois enquanto as palavras se contradizem, o bem e o mal misturam-se e os maus escultores são adubo para os bons escultores, e a tirania forja contra si as almas indomáveis, e a fome provoca a partilha do pão, que é mais doce que o pão. E aqueles que urdiam complôs contra mim, perseguidos por meus guardas, privados de luz em seus porões, familiarizados com uma morte próxima, sacrificados a outros que não a si mesmos, tendo aceito o risco, a miséria e a injustiça por amor à liberdade e à justiça, sempre me pareceram de uma beleza radiante, que queimava como um incêndio nos locais de suplício, e por isso nunca os frustrei de suas mortes. O que seria de um diamante sem a ganga dura de extrair que o esconde? O que seria de uma espada sem o inimigo? O que seria de um retorno sem a ausência? O que seria da fidelidade sem a tentação? O triunfo do bem é o triunfo do rebanho obediente na manjedoura. Não posso contar com os sedentários ou com os saciados.

Eu lhe disse: "Lutas contra o mal, e toda luta é uma dança. Tiras teu prazer do prazer da dança e, portanto, do mal. Eu preferiria que dançasses por amor.

Pois se eu te fundar um império onde todos se exaltem por poemas, chegará o momento dos lógicos que raciocinarão sobre isso e te mostrarão os perigos que ameaçam os poemas com o contrário do poema, como se existisse um contrário de tudo no mundo. Nascerão então os policiais que, confundindo amor pelo poema com ódio pelo contrário do poema, não tratarão mais de amar, mas de odiar. Como se a destruição da oliveira equivalesse ao amor do cedro. Eles colocarão na prisão o músico, o escultor, o astrônomo, ao sabor de argumentos que serão como um estúpido vento das palavras e um fraco tremor do ar. E meu império definhará, pois vivificar o cedro não significa destruir a oliveira ou recusar o perfume das rosas. Planta no coração de um povo o amor pelo veleiro e ele drenará todos os fervores de teu território para transformá-los em velas. Tu, porém, tentas presidir o nascimento das velas perseguindo, denunciando e exterminando os heréticos. Tudo o que não é veleiro pode ser chamado de contrário do veleiro, pois a lógica leva onde quiseres. De depuração em depuração, exterminarás o teu povo, pois cada homem também ama outra coisa. Mais que isso, exterminarás o próprio veleiro, pois o cântico do veleiro se tornará, para o ferreiro, cântico da forja. Tu o aprisionarás. E não haverá pregos para o navio.

Como aquele que pensava favorecer os grandes escultores e exterminou os maus escultores, pois em seu estúpido vento de palavras chamava-os de contrário dos primeiros. Um dia proibirás teu filho de escolher um ofício que oferece tão poucas chances de vida".

Eriçou-se o profeta: "Se bem entendo, queres que eu tolere o vício!".

"Nada disso. Não entendeste nada", eu lhe disse.

CAPÍTULO CXIX

SE NÃO QUERO FAZER A GUERRA E MEU reumatismo me faz arrastar a perna, ele talvez se torne para mim a objeção à guerra, ao passo que se me decidisse por ela eu o curaria por meio da ação. Pois foi meu simples desejo de guerra que se cobriu de reumatismo, quem sabe por amor à casa ou por respeito ao inimigo ou por qualquer coisa no mundo. Se queres compreender os homens, começa por nunca lhes dar ouvidos. Porque o ferreiro fala de seus pregos. O astrônomo de suas estrelas. E todos esquecem o mar.

CAPÍTULO CXXII

QUANDO AS VERDADES SÃO EVIDENTES e absolutamente contraditórias, não podes fazer nada, apenas mudar tua linguagem.

A lógica não te ajuda a passar de um estágio a outro. Não podes prever o recolhimento a partir das pedras. E se falares em recolhimento com a linguagem das pedras, fracassarás. Precisarás inventar uma palavra nova para explicar certa arquitetura de tuas pedras. Pois um novo ser vem à luz, não divisível, não explicável, pois explicar é desmontar. E tu dás a ele um nome. Como raciocinar sobre o recolhimento? Como raciocinar sobre o amor? Como raciocinar sobre o domínio? Eles não são objetos, mas deuses.

Conheci um homem que queria morrer porque havia ouvido cantarem a lenda de um país do Norte. Vagamente, ficou sabendo que em certa noite do ano lá se caminha na neve que range, sob as estrelas, na direção das casas de madeira iluminadas. E que quem entra em sua luz, depois da caminhada, e cola seu rosto no vidro, descobre que essa claridade vem de uma árvore. E dizem que é uma noite que tem um gosto de brinquedos de madeira envernizada e cheiro de círio. E dizem que os rostos dessa noite são extraordinários. Pois estão à espera de um milagre. E todos os velhos retêm a respiração e fixam os olhos nas crianças, preparados para grandes agitações. Nesses olhos infantis, algo de inapreensível vai acontecer, algo inestimável. Pois o construíste ao longo de todo o ano pela expectativa, pelos relatos e pelas promessas, e principalmente pelos teus ares de quem sabe tudo e tuas alusões secretas e pela imensidade de teu amor. E agora vais tirar da árvore algum humilde objeto de madeira envernizada e oferecê-lo às crianças segundo a tradição de teu cerimonial. É chegado o momento. E ninguém mais respira. A criança pisca várias vezes, pois foi tirada recentemente do sono. Ela está sentada em teus joelhos, com seu cheiro fresco de criança que foi tirada do sono, e quando ela te abraça no pescoço, algo como uma fonte para o coração mata a sede que tinhas. (Este é o grande tormento das crianças, ser pilhadas de uma fonte que é delas, mas que não podem conhecer e à qual todos que envelheceram no coração vão beber para rejuvenescer.) Mas os beijos são suspensos. A criança olha para a árvore, e tu olhas para a criança. Pois se trata de colher uma surpresa maravilhada como uma flor rara que nascesse uma vez por ano do meio da neve.

Tu te vês invadido por uma certa cor dos olhos, que se tornam sombrios. Pois a criança se encolhe em seu tesouro para se iluminar por dentro, de uma só vez, assim que o presente a toca, como uma anêmona-do-mar. Ela fugiria se a deixasses fugir. Não há mais esperança de alcançá-la. Não lhe dirija a palavra, ela não ouve mais.

Não venhas me dizer que essa cor recém-mudada, mais leve que uma nuvem sobre a campina, não tem peso. Pois mesmo que fosse a única recompensa por teu ano e pelo suor de teu trabalho e por tua perna perdida na guerra e por tuas noites de meditações e confrontos e sofrimentos, mesmo assim ela te compensaria e te deixaria maravilhado. Porque sais ganhando com essa troca.

Não existe argumento para raciocinar sobre o amor pelo domínio, sobre o silêncio do templo nem por esse segundo incomparável.

Meu soldado, portanto, queria morrer – ele que só tinha vivido de sol e de areia, ele que não conhecia a árvore de luz, ele que mal sabia a direção do norte –, porque lhe tinham dito que em algum lugar certo perfume de círio e certa cor dos olhos estavam sendo ameaçados, e porque os poemas tinham-lhe levado suavemente como o vento o cheiro das ilhas. Não conheço razão melhor para morrer.

A única coisa que te alimenta é o nó divino que une as coisas. E que ri dos mares e dos paredes. Tu te vês invadido em teu deserto por algo que existe em algum lugar, em uma direção que ignoras, junto a estrangeiros de que não sabes nada em um país que não podes sequer conceber, por determinada expectativa de certa imagem de um pobre objeto de madeira envernizada, que entra nos olhos de uma criança como uma pedra nas águas paradas.

Vale a pena morrer por esse alimento que recebes. Eu inflamaria exércitos, se quisesse, para salvar em algum lugar desse mundo o perfume de círio.

Entretanto, não inflamaria exército para a defesa das provisões. Pois elas estão prontas e não tens nada a esperar delas, a não ser que te transformes em dócil rebanho.

Se teus deuses forem extintos, não aceitarás mais morrer. Mas tampouco viverás. Pois não existem contrários. Ainda que a morte e a vida sejam palavras que se contradizem, continuas só podendo viver daquilo que pode te fazer morrer. Quem recusa a morte, recusa a vida. Se não houver nada acima de ti, não terás nada a receber. A não ser de ti mesmo. Mas o que podes obter de um espelho vazio?

CAPÍTULO CXXIII

FALAREI PARA TI QUE ESTÁS SOZINHA. Pois quero derramar sobre ti esta luz.

Descobri que era possível te alimentar em teu silêncio e em tua solidão. Pois os deuses riem das paredes e dos mares. Tu também és enriquecida pelo fato de existir em algum lugar um perfume de círio. Mesmo que não esperes um dia aspirá-lo.

Não tenho outro meio de julgar a qualidade do alimento que te trago senão julgando a ti. O que te tornas depois de recebê-lo? Quero que unas as mãos em silêncio, os olhos fixos, como os da criança a quem entreguei o tesouro e que começa a devorá-lo. Pois meu presente à criança também não era um objeto. Aquele que consegue construir uma frota de guerra com três pedras e ameaçá-la com uma tempestade, quando lhe dou um soldado de madeira faz dele um exército com capitães, fidelidade ao império, dureza na disciplina e morte pela sede no deserto. O mesmo se dá com o instrumento musical, que é bem diferente de um instrumento, pois é material para a armadilha de tuas capturas – que nunca têm a essência da armadilha. Eu também te iluminarei para que tua mansarda seja clara e habite teu coração. Pois a cidade adormecida que olhas por tua janela deixa de ser a mesma depois que te falo do fogo sob as cinzas. E o caminho de ronda da sentinela deixa de ser o mesmo quando ele é promontório do império.

Quando te doas, recebes mais do que dás. Pois não eras nada e vens a ser. E pouco me importa que as palavras se contradigam.

Falarei para ti que estás sozinha porque quero te habitar. Talvez sintas dificuldade, por causa de um ombro deslocado ou de uma enfermidade no olho, em receber o esposo carnal em tua casa. Mas existem presenças mais fortes. Nem o canceroso no leito de morte é o mesmo em uma manhã de vitória, e apesar da espessura das paredes impedir o ruído dos clarins, seu quarto parece cheio.

No entanto, o que passou de fora para dentro senão o nó das coisas, que é vitória e ri das paredes e dos mares? E por que não existiria uma divindade mais ardente ainda? Ela te moldaria ardente de coração, fiel e maravilhosa.

Porque o verdadeiro amor não se desgasta. Quanto mais dás, mais te sobra. Se vais à verdadeira fonte, quanto mais retiras, mais ela é generosa. E o perfume de círios é verdade para todos. Quando o outro o experimenta, seu perfume se torna mais intenso para ti também.

Mas o esposo carnal da tua casa te pilhará quando sorrir alhures, e te fará cansar de amar.

E é por isso que te visitarei. E não preciso que me conheças. Sou o nó do império e inventei-te uma oração. Sou a pedra angular de um certo gosto pelas coisas. Uno-te ao nó. E tua solidão acaba.

Como não me seguirias? Não sou mais nada além de ti. Como a música que cria dentro de ti certa estrutura, que te inflama. A música não é nem verdadeira nem falsa. Tu é que vens a ser.

Não quero que sejas deserta em tua perfeição. Deserta e amarga. Despertarei teu fervor, que dá e nunca pilha, pois o fervor não reivindica nem a propriedade nem a presença.

Contudo, o poema é belo por razões que não vêm da lógica, pois está em outro nível. E é tão mais dramático quanto mais te estabelece na amplidão. Pois existe um som a ser tirado de ti, que podes reproduzir, mas nem sempre com a mesma qualidade. Existem músicas ruins que te abrem caminhos medíocres no coração. O deus que ela te produz é fraco.

Mas existem visitas que te deixam adormecida por teres amado tanto. E é por isso que inventei, para ti que estás sozinha, esta oração.

CAPÍTULO CXXIV

ORAÇÃO DA SOLIDÃO.

"Tenha piedade de mim, Senhor, pois a solidão pesa sobre mim. Não espero por nada. Estou em um quarto em que nada me fala. No entanto, não são presenças que peço, descubro-me mais perdida ainda quando mergulho na multidão. Aquela que se parece comigo, porém, também sozinha em um quarto parecido com o meu, sente-se realizada quando aqueles por quem sente afeto se ocupam em outro lugar da casa. Ela não os ouve nem os vê. Ela não recebe nada. Para ser feliz, basta-lhe saber que sua casa é habitada.

Senhor, não peço nada que seja para ver ou ouvir. Vossos milagres não são para os sentidos. Para me curar, basta iluminar meu espírito a respeito de minha casa.

O viajante do deserto, Senhor, quando vem de uma casa habitada, apesar de sabê-la nos confins do mundo, alegra-se. Nenhuma distância o impede de ser alimentado por ela, e quando ele morre, morre no amor… Por isso não peço, Senhor, que minha casa esteja perto.

O caminhante que, dentro da multidão, foi ofuscado por um rosto, transfigura-se, mesmo que o rosto não seja para ele. Como o soldado apaixonado pela rainha. Ele se torna o soldado de uma rainha. Por isso não peço, Senhor, que essa casa me seja prometida.

Ao largo dos mares, existem vidas ardentes devotadas a uma ilha que não existe. Os homens a bordo entoam o cântico da ilha e ficam felizes. Não é a ilha que os realiza, mas o cântico. Portanto não peço, Senhor, que essa casa esteja em algum lugar…

A solidão, Senhor, só frutifica no espírito quando ele está doente. Ele habita uma única pátria, que é o sentido das coisas. Como o templo, quando ele é o sentido das pedras. Ele só tem muros para esse espaço. Ele não se alegra com objetos, apenas com o rosto que neles se lê e que os une. Fazei simplesmente com que eu aprenda a ler. Então, Senhor, será o fim de minha solidão."

CAPÍTULO CXXV

EXATAMENTE COMO A CATEDRAL, que é um certo arranjo de pedras semelhantes, porém distribuídas segundo linhas de força cuja estrutura fala ao espírito, também há um cerimonial de minhas pedras. E a catedral é mais ou menos bela.

Exatamente como a liturgia de meu ano, que é um certo arranjo de dias iguais, porém distribuídos segundo linhas de força cuja estrutura fala ao espírito (e, agora, existem dias em que deves jejuar, outros onde todos são convidados a celebrar, outros em que não deves trabalhar, e são minhas linhas de força que encontras), também há um cerimonial de meus dias. E o ano é mais ou menos vivo.

Também há um cerimonial dos traços do rosto. E o rosto é mais ou menos belo. E um cerimonial de meu exército, pois esse gesto te é possível mas não este outro, que te faz encontrar minhas linhas de força. E tu és soldado de um exército. E o exército é mais ou menos forte.

E um cerimonial de minha aldeia, pois eis o dia de festa, ou o sino dos mortos, ou a hora da vindima, ou o muro a ser construído em grupo, ou a comunidade faminta e a partilha da água durante a seca, e o odre cheio que não é só para ti. E eis que tens uma pátria. E a pátria é mais ou menos quente.

Não conheço nada no mundo que não seja primeiro cerimonial. Pois não tens nada a esperar de uma catedral sem arquitetura, de um ano sem festas, de um rosto sem proporções, de um exército sem regras, nem de uma pátria sem costumes. Não saberias o que fazer com tua montoeira de materiais.

Por que dirias dessa montoeira de objetos que eles são realidade, e do cerimonial que ele é ilusão? O próprio objeto é cerimonial de suas partes. Por que o exército, para ti, seria menos real que uma pedra? Chamei de pedra um certo cerimonial da poeira que a compõe. E de ano o cerimonial dos dias. Por que o ano seria menos verdadeiro que a pedra? Estes só descobriram os indivíduos. Por certo, é bom que os indivíduos prosperem, se alimentem, se vistam e não sofram demais. Mas eles perdem o essencial e não são mais que montoeira de pedras se não fundares em teu império um cerimonial de homens.

De outro modo, o homem não será mais nada. E não chorarás teu irmão, caso ele morra, mais que o cão quando outro da mesma ninhada se afoga. Mas tampouco sentirás alguma alegria com o retorno desse irmão. Pois o retorno do irmão deve ser um templo que se orna, e a morte do irmão um desabamento do templo.

Entre os refugiados berberes, nunca observei que chorassem os mortos.

Como poderia te demonstrar o que busco? Não se trata de um objeto que fala aos sentidos, mas ao espírito. Não me peças para justificar o cerimonial que imponho. A lógica decorre do nível dos objetos e não do nó que os une. Aqui, não tenho mais linguagem.

Viste as lagartas sem olhos se encaminharem para a luz ou subirem a árvore. Tu, que as observas como homem, te perguntas para onde elas se dirigem. Concluis: "Luz" ou "Topo". Mas elas não sabem. Assim, quando recebes alguma coisa de minha catedral, de meu ano, de meu rosto, de minha pátria, essa é tua verdade e pouco me importa teu vento de palavras que só serve para os objetos. Tu és lagarta. Não podes conceber o que buscas.

Se saíres de minha catedral, de meu ano ou de meu império ornado, santificado ou nutrido por algum alimento invisível, direi para mim mesmo: "Que bela catedral para homens. Que belo ano. Que belo império". Mesmo que eu não saiba de onde olhar para conhecer a causa.

Apenas encontrei, como a lagarta, algo que é para mim. Com um cego durante o inverno que procura o fogo com as mãos. E o encontra. E pousa seu bastão e se senta perto dele, as pernas cruzadas. Apesar de não saber nada sobre o fogo da maneira como tu, que vês, sabes as coisas. Ele encontrou a verdade de seu corpo, pois verás que não mudará mais de lugar.

E se criticas minha verdade de não ser uma verdade, falarei sobre a morte do único e verdadeiro geômetra, meu amigo, que, prestes a morrer, me pediu para assisti-lo.

CAPÍTULO CXXVI

FUI ATÉ ELE COM MEUS PASSOS LENTOS, pois eu o amava.
"Geômetra, meu amigo, rezarei a Deus por ti."
Mas ele estava cansado, havia sofrido.
"Não te preocupes com meu corpo. Tenho a perna morta e o braço morto, pareço uma velha árvore. Deixa agir o lenhador..."
"Não lamentas nada, geômetra?"
"O que lamentaria? Lembro-me de um braço bom e de uma perna boa. Mas toda vida é nascimento. Aceitamo-nos tal como somos. Alguma vez lamentas primeira infância, teus 15 anos ou tua maturidade? Esses lamentos são lamentos de mau poeta. Não existe lamento nessas coisas, apenas a doçura da melancolia, que não é sofrimento, mas perfume de licor evaporado. Por certo, lamentarás teu olho no dia em que o perderes, pois toda mudança é dolorosa. Mas não existe drama em seguir pela vida com um olho só. Vi os cegos rirem."
"Podemos lembrar da felicidade..."
"E onde está o sofrimento disso? Vi o homem chorar a partida daquela que amava, que para ele era o sentido dos dias, das horas e das coisas. Seu templo desabava. Mas não vi sofrer o outro que, tenho conhecido a exaltação do amor e, depois, tendo deixado de amar, perdeu o lar de suas alegrias. O mesmo acontece com aquele que foi comovido pelo poema que, a seguir, o entedia. Onde vês seu sofrimento? É o espírito que dorme, o homem não existe mais. Pois o tédio não é lamento. O lamento do amor ainda é amor... e se não houver mais amor, não haverá lamento de amor.

Encontrarás apenas o tédio que está no nível das coisas, porque elas não têm nada a te dar. Ou os materiais de minha vida desmoronam assim que a pedra angular é retirada, ou há o sofrimento da mudança. Como a conhecer? Pois somente agora vejo a verdadeira pedra angular e o verdadeiro significado, que nunca tiveram mais sentido do que têm agora. E como conhecer o tédio, se há uma basílica edificada e concluída, enfim iluminada para meus olhos?"

"Geômetra, o que estás dizendo! A mãe pode se lamentar da lembrança do filho morto."

"Sim, no momento em que ele se vai. Pois as coisas perdem o sentido. O leite sobe e não há mais filho. Pesa-te a confidência à bem-amada quando não há mais bem-amada. E se vens de um território vendido e dispersado, o que farás do amor pelo território? A hora da mudança sempre é dolorosa. Mas te enganas, porque as palavras confundem os homens. Chega o momento em que as coisas antigas ganham sentido, que era o de te fazer vir a ser. Chega o momento em que te sentes enriquecido por ter um dia amado. E a melancolia torna-se doce. Chega o momento em que a mãe, tendo envelhecido, adquire um rosto mais comovente e um coração mais esclarecido, apesar de não ousar confessar, tamanho seu medo das palavras, que doce é sua lembrança do filho morto. Alguma vez ouviste uma mãe te dizer que teria preferido não conhecê-lo, não amamentá-lo, não amá-lo?"

Depois de calar-se por um longo tempo, o geômetra ainda me disse: "Minha vida, bem arrumada atrás de mim, hoje se torna uma lembrança…".

"Ah, geômetra, meu amigo! Conta-me a verdade que faz tua alma serena…"

"Conhecer uma verdade talvez seja apenas vê-la em silêncio. Conhecer a verdade talvez seja finalmente ter direito ao silêncio eterno. Costumo dizer que a árvore é verdadeira, sendo uma certa relação entre suas partes. Depois a floresta, que é uma certa relação entre as árvores. Depois o domínio, que é uma certa relação entre as árvores, as planícies e os outros materiais do domínio. Depois o império, que é uma certa relação entre os domínios, as cidades e os outros materiais dos impérios. Depois Deus, que é uma relação perfeita entre os impérios e todas as coisas do mundo. Deus é tão verdadeiro quanto a árvore, apesar de mais difícil de ler. Não tenho mais perguntas a fazer."

Ele refletiu:

"Não conheço nenhuma outra verdade. Conheço apenas estruturas que, mais ou menos, me possibilitam dizer o mundo. Mas...".

Ele se calou por um longo tempo, dessa vez, e não ousei interrompê-lo: "No entanto, algumas vezes percebi que elas se pareciam com alguma coisa..."

"O que queres dizer?"

"Quando procuro já encontrei, pois o espírito só pode desejar aquilo que ele já tem. Encontrar é ver. Como eu procuraria algo que não teria ainda sentido para mim? Como te disse, o lamento do amor é o amor. Ninguém sofre do desejo de algo que não pode ser concebido. No entanto, tive como lamento coisas que ainda não tinham sentido. Senão, por que teria caminhado na direção de verdades que não podia conceber? Escolhi, buscando poços desconhecidos, caminhos retilíneos semelhantes a retornos. Tive o instinto de minhas estruturas, como lagartas cegas de seu sol.

E tu, quando eriges um templo e ele é belo, com o que ele se parece?

E quando legislas sobre o cerimonial dos homens e ele exalta os homens como o fogo que aquece teu cego, com o que ele se parece? Pois nem todos os exemplos são belos, e alguns cerimoniais não exaltam.

Mas as lagartas não conhecem o sol, os cegos não conhecem o fogo e tu não conheces o rosto ao qual assemelhas o templo que é patético ao coração dos homens.

Havia um rosto que me iluminava de um lado e não do outro, pois me fazia virar em sua direção. Mas ainda não o conheço..."

Foi então que Deus se mostrou a meu geômetra.

 # CAPÍTULO CXXVIIII

TU ME PERGUNTAS: "POR QUE ESSE povo aceita ser reduzido à escravidão e não continua lutando até o fim?".

Mas é preciso distinguir o sacrifício por amor, que é nobre, do suicídio por desespero, que é baixo ou vulgar. Para o sacrifício, é preciso um deus como o território, a comunidade ou o templo, que recebe a parte que tu delegas e pela qual te trocas.

Alguns podem aceitar morrer por todos, mesmo que a morte seja inútil. E ela nunca o é. Pois os demais são enobrecidos e ficam com o olhar mais claro e o espírito mais largo.

Que pai não se arrancará de teu abraço para mergulhar no fosso onde o filho se afoga? Não conseguirás detê-lo. Mas chegarás a desejar que mergulhem juntos? Quem ganhará com suas vidas?

A honra é irradiação do sacrifício, não do suicídio.

CAPÍTULO CXXIX

SE JULGARES MINHA OBRA, QUERO que fales dela sem me interpor a teu julgamento. Pois quando esculpo um rosto, me transformo nele e o sirvo. Não é ele que me serve. De fato, aceito até o risco de morte para concluir minha criação.

Portanto, não dosa tuas críticas por medo de ferir minha vaidade, porque não existe vaidade em mim. A vaidade não faz sentido para mim, pois não se trata de mim, mas desse rosto.

Todavia, se esse rosto tiver te transformado, tendo levado alguma coisa a ti, tampouco dosa teus testemunhos por medo de ofender minha modéstia. Pois não existe modéstia em mim. Trata-se de um tiro cujo sentido nos domina, mas para o qual é bom que colaboremos. Eu como flecha, tu como alvo.

CAPÍTULO CXXXIII

"ESCREVI MEU POEMA. RESTA-ME CORRIGI-LO."
Meu pai se irritou:

"Escreves teu poema e depois o corriges? O que é escrever, senão corrigir? O que é esculpir, senão corrigir? Viste a argila ser modelada? De correção em correção aparece o rosto, e o primeiro empurrão com o polegar já é correção do bloco de argila. Quando fundo minha cidade, corrijo a areia. Depois, corrijo minha cidade. E, de correção em correção, caminho para Deus."

CAPÍTULO CXXXIV

CERTAMENTE TE EXPRESSAS POR RELAÇÕES. E fazes os sinos ecoarem uns nos outros. Os objetos que fazes ressoar não têm importância. Eles são materiais da armadilha para tuas capturas, que nunca têm a mesma essência que a armadilha. Já te disse que precisavas de objetos interligados.

Na dança ou na música, porém, existe a passagem do tempo, que não me permite enganar-me sobre tua mensagem. Prolongas aqui, desaceleras ali, sobes acolá e desces mais além. E agora fazes eco a ti mesmo.

Ali onde me apresentas tudo como um conjunto, porém, preciso de um código. Pois se não há nem nariz, nem boca, nem orelha, nem queixo, como saber o que prolongas ou diminuis, alargas ou diminuis, ergues ou desvias, afundas ou inchas? Como conhecer teus movimentos e distinguir tuas repetições e ecos? E como ler tua mensagem? Mas o rosto será meu código, pois conheço um que é perfeito e banal.

Certamente, não expressarás nada se me forneceres o rosto perfeitamente banal, exceto o simples dom do código, o objeto de referência e o modelo acadêmico. Preciso dele não para me comover, mas para ler o que trazes para mim. E se me ofereceres o próprio modelo, decerto não transportarás nada. Assim, aceito que te afastes do modelo, que deformes e embaralhes, mas apenas enquanto eu detiver a chave. Nada te censurarei se quiseres colocar um olho na testa.

Nesse, apenas te considerarei inábil, como aquele que, para fazer sua música ser ouvida, fizesse um barulho enorme, ou que, para chamar a atenção sobre uma imagem, a tornasse ostensiva demais em seu poema. É digno retirar os andaimes depois de concluído o templo. Não preciso conhecer os teus meios. Tua obra é perfeita quando não os percebo mais. Pois não é o nariz que me interessa, nem se deve mostrá-lo demais colocando-o na testa. Tampouco a palavra, não deves escolher uma vigorosa demais, para que ela não devore a imagem. Nem mesmo a imagem, para que ela não devore o estilo. O que solicito de ti tem uma essência diferente da armadilha. Como teu silêncio dentro da catedral de pedra. Foste tu, que me dizias desprezar a matéria e buscar a essência, e que te apoiaste em uma bela ambição para me oferecer mensagens indecifráveis, foste tu que me construíste uma armadilha enorme de cores vistosas que me esmagam, e foste tu que dissimulaste o camundongo natimorto que capturaste.

Pois enquanto eu te reconhecer como pitoresco, brilhante ou paradoxal, nada terei recebido de ti, te mostrarás simplesmente como em uma feira. Estarás enganado no objeto da criação. Não deves mostrar a ti mesmo, deves me fazer vir a ser. Se agitares diante de mim teu espantalho para pardais, irei pousar em outro lugar.

Aquele que me conduziu ao lugar que pretendia, e que depois se retirou, me faz acreditar que descubro o mundo e, conforme desejado por ele, me faz vir a ser.

Mas não penses que essa discrição consiste em polir uma esfera em que ondulem vagamente um nariz, uma boca e um queixo, como feitos de cera derretida, pois se desprezas tanto os meios que usas, começa por suprimir o próprio mármore, a argila ou o bronze, que são mais materiais que uma simples forma de lábio. A discrição consiste em não insistir naquilo que queres me fazer ver. Perceberei à primeira vista, pois vejo muitos rostos ao longo do dia, que queres apagar o nariz, e não chamarei de discrição o fato de colocares teu mármore em um quarto escuro. O rosto verdadeiramente invisível, do qual não recebo nada, é o rosto banal.

*

Entretanto, todos se tornaram uns brutos e precisam gritar para se fazer ouvir.

Certamente, podes desenhar um tapete multicor, mas ele só terá duas dimensões e, apesar de falar a meus sentidos, ele não falará nem a meu espírito nem a meu coração.

CAPÍTULO CXXXVI

SE QUISERES ME FALAR DE UM SOL ameaçado de morte, diz: "sol de outubro". Pois esse sol enfraquece e carrega a velhice. O sol de novembro ou dezembro, porém, chama a atenção sobre a morte e vejo que acenas para mim. Não me interessas. Porque o que receberia de ti não seria o gosto da morte, mas o gosto da designação da morte. E não era este o objeto perseguido.

Se a palavra ergue a cabeça no meio da tua frase, corta sua cabeça. Pois não se trata de me mostrar uma palavra. Tua frase é uma armadilha para uma captura. E não quero ver a armadilha.

Engana-te sobre o objeto da agitação se acreditas que ele pode ser enunciado. Senão, me dirias "melancolia" e me tornaria melancólico, o que realmente seria fácil demais. Por certo, age em ti certo mimetismo que te faz parecer com o que digo. Quando falo "cólera das ondas", oscilas um pouco. E quando digo "o guerreiro ameaçado de morte", te sentes um pouco inquieto com meu guerreiro. Por hábito. A operação é superficial. A única que vale é conduzir-te para o lugar de onde possas ver o mundo como eu o quis.

Não conheço poema nem imagem no poema que seja outra coisa que ação sobre ti. Não se trata de te explicar isso ou aquilo, nem mesmo de sugeri-los, como acreditam os mais sutis – pois não se trata disso ou daquilo –, mas de te fazer vir a ser este ou aquele. Mas assim como na escultura preciso de um nariz, de uma boca e de um queixo para fazê-los ecoar uns nos outros e te apanhar em minha rede, usarei disso ou daquilo, que sugerirei ou enunciarei, para te criar outro devir. Pois se uso o luar, não penses que se trata de ti ao luar. Trata-se de ti tanto ao sol, em casa ou no amor. Trata-se de ti, ponto final. Mas escolhi o luar porque precisava de um signo para me fazer ouvir. Não podia usar todos ao mesmo tempo. E acontece o milagre de que minha ação vai se diversificando à maneira da árvore que era simples na origem, quando semente, que não era uma árvore em miniatura, mas que desenvolveu galhos e raízes ao se estender no tempo. O mesmo acontece com o homem. Se lhe acrescento uma coisa simples, que talvez uma única frase possa carregar, meu poder irá se diversificando e modificarei esse homem em sua essência e ele mudará de comportamento ao luar, em casa ou no amor.

É por isso que digo que a imagem, quando verdadeira, é uma civilização onde te encerro. E não saberias me circunscrever o que ela rege.

Talvez essa rede de linhas de forças seja fraca para ti. E seu efeito talvez morra ao fim da página. É o que acontece com as sementes cujo poder se extingue quase imediatamente, e com os seres aos quais falta ímpeto. Mas poderias desenvolvê-las para construir um mundo.

Assim, quando digo "soldado de uma rainha", certamente não se trata nem do exército nem do poder, mas do amor. E de certo amor, que não espera nada para si, mas que se entrega a algo maior. E que enobrece e eleva. Pois esse soldado é mais forte que outro. Se observares esse soldado, verás que é fiel por causa da rainha. E verás também que ele não trairá, pois está protegido pelo amor, residindo de coração na rainha. E verás que ele volta à aldeia todo orgulhoso de si, mas que se torna pudico e cora quando lhe perguntam sobre a rainha. E verás como deixa a mulher quando é chamado para a guerra, e que seus sentimentos não são como o do soldado do rei, que está ébrio de cólera contra o inimigo e parte para colocar-lhe seu rei na barriga. O outro vai para convertê-lo e, como resultado do que parece ser o mesmo combate, colocá-lo sob o amor. Ou ainda...

Se continuar falando, esgotarei essa imagem, pois seu poder é fraco. Não saberia dizer facilmente quando um ou outro come seu pão, não saberia dizer o que distingue o soldado da rainha do soldado do rei. A imagem, aqui, não passa de uma fraca lamparina que, como toda lamparina, apesar de brilhar sobre todo o universo, ilumina poucas coisas para teus olhos.

Mas toda evidência forte é uma semente da qual poderias obter o mundo. E é por isso que disse que, uma vez plantada a semente, não precisavas tirar teus comentários, construir teu dogma e inventar teus meios de ação. A semente germinará no terreno dos homens e dela teus servidores nascerão aos milhares.

Assim, se soubeste levar o homem a ser o soldado de uma rainha, tua civilização nascerá como uma consequência. Depois disso, poderás esquecer a rainha.

CAPÍTULO CXXXVIII

NÃO TE ESQUEÇAS DE QUE TUA FRASE é um ato. Se queres me fazer agir, não trates de argumentar. Pensas que vou me deixar determinar por argumentos? Encontrarei melhores contra ti.

Onde viste a mulher abandonada reconquistar o marido com um processo em que provasse ter razão? O processo irrita. Ela não conseguirá te recuperar nem mesmo sendo tal como tu a amavas, pois esta já não amas mais. Vi uma infeliz que, tendo casado ao som de uma canção triste, recomeçou a cantar a mesma canção na véspera do divórcio. Mas a canção triste deixou o marido ainda mais furioso.

Talvez ela o recuperasse se o acordasse tal como ele era, quando a amava. Mas é preciso um gênio criador, pois se trata de encarregar o homem de algo, da mesma forma que eu o encarrego de uma inclinação para o mar, que o fará construtor de navios. Assim, a árvore com certeza cresceria e se diversificaria. E ele de novo pediria a canção triste.

Para fundar o amor por mim, faço nascer dentro de ti alguém que seja para mim. Não te direi meu sofrimento, pois ele te faria desgostar de mim. Não te farei críticas: elas te irritariam com razão. Não te direi os motivos que tens para me amar, pois não tens nenhum. A razão de amar é o amor. Também não me mostrarei tal como me desejavas, pois este tu não desejas mais. Senão, ainda me amarias. Mas te exaltarei para mim. E se eu for forte, te mostrarei uma paisagem que te tornará meu amigo. Aquela que eu havia esquecido foi como uma flecha no coração ao me dizer: "Está ouvindo seu sino perdido?".

No fim das contas, o que tenho a dizer? Muitas vezes, fui me sentar na montanha. E olhei para a cidade. Outras vezes, passeando no silêncio de meu amor, ouvi os homens falarem. E sem dúvida ouvi palavras às quais sucediam atos como o do pai que disse ao filho: "Vá encher essa urna na fonte". Ou o do cabo que disse ao soldado: "Assumirás a guarda à meia-noite…". Mas sempre me pareceu que essas palavras não tinham mistério nenhum, e que o viajante ignorante da linguagem, constatando-as assim ligadas ao uso, não veria nelas nada mais surpreendente que as idas e vindas do formigueiro, que nunca parecem obscuras. Eu, observando as carroças, as construções, os cuidados com os doentes, as indústrias e os comércios de minha cidade, não via nada que não fosse de um animal um pouco mais audacioso, inventivo e compreensivo que os outros. Mas me parecia, com igual evidência, que ao considerá-los em suas funções usuais ainda não havia observado o homem.

Ele me parecia e permanecia inexplicável segundo as regras do formigueiro e me escapava por eu ignorar o sentido das palavras nos momentos em que, na praça do mercado, sentados em círculos, os homens ouviam o contador de lendas, que teria, caso tivesse gênio, o poder de levantar depois de falar e, seguido por todos, incendiar a cidade.

Vi multidões pacíficas sublevadas pela voz de um profeta irem se fundir à fornalha do combate. É preciso que aquilo que o vento das palavras carrega seja irresistível para que a multidão o receba e desminta o comportamento do formigueiro e se transforme em incêndio, entregando-se à morte.

Os que voltavam para casa estavam transformados. E me parecia que, para acreditar nas operações mágicas, não era preciso procurá-los nas bobagens dos magos, pois eu tinha ao alcance dos ouvidos reuniões de palavras miraculosas e suscetíveis de me arrancar de casa, do trabalho, de meus costumes e de me fazer desejar a morte.

Por isso sempre ouvia com atenção, distinguindo o discurso eficaz daquele que não criava nada, a fim de aprender a reconhecer o objeto da agitação. O enunciado não importa. Caso contrário, todos seriam grandes poetas. E todos seriam condutores de homens, dizendo: "Sigam-me ao assalto e ao cheiro de pólvora queimada...". Mas se tentares fazer isso, verás os homens rir. Isso também acontece com aqueles que pregam o bem. Por ter ouvido alguns conseguirem e mudarem os homens, e por ter rezado a Deus para que Ele me iluminasse, foi-me dado aprender a reconhecer no vento das palavras a rara agitação das sementes.

CAPÍTULO CXXXIX

VOLTOU A ME VISITAR O PROFETA DE OLHOS duros que, dia e noite, nutria um furor sagrado e que, além disso, era vesgo:

"Convém", ele me disse, "obrigá-los ao sacrifício."

Respondi: "Certamente, pois é bom que uma parte de suas riquezas seja retirada de suas provisões, empobrecendo-os levemente, mas enriquecendo-os pelo sentido que elas adquirirão. Pois elas não valem nada se não tiverem sido colocadas em um rosto".

Mas ele não me ouvia, ocupado que estava com seu furor.

"É bom", ele dizia, "que eles mergulhem na penitência..."

Respondia: "Sem dúvida, pois sentindo falta de comida, nos dias de jejum, conhecerão a alegria de sair dele, ou então se farão solidários daqueles que jejuam por necessidade, ou se unirão a Deus cultivando a própria vontade, ou simplesmente evitarão ficar gordos demais".

O furor então o dominou:

"É bom, primeiro, que sejam castigados".

E compreendi que ele só tolerava o homem acorrentado a um leito miserável, privado de pão e luz, no fundo de um cárcere.

Ele disse: "É preciso extirpar-lhe o mal".

"Corres o risco de extirpar tudo", respondi-lhe. "Não será preferível, em vez de extirpar o mal, aumentar o bem? E inventar as festas que enobrecem o homem? E vesti-lo com roupas que o tornem menos sujo?

É melhor alimentar seus filhos para que eles possam se enobrecer com o ensino da oração, sem serem absorvidos pelo sofrimento de seus ventres?

Pois não se trata de dar limites aos bens do homem, mas de salvar os campos de força que governam sua qualidade e os rostos que falam a seu espírito e coração.

Aqueles que podem construir-me canoas, eu os farei navegar em suas canoas e pescar o peixe. Mas aqueles que podem lançar navios, eu os farei lançar navios e conquistar o mundo."

"Desejas então apodrecê-los com riquezas!"

"Nenhuma provisão me interessa, não entendeste nada", eu lhe disse.

CAPÍTULO CXLI

DIREI, PORTANTO, A RESPEITO DO HOMEM: "Sendo o homem aquele que só vale dentro de um campo de forças, sendo o homem aquele que só comunica por meio dos deuses que ele concebe e que governam a ele e aos outros, sendo o homem aquele que só encontra alegria trocando-se por sua criação, sendo o homem aquele que só morre feliz quando delega, sendo o homem aquele que as provisões esgotam, e para quem é patético qualquer conjunto demonstrado, sendo o homem aquele que busca conhecer e que se embriaga quando encontra, sendo o homem aquele que..."

Convém formulá-lo de maneira a que suas aspirações essenciais não sejam submetidas e avariadas. Pois se for preciso arruinar o espírito de criação para fundar a ordem, essa ordem não me diz respeito. Se for preciso apagar o campo de forças para aumentar o tamanho do ventre, esse tamanho do ventre não me diz respeito. Da mesma forma, se for preciso apodrecê-lo pela desordem para elevá-lo em meu espírito de criação, esse tipo de espírito que arruína a si não me diz respeito. E se for preciso fazê-lo perecer para exaltar esse campo de forças, então haverá um campo de forças mas não haverá mais homem, e esse campo de forças não me diz respeito.

Essa noite, portanto, eu, o capitão que vela pela cidade, preciso falar sobre o homem. E da inclinação que criarei nascerá a qualidade da viagem.

CAPÍTULO CXLIII

SEI, EM PRIMEIRO LUGAR E ACIMA DE TUDO, que não atingirei uma verdade absoluta, demonstrável e capaz de convencer meus adversários, mas uma imagem que contém um homem potente e que favorece aquilo que do homem me parece nobre, submetendo a esse princípio todos os outros.

É bastante evidente que não me interessa submeter, fazendo do homem aquele que consome e produz, a qualidade de seus amores, o valor de seus conhecimentos e o calor de suas alegrias ao crescimento do tamanho de seu ventre, apesar de pretender provê-lo o máximo possível sem que haja nisso contradição ou subterfúgio, assim como aqueles que se ocupam com o tamanho de seu ventre afirmam não desprezar o espírito.

Pois se minha imagem for forte, ela se desenvolverá como uma semente. Consequentemente, é fundamental escolhê-la. Onde viste inclinação para o mar que não se transformasse em navio?

Da mesma forma, os conhecimentos não me parecem mais importantes, pois instruir e educar são coisas diferentes, e nunca constatei que na soma das ideias repousasse a qualidade do homem, mas sobre a qualidade do instrumento que permite adquiri-las.

Porque teus materiais serão sempre os mesmos e nenhum deve ser negligenciado. Dos mesmos materiais podes tirar todos os rostos.

Quanto aos que criticarem o rosto escolhido por ser gratuito e submeter os homens ao arbitrário, como levá-los a morrer pela conquista de algum oásis inútil sob o pretexto de que a conquista é bela, responderei que qualquer justificativa é inatacável, pois meu rosto pode coexistir com todos os outros, igualmente verdadeiros. No fim das contas, combatemos por deuses que são escolha de uma estrutura por meio dos mesmos objetos.

A única coisa que nos dividiria seria a revelação e a aparição de arcanjos. Que é farsa ruim, pois se Deus torna-se semelhante a mim para se mostrar ele não é Deus, e se Ele é Deus meu espírito pode lê-Lo, mas não meus sentidos. E se meu espírito pode lê-Lo, só O reconhecerei por sua ressonância em mim, como acontece com a beleza do templo. E é à maneira do cego que se guia até o fogo com as mãos, fogo este que só pode conhecer por meio de seu próprio contentamento, que eu O encontrarei. (Se digo que Deus me tirou de si, sua gravitação me devolve a Ele.) E se vês o cedro prosperar é porque ele está mergulhado no sol, embora o sol não tenha significado para o cedro.

Segundo a palavra do único e verdadeiro geômetra, meu amigo, parece-me que nossas estruturas assemelham-se a alguma coisa, pois não existe ação explicável que não conduza a esses poços ignorados. E se chamo de Deus o sol desconhecido que governa a gravitação de meus atos, quero ler sua verdade na eficácia da linguagem.

Eu, que domino a cidade, sou essa noite como o capitão de um navio no mar. Pois tu acreditas que o interesse, a felicidade e a razão governam os homens. Mas recusei-te teu interesse, tua razão e tua felicidade porque me pareceu que chamavas de interesse ou felicidade aquilo para o qual os homens tendiam. Não tenho o que fazer com medusas que mudam de forma. Quanto à razão, que vai aonde quisermos, ela me parece o vestígio na areia de algo que está acima dela.

Nunca foi a razão que guiou o único e verdadeiro geômetra, meu amigo. A razão escreve os comentários, deduz as leis, redige as ordens e tira a árvore de sua semente, de consequência em consequência, até o dia em que a árvore morre, a razão deixa de ser eficaz e precisas de outra semente.

Mas eu, que domino a cidade e sou como o capitão de um navio no mar, sei que o espírito é o único a governar os homens, e que ele os governa de modo absoluto. Quando o homem entrevê uma estrutura, escreveu o poema e carregou a semente no coração dos homens, então interesse, felicidade e razão submetem-se como servidores, e tornam-se expressões no coração ou sombra, no muro das realidades, da transformação de tua semente em árvore.

Contra o espírito não tens poder para te defender. Pois se te instalo em tal montanha e não em outra, como negarás que as cidades e os rios têm tal arranjo e não outro, visto que simplesmente é assim?

ANTOINE DE SAINT-EXUPÉRY

É por isso que te farei vir a ser. E é por isso que sou responsável – apesar de minha cidade dormir e apesar de leres nos atos dos homens apenas busca de interesse, felicidade ou movimento da razão – pela verdadeira direção sob as estrelas.

CAPÍTULO CXLIV

CERTA NOITE, FUI VISITAR MINHAS PRISÕES. E descobri que, necessariamente, o guarda não havia distinguido ao escolher e colocar nas prisões apenas aqueles que se mostravam constantes, que não criavam, que não abjuravam a evidência de suas verdades.

Aqueles que permaneciam livres eram os que abjuravam e trapaceavam. Lembra-te de minhas palavras: seja qual for a civilização do guarda e seja qual for a tua, só te apresentas diante do guarda quando este detém o poder de julgar aquele que é baixo. Toda verdade, seja ela qual for, quando verdade do homem e não do lógico estúpido, é vício e erro para o guarda. Ele te quer de um só livro, de um só homem, de uma só fórmula. O guarda constrói o navio se esforçando para suprimir o mar.

CAPÍTULO CXLV

ESTOU CANSADO DAS PALAVRAS QUE SE contradizem. Não me parece absurdo procurar na qualidade de minha restrições a qualidade de minha liberdade.

E na qualidade da coragem do homem na guerra, a qualidade de seu amor.

E na qualidade de suas privações, a qualidade de seu luxo.

E na qualidade de sua aceitação da morte, a qualidade de suas alegrias na vida.

E na qualidade de sua hierarquia, a qualidade de sua igualdade que chamarei de aliança.

E na qualidade de sua recusa aos bens, a qualidade de seu uso dos mesmos bens.

E na qualidade de sua submissão total ao império, a qualidade de sua dignidade individual.

Dize-me, já que queres favorecê-la, o que é uma comunidade opulenta e livre? Vi-a em meus berberes.

CAPÍTULO CXLVI

ÀQUELES QUE NÃO COMPREENDIAM minhas restrições, respondi: "Vocês são como a criança que, por ter conhecido no mundo uma única forma de jarra, considera-a absoluta e não compreende, mais tarde, ao mudar de lar, por que deformaram e desviaram a jarra essencial de sua casa. Assim, quando vês, no império vizinho, um homem diferente de ti, que sente, pensa, ama, chora e odeia de maneira distinta, tu te perguntas por que eles deformam o homem. Daí tua fraqueza, pois não salvarás a arquitetura de teu templo se ignorares que ela é um desenho frágil e vitória do homem sobre a natureza. E que existem vigas mestras, pilares, arcos e contrafortes para sustentá-lo.

E não concebes a ameaça que pesa sobre ti, pois só vês na obra do outro o efeito de um desvio passageiro, e não compreendes que corre o risco de se perder para sempre um homem que nunca mais renascerá.

E tu te acreditavas livre e te indignavas quando eu falava de meus contrários. Que de fato não eram de um guarda visível, porém mais imperiosos por não serem notados. Como a porta em teu muro, que não te parece um insulto à liberdade, apesar de precisares fazer um desvio para sair.

Mas se queres perceber o campo de forças que te fundamenta e te faz andar, sentir, pensar, amar, chorar e odiar dessa maneira específica e não de outra, considera seu fechamento sobre a casa do vizinho, no momento em que ele começa a agir, e assim ele se tornará perceptível. Senão, nunca o conhecerás. A pedra que cai não sofre a força que a puxa para baixo. Uma pedra só pesa quando imóvel. É quando resistes que conheces o que te move. Para a folha caída ao vento não há mais vento, assim como para a pedra que cai não há mais peso.

E é por isso que não vês a formidável restrição que pesa sobre ti e que só se revelaria, tal o muro, se te pudesses vir à mente, por exemplo, incendiar a cidade. Assim como não percebes a restrição mais simples de tua linguagem.

Todo código é restrição, porém invisível."

CAPÍTULO CXLVIII

ESTUDEI OS LIVROS DOS PRÍNCIPES, as ordens decretadas aos impérios, os ritos das diversas religiões, as cerimônias dos funerais, dos casamentos e dos nascimentos, de meu povo e de outros povos, do presente e do passando, tentando ler relações simples entre os homens na qualidade de suas almas e nas leis que foram promulgadas para fundá-los, regê-los e perpetuá-los, mas não pude descobri-las.

No entanto, quando tinha de lidar com aqueles que vinham do império vizinho, onde reinava determinado cerimonial de sacrifícios, eu o descobria com seu buquê, seu aroma e sua maneira específica de amar ou odiar, pois não existem amores ou ódios que se assemelhem. Tinha o direito de me interrogar sobre essa gênese e pensar: "De que modo esse rito, que me parece sem ganho, eficácia ou ação, pois trata de algo externo ao amor, pode fundar esse amor e não outro? Onde está a ligação entre o ato, bem como as muralhas que governam o ato, e a qualidade do sorriso que é deste e não daquele?".

Eu não tratava de um assunto vão, pois vi, ao longo de toda a vida, que os homens diferiam uns dos outros, apesar das diferenças te serem invisíveis e inexprimíveis, pois te serves de um intérprete com a missão de traduzir as palavras do outro, ou seja, de buscar em tua linguagem aquilo que melhor se assemelhe ao que foi dito em outra. Assim, amor, justiça e inveja são traduzidos para ti como inveja, justiça e amor, e te extasiarás com as semelhanças, ainda que o conteúdo das palavras não seja o mesmo. E se aprofundares a análise da palavra, de tradução em tradução, buscarás e encontrarás apenas semelhanças, e aquilo que querias apreender sempre te escapará.

Se desejas compreender os homens, não deves ouvi-los falar. Todavia, as diferenças são absolutas. Pois nem o amor, nem a justiça, nem a inveja, nem a morte, nem o cântico, nem as trocas com as crianças, nem as trocas com o príncipe, nem as trocas com a bem-amada, nem as trocas na criação, nem o rosto da felicidade, nem a forma do interesse se assemelham. Conheci homens que se julgavam realizados e, contraindo os lábios ou apertando os olhos, faziam-se de modestos quando as unhas cresciam demais, e outros que faziam a mesma coisa quando tinham calos nas mãos. E conheci homens que se julgavam segundo a quantidade de ouro que tinham nos porões, o que te parecerá sórdida avareza enquanto não tiveres descoberto que outros sentem os mesmos sentimentos de orgulho e julgam-se com complacência satisfeita quando rolam pedras inúteis pela montanha.

Mas tive certeza de que me enganava em minha abordagem, pois não existe dedução para passar de um estágio ao outro, e minha atitude era tão absurda quanto a do falador que, ao admirar contigo uma estátua, quer te explicar por meio da linha do nariz ou da dimensão da orelha o objeto da agitação que, por exemplo, era a melancolia de uma noite de festa e só residia ali como captura, que nunca tem a essência dos materiais.

Também percebi que meu erro residia no fato de eu tentar explicar a árvore pelos sucos minerais, o silêncio pelas pedras, a melancolia pelas linhas e a qualidade da alma pelo cerimonial, invertendo a ordem natural da criação, ao passo que deveria tentar iluminar a ascensão dos minerais pela gênese da árvore, a ordem das pedras pelo gosto do silêncio, a estrutura das linhas pelo domínio da melancolia sobre elas, o cerimonial pela qualidade

ANTOINE DE SAINT-EXUPÉRY

da alma, que é una e não pode ser definida com palavras, justamente porque para apreendê-la, regê-la e perpetuá-la vieste me oferecer essa armadilha, que tem um cerimonial e não outro. É verdade que na juventude cacei o jaguar. E abri covas para jaguar, com um cordeiro, cheias de estacas e cobertas de grama. Quando ia visitá-las, ao nascer do dia, encontrava o corpo do jaguar. Se conheces os costumes do jaguar, podes inventar covas para jaguar, com estacas, cordeiro e grama. Mas se te peço para estudar a cova para jaguar e não sabes nada do jaguar, não poderás inventá-la.

Foi por isso que te disse a respeito do verdadeiro geômetra, meu amigo, que ele é aquele que sente o jaguar e inventa a cova. Mesmo nunca o tendo visto. Os comentaristas do geômetra entenderam bem, pois o jaguar foi demonstrado ao ser capturado, mas eles olham para o mundo com essas estacas, esses cordeiros, essas gramas e outros elementos de sua construção, e esperam, com sua lógica, deles extrair verdades. Mas elas não aparecem. E eles continuam estéreis, até o dia em que surge aquele que sente o jaguar sem ainda o ter conhecido, e por senti-lo o captura, e o mostra, tendo assim misteriosamente utilizado, a fim de te conduzir até ele, um caminho semelhante a um retorno.

Meu pai foi o geômetra que fundou seu cerimonial para capturar o homem. Houve outros que, em outros lugares e outros tempos, fundaram outros cerimoniais e capturaram outros homens. Mas veio a época da estupidez dos lógicos, dos historiadores e dos críticos. Eles olham para o teu cerimonial e dele não deduzem a imagem do homem, porque este não pode ser deduzido, e, em nome do vento das palavras que chamam razão, dispersam ao sabor das liberdades os elementos da armadilha, arruinando teu cerimonial e deixando a presa fugir.

 CAPÍTULO CXLVIIII

DESCOBRI, PORÉM, DURANTE MEUS PASSEIOS a esmo por um campo estranho, os diques que alicerçavam o homem. Eu ia, no passo lento de meu cavalo, por um caminho que ligava uma aldeia a outra. Ele poderia ter seguido reto pela planície, mas preferiu contornar um campo, fazendo-me perder alguns instantes nesse desvio. Aquele grande quadrado de aveia pesava sobre mim, pois meu instinto entregue a si mesmo teria seguido reto, em vez de ceder a um campo. A existência de um quadrado de aveia me desgastava, pois os minutos que por causa dele foram perdidos poderiam ter servido para outra coisa. Aquele campo me invadia, pois eu aceitava contorná-lo, e apesar de poder ter lançado meu cavalo no campo de aveia adentro, eu o respeitava como um templo. Depois, a estrada conduziu-me ao longo de um território cercado por muros. E ela respeitava o domínio e formava uma curva lenta causada pelas saliências e reentrâncias do muro de pedra. Eu via, atrás do muro, árvores mais cerradas que as de nossos oásis e um lago de água doce que brilhava sob os galhos. E só ouvia o silêncio. Em seguida, passei por um portal sob as folhagens. Um dos ramos da estrada que se dividia ali levava a esse domínio. Pouco a pouco, ao longo dessa curta peregrinação, enquanto meu cavalo mancava pelas trilhas ou puxava as rédeas para pastar a grama baixa ao longo dos muros, fui invadido pela sensação de que meu caminho, em suas sutis inflexões, seu respeito, suas liberdades e seu tempo perdido, como pelo efeito de algum ritual ou de uma antecâmara real, desenhava o rosto de um príncipe, e que todos os que seguiam por ele, sacudidos por suas carroças ou balançados por seus vagarosos jumentos, eram, sem o saber, exercitados no amor.

 # CAPÍTULO CXLIX

MEU PAI DIZIA:

"Eles se julgam enriquecidos por aumentarem seu vocabulário. Posso de fato utilizar uma outra palavra para designar o 'sol de outubro' para mim, em oposição a um outro sol. Mas não vejo o que ganho com isso. Descubro, pelo contrário, que perco a expressão da dependência que liga outubro, os frutos de outubro e seu frescor ao sol que já não chega tão bem a pino, pois está cansado. Raras são as palavras que me fazem ganhar alguma coisa ao expressar de imediato um sistema de dependências de que me servirei alhures, como "inveja". Pois inveja me permite identificar, sem precisar desfiar todo o sistema de dependências, a coisa à qual comparo outra. Assim, direi: "A sede é inveja da água". Pois aqueles que vi morrer de sede me pareceram supliciados, mas não por uma doença abominável como a peste, que te entorpece e tira de ti gemidos modestos. Porque a água te faz berrar quando a desejas. Vês em sonho os outros bebendo. E te vês traído pela água que escoa alhures. Como a mulher que sorri a teu inimigo. Teu sofrimento não é de doença, mas de religião, de amor e de imagens, que têm muita eficácia sobre ti. Pois vives sob um império que não é das coisas, mas do sentido das coisas.

Mas 'sol de outubro' me será de fraco socorro, pois específico demais.

Em contrapartida, eu te elevarei se te exercitar em atitudes que te permitam, usando as mesmas palavras, construir armadilhas diferentes, boas para todas as presas. Como os nós de uma corda, que podes distinguir os bons para as raposas dos bons para sustentar tuas velas no mar e receber o vento. Mas o jogo de meus incisos, as inflexões de meus verbos, o fôlego de meus períodos, a ação sobre os complementos, os ecos e as repetições, toda essa dança que dançarás, uma vez dançada, terá levado ao outro aquilo que querias transmitir, ou terá colocado em teu livro aquilo que querias apreender".

Dizia meu pai: "Tomar consciência é, em primeiro lugar, adquirir um estilo".

Afirmava: "Tomar consciência não é receber o bazar de ideias que fazem dormir. Pouco me importam teus conhecimentos, pois eles não te servem de nada além de como objetos e como meios em teu ofício, que é o de construir uma ponte, extrair o ouro ou me informar sobre a distância entre as capitais quando preciso. Mas essas fórmulas não são o homem. Tomar consciência também não significa aumentar teu vocabulário. Pois aumentá-lo serve apenas para te permitir ir mais longe comparando tuas invejas. É a qualidade de teu estilo que garantirá a qualidade de tuas atitudes. Senão, não terei uso para essas sínteses de teu pensamento. Prefiro ouvir 'sol de outubro', que me sensibiliza e me fala aos olhos e ao coração mais do que tua nova palavra. Tuas pedras são pedras, que reunidas formam colunas, que reunidas formam catedrais. Mas só te ofereci esses conjuntos cada vez mais amplos por causa do gênio de meu arquiteto, que os preferia pelas operações cada vez mais amplas de seu estilo, ou seja, da expansão de suas linhas de força nas pedras. Na frase também há uma operação. E ela é o que mais conta".

"Veja esse selvagem", continuou meu pai. "Aumenta seu vocabulário e ele se transformará em um incansável falador. Encha seu cérebro com todos os teus conhecimentos e esse falador se tornará espalhafatoso e pretensioso. E não poderás mais contê-lo. E ele se inebriará com vãs verborragias. E tu, cego, te dirás: 'Como é possível que minha cultura, em vez de elevar, tenha degenerado esse selvagem e o tenha transformado não no sábio que eu esperava mas em detrito com o qual nada tenho a fazer? Agora reconheço o quanto ele era grande, nobre e puro em sua ignorância!'.

Pois havia um único presente a lhe fazer, do qual cada vez mais esqueces e negligencias. Era o uso de um estilo. Em vez de brincar com os objetos de seus conhecimentos como com balões coloridos, e se divertir com o som que eles fazem, e se inebriar com os próprios malabarismos, ele subitamente, talvez usando menos objetos, se orientará para as atitudes do espírito que elevam o homem. Ele se tornará reservado e silencioso como a criança que ganha de ti um brinquedo e começa tentando ver se faz barulho. E tu o ensinas a fazer conexões. E o vês então se tornar pensativo e quieto. Fechado em seu quarto, enrugando a testa e começando a nascer para o estado de homem.

Portanto, ensina ao selvagem primeiro a gramática e o uso dos verbos. E os complementos. Ensina-o a agir antes de dizer-lhe sobre o que agir. Aqueles que fazem barulho demais remexem, como dizes, ideias demais e te cansam, tu os verás descobrir o silêncio.

Que é o único sinal da qualidade".

CAPÍTULO CL

COMO A VERDADE, QUANDO ELA SE ADAPTA a meu uso.

E tu te admiras. Mas não te admiras, que eu saiba, quando a água que bebes e o pão que comes se fazem luz dos olhos, nem quando o sol se faz folhagem, fruto e sementes. Por certo não encontrarás nada no fruto que se assemelhe ao sol, e nada do cedro que se assemelhe à semente do cedro. Pois nascer de uma coisa não significa assemelhar-se a ela. Ou melhor, chamo de "semelhança" uma coisa que não é nem para os teus olhos nem para tua inteligência, mas para teu espírito. E é o que quero dizer quando afirmo que a criação se assemelha a Deus, o fruto ao sol, o poema ao objeto do poema e o homem que tirei de ti ao cerimonial do império.

Isso é muito importante, pois se não reconheceres com os olhos uma filiação que só tem sentido para o espírito, recusarás as condições de tua grandeza. Serás como a árvore que, sem encontrar sinais do sol no fruto, recusasse o sol. Ou então como o professor que, sem encontrar na obra o movimento informulável que a fez surgir, estuda-a, descobre seu plano, revela suas leis internas e fabrica uma obra que as coloca em prática, fazendo-te fugir por não entendê-la.

É aqui que a pastora, o marceneiro ou o mendigo têm mais gênio que todos os lógicos, historiadores e críticos de meu império. Pois eles não gostam que seus caminhos estreitos percam seus contornos. Por quê?, perguntas. Porque eles o amam. E esse amor é a via misteriosa por onde são alimentados. Como amam, recebem alguma coisa. Não importa saber formulá-lo. Só os lógicos, os historiadores e os críticos aceitam do mundo apenas aquilo que conseguem formular em frases. Penso que tu, filho do homem, começas recentemente a aprender uma linguagem, a tatear e a te exercitar, compreendendo apenas uma fina película do mundo. Pois ele é pesado de transportar.

Mas alguns só conseguem acreditar no magro conteúdo de seu pequeno bazar de ideias.

Se recusas meu templo, meu cerimonial e meu humilde caminho no campo porque não sabes enunciar o objeto nem o sentido do comboio, enfiarei teu nariz em tua própria sujeira. Pois quando não há palavras com as quais possas me espantar com seu barulho, ou imagens que possas me agitar como provas palpáveis, mesmo assim aceitas receber uma visita cujo nome não sabes dizer. Alguma vez ouviste a música? Por que a ouves?

Aceitas como bela a cerimônia do pôr do sol no mar. Podes me dizer por quê?

Eu digo que se cavalgares teu jumento ao longo do caminho no campo de que te falei, te verás mudado. Pouco importa que ainda não saibas me dizer por quê.

E é por isso que nem todos os ritos, nem todos os sacrifícios, nem todos os cerimoniais, nem todos os caminhos são igualmente bons. Alguns são ruins como músicas vulgares. Mas não posso distingui-los pela razão. Quero apenas um sinal, que és tu.

Se eu quiser julgar o caminho, o cerimonial ou o poema, devo olhar para o homem que chega a eles. Ou escuto bater seu coração.

# CAPÍTULO CLVI

ELEVOU-SE UMA TEMPESTADE DE AREIA que carregou até nós destroços de um oásis distante, deixando o acampamento cheio de pássaros. Eles penetraram em todas as tendas e compartilharam nossas vidas, dóceis e facilmente pousando em nossos ombros. No entanto, por falta de alimento, morriam aos milhares a cada dia, secavam e estalavam como uma casca de madeira morta. Como empestaram o ar, mandei retirá-los. Grandes cestos foram enchidos. E depositamos essa poeira no mar.

Quando sentimos pela primeira vez a sede, assistimos, na hora do pico do sol, à edificação de uma miragem. A cidade geométrica refletia-se, em linhas puras, nas águas paradas. Um homem enlouqueceu, soltou um grito e começou a correr na direção da cidade. Como o grito do pato selvagem que emigra e ecoa em todos os patos, compreendi que o grito do homem havia abalado os outros homens. Eles estavam prontos, a exemplo dele, a correr para a miragem e para o vazio. Uma carabina bem ajustada o derrubou. Ele não foi mais que um cadáver, que enfim nos tranquilizou.

Um dos meus soldados chorou.

"O que tens?", perguntei-lhe.

Pensei que chorava o morto.

Mas tinha descoberto, a seus pés, uma de minhas cascas secas e chorava o céu privado de seus pássaros.

"Quando o céu perde sua penugem", ele me disse, "há ameaça para a carne do homem."

Subimos o operário das entranhas do poço, ele desmaiou, mas conseguiu nos dizer que o poço estava seco. Há marés subterrâneas de água doce. E a água, durante alguns anos, se dirige para os poços do norte. Que voltam a ser fontes de sangue. Mas aquele poço nos segurava como um prego em uma asa.

Todos pensavam nos grandes cestos cheios de cascas de madeira morta.

Alcançamos o poço de El Bahr no dia seguinte ao anoitecer.

Quando a noite caiu, convoquei os guias:

"Vocês nos enganaram sobre o estado dos poços. El Bahr está vazio. O que farei de vocês?".

Brilhavam estrelas admiráveis sobre um fundo de uma noite ao mesmo tempo amarga e esplêndida. Dispúnhamos de diamantes como alimento.

"O que farei de vocês?", perguntava aos guias.

No entanto, vã é a justiça dos homens. Não tínhamos todos sido transformados em espinhos?

O sol emergiu, recortado pela bruma de areia em forma triangular. Foi como uma punção em nossa carne. Homens caíram, feridos no crânio. Loucos se anunciaram em grande número. Mas não havia mais miragens que os solicitassem com suas cidades límpidas. Não havia nem miragem nem horizonte puro, nem linhas estáveis. A areia nos envolvia com uma luz tumultuosa de forno à lenha.

Quando ergui a cabeça, percebi por meio das volutas o tição pálido que alimentava o incêndio. "O ferro de Deus", pensei, "que nos marca como bestas."

"O que tens?", perguntei a um homem que titubeava.

"Sou cego", respondeu.

Mandei estripar dois camelos de três e bebemos a água das vísceras. Os sobreviventes carregaram todos os odres vazios e, dirigindo essa caravana, enviei homens para os poços de El Ksour, que se diziam incertos.

"Se El Ksour estiver seco", disse, "vocês morrerão tanto lá quanto aqui." Mas eles voltaram depois de dois dias sem acontecimentos que me custaram o terço de meus homens.

"O poço de El Ksour", afirmaram eles, "é uma janela para a vida." Bebemos e nos dirigimos a El Ksour para beber e renovar as provisões de água.

A tempestade de areia intensificou-se e chegamos a El Ksour no meio da noite. Em volta dos poços, havia alguns espinheiros. Mas em vez de carcaças sem folhas vimos, a princípio, manchas escuras sobre delgados bastões. No início, não compreendemos a visão, mas quando nos aproximamos dessas árvores, elas como que explodiram, uma depois das outras, com grande alarido de cólera. A migração dos corvos que as haviam escolhido como poleiro as tinham desfolhado de uma só vez, como uma carne que tivesse rebentado em volta do osso. Seu voo era tão denso que, apesar da estonteante lua cheia, continuávamos no escuro. Pois os corvos, em vez de se afastarem, agitaram por muito tempo sobre nossas cabeças seu turbilhão de cinzas negras.

Matamos três mil, pois nos faltava comida.

Foi uma festa extraordinária. Os homens construíram fornos de areia, que encheram de um esterco que brilhava como feno. E a gordura dos corvos perfumou o ar. A equipe de guarda em volta do poço manipulava sem descanso uma corda de 120 metros que fazia a terra parir todas as nossas vidas. Outra equipe distribuía a água pelo campo como teria feito com laranjeiras durante a seca.

Eu caminhava, a passos lentos, vendo os homens reviver. Depois, afastei-me deles e, uma vez encerrado em minha solidão, dirigi a Deus a seguinte oração:

"Vi, Senhor, ao longo de um mesmo dia, a carne de meu exército secar e depois reviver. Ele já se parecia com uma casca de madeira morta, mas agora o vejo disposto e eficaz. Nossos músculos, refrescados, nos levarão aonde quisermos. No entanto, mais uma hora de sol e teríamos sumido da superfície do planeta, nós e os vestígios de nossos passos. Ouvi risos e cantos. O exército que levo comigo vem carregado de recordações. Ele é chave de existências longínquas. Nele repousam esperanças, sofrimentos, desesperos e alegrias. Ele não é autônomo, mas mil vezes ligado. No entanto, mais uma hora de sol e teríamos sumido da superfície do planeta, nós e os vestígios de nossos passos.

Levo-os para o oásis a ser conquistado. Eles serão semente para a terra bárbara. Levarão nossos costumes a povos que os ignoram. Assim que esses homens que comem, bebem e vivem nessa noite uma vida elementar aparecerem nas planícies férteis tudo mudará, não apenas os costumes e a linguagem, mas também a arquitetura das muralhas e o estilo dos templos. Eles estão cheios de um poder que agirá ao longo de séculos. No entanto, mais uma hora de sol e teríamos sumido da superfície do planeta, nós e os vestígios de nossos passos.

Eles não sabem disso. Tinham sede, agora estão satisfeitos. A água do poço de El Ksour salva poemas, cidades e grandes jardins suspensos – pois eu havia decidido construí-los. A água do poço de El Ksour muda o mundo. No entanto, mais uma hora de sol e teríamos sumido da superfície do planeta, nós e os vestígios de nossos passos.

Os primeiros a voltar nos disseram: 'O poço de El Ksour é uma janela para a vida'. Teus anjos estavam prontos para recolher meu exército em seus grandes cestos e derramá-lo em tua eternidade como uma casca de madeira morta. Fugimos deles por esse buraco na agulha. Não consigo mais me reconhecer nele. Agora, quando olho para um simples campo de cevada sob o sol, em equilíbrio entre a lama e a luz, capaz de alimentar um homem, nele verei um veículo ou uma passagem secreta, mesmo ignorando do que ele é veículo ou caminho. Vi saírem cidades, templos, muralhas e grandes jardins suspensos do poço de El Ksour.

Meus homens bebem e sonham com seus ventres. Não têm além do prazer do ventre. E não há nada no fundo do buraco da agulha além de marulho de água negra quando um recipiente a revira. Mas ao ser derramada na semente seca que não conhece nada de si além do prazer da água, ela desperta um poder ignorado que é de cidades, templos, muralhas e grandes jardins suspensos.

Não posso me reconhecer nele quando Tu não és pedra angular, medida comum e significado de uns e de outros. No campo de cevada, no poço de El Ksour e em meu exército, vejo apenas um amontoado de materiais quando não encontro Tua presença, que me permite decifrar alguma cidade fortificada que se eleva sob as estrelas."

CAPÍTULO CLVIII

LOGO AVISTAMOS A CIDADE. MAS NÃO vimos nada além de muralhas vermelhas de altura inusitada, que viravam para o deserto uma espécie de desdenhoso contraforte, despojadas que estavam de ornamentos, saliências e ameias, concebidas para não serem vistas de fora.

Quando olhas para uma cidade, ela olha para ti. Ela ergue suas torres contra ti. Ela te observa por trás de suas ameias. Ela fecha ou abre suas portas para ti. Ou então ela deseja ser amada ou sorrir para ti e vira em tua direção as pinturas de seu rosto. Sempre que tomávamos as cidades tínhamos a impressão – tanto tinham sido construídas com vista ao visitante – de que se entregavam a nós. Portas monumentais e avenidas reais, quer sejas peregrino ou conquistador, sempre és recebido como um príncipe.

Mas o mal-estar apoderou-se de meus homens quando as muralhas, que cresciam aos poucos em virtude da aproximação, nos pareceram tão visivelmente nos dar as costas com uma tranquilidade de falésia, como se não houvesse nada fora da cidade.

Gastamos o primeiro dia contornando-a, lentamente, procurando alguma brecha, algum defeito, ou no mínimo alguma saída murada. Não havia nada. Caminhávamos ao alcance de tiros, mas nenhuma resposta jamais quebrava o silêncio, apesar de às vezes alguns de meus próprios homens, cujo mal-estar ia aumentando, lançarem saraivadas de desafio.

ANTOINE DE SAINT-EXUPÉRY

Mas aquela cidade atrás de suas muralhas era como o crocodilo sob sua carapaça, que não se digna nem a sair de um sonho.

Em uma elevação distante, que não ultrapassava a altura das muralhas mas permitia um olhar rasante, vimos uma vegetação espessa. Ora, fora das muralhas não se via um único fio de grama. Havia apenas, até o infinito, areia e cascalho gastos pelo sol, tanto as fontes do oásis haviam sido pacientemente drenadas para o uso interno. As muralhas como que continham toda a vegetação, como o capacete contém a cabeleira. Deambulávamos, estúpidos, a poucos passos de um denso paraíso, com uma verdadeira erupção de árvores, pássaros e flores, estrangulado pela cintura das muralhas como o basalto de uma cratera.

Quando os homens entenderam que o paredão não tinha fissuras, alguns ficaram com medo. Pois aquela cidade, segundo a memória dos homens, nunca havia delegado ou acolhido caravanas. Nenhum viajante havia trazido em sua bagagem a infecção de costumes distantes. Nenhum mercador havia introduzido o uso de um objeto familiar a outros lugares. Nenhuma jovem capturada ao longe havia disseminado sua raça na deles. Meus homens tinham a impressão de apalpar a casca de um monstro informulável que não tinha nada em comum com os povos da terra. Pois as ilhas mais perdidas foram maculadas por náufragos de navios, e sempre encontras algo com que estabelecer teu parentesco de homem e forçar o sorriso. Aquele monstro, porém, não mostrava rosto algum.

Outros de meus homens, ao contrário, foram atormentados por um amor informulável e singular. Pois só és comovido por aquela que é permanente e bem alicerçada, sem misturas na carne ou degenerada pela linguagem em sua religião ou seus costumes, e que não sai da lixívia de povos a que tudo se misturou e que é geleira derretida em charco. Como era bela aquela bem-amada tão zelosamente cultivada, com seus aromas, jardins e costumes!

Mas uns e outros, e eu mesmo, depois de atravessado o deserto, tropeçávamos no impenetrável. Pois quem se opõe a ti abre-te o caminho de seu coração, como aquele que abre o de sua carne para tua espada e podes esperar vencê-lo, amá-lo ou morrer por ele. Mas o que podes contra aquele que ignora? Foi na mesma hora em que esse tormento me invadiu que descobrimos que, contornando todo o muro surdo e cedo, a areia apresentava uma zona mais clara, rica em ossadas que sem dúvida atestavam a sorte das delegações distantes, semelhante que era à franja de espuma em que se resolve, ao longo de uma falésia, a vaga que, onda a onda, é enviada pelo mar.

Ao anoitecer, examinando da porta de minha tenda esse monumento impenetrável conservado no meio de nós, meditei e tive a impressão de que mais do que a cidade a ser tomada, éramos nós que estávamos sitiados. Se incrustas uma semente dura e fechada em uma terra fértil, não é a terra que, por cercá-la, sitia tua semente. Pois tua semente, ao se romper, estabelecerá seu reino sobre a terra. "Se houver atrás desses muros algum instrumento musical ignorado por nós, por exemplo", eu pensava, "se dele forem tiradas melodias amargas ou melancólicas, de um gosto para nós ainda desconhecido, a experiência me diz que, depois de forçar essa reserva misteriosa e espalhar meus homens por seus bens, mais tarde os encontrarei, nas noites de meus acampamentos, tentando tirar desses instrumentos pouco comuns melodias de um novo gosto para seus corações. E seus corações serão transformados por elas."

"Vencedores ou vencidos", pensava, "como saberei distingui-los? Olha para esse homem mudo no meio da multidão. Ela o cerca, ela o empurra, ela o força. Se ele estiver vazio, ela o esmagará. Mas se for um homem habitado e construído por dentro, como a dançarina que fiz dançar, e se ele falar, então lançará suas raízes no meio de tua multidão, amarrará suas armadilhas, estabelecerá seu poder, e tua multidão, quando ele se puser em marcha, se colocará em marcha atrás dele, multiplicando seu poder.

Basta que esse território abrigue em algum lugar um único sábio bem protegido por seu silêncio, que tenha se realizado no coração de suas meditações, para que ele equilibre o peso de tuas armas, pois ele é como uma semente. Como o distinguirias para decapitá-lo? Ele só se mostra por seu poder e na medida em que sua obra está pronta. Assim é a vida, que sempre está em equilíbrio com o mundo. Só podes lutar contra o louco que te propõe utopias, mas não contra aquele que pensa e constrói o presente, pois o presente é tal como ele o mostra. Assim é com toda a criação, pois o criador nunca aparece. Se, da montanha para onde te conduzi, avistares teus problemas resolvidos de um jeito e não de outro, como te defenderias de mim? É preciso que estejas em algum lugar. Como o bárbaro, que derrubou muralhas, forçou o palácio real e irrompeu diante da rainha. Ora, a rainha não tinha poder nenhum, pois todos os seus guardas estavam mortos.

Quando cometes um erro no jogo que jogavas por simples gosto do jogo, ficas vermelho, humilhado e desejoso de reparar teu erro. No entanto, não há juiz para te condenar, apenas esse personagem que o jogo revela em ti e que protesta. E tu te prevines dos falsos passos na dança, apesar de nem o outro dançarino nem ninguém ter qualidade para criticar-te. Assim, para te fazer meu prisioneiro não te mostrarei meu poder, mas te darei o gosto de minha dança. E irás aonde eu quiser.

É por isso que a rainha, virando-se para o rei bárbaro, quando ele derrubou a porta e apareceu como um mercenário com o machado na mão e fervendo com seu poder, cheio de um enorme desejo de assombrar, pois era vaidoso e orgulhoso, esboçou um sorriso triste, como de secreta decepção e de indulgência um tanto cansada. Pois nada a assombrava além da perfeição do silêncio. Ela mal ouvia todo aquela algazarra, assim como ignoras os atos grosseiros dos trabalhadores dos esgotos, apesar de aceitá-los como necessários.

Domesticar um animal é ensiná-lo a agir na única direção eficaz para ele. Quando queres sair de casa passas pela porta sem pensar. Quando teu cão quer ganhar um osso, fará as coisas que solicitares, pois aos poucos aprendeu que elas eram o caminho mais curto para obter sua recompensa. Mesmo que, na aparência, elas não tenham nada a ver com o osso. Isso se baseia no instinto, não no raciocínio. Como o dançarino que conduz a dançarina segundo regras do jogo que eles mesmos ignoram. Que são uma linguagem oculta, como a tua com teu cavalo. Não saberias me dizer exatamente quais movimentos teus fazem teu cavalo obedecer.

A fraqueza do bárbaro era querer assombrar a rainha, seu instinto logo lhe ensinou que havia um único caminho, pois todos os outros a tornavam mais distante, mais indulgente e mais decepcionada, e ele começou a ficar em silêncio. Portanto, ela mesma começou a mudá-lo, preferindo ao som do machado as reverências silenciosas."

Parecia-me, assim, que ao cercar aquele polo que nos forçava a olhar para ele, apesar de ele fechar os olhos deliberadamente, nós o fazíamos jogar um jogo perigoso, pois ele recebia de nossa audiência o poder de emanação de um monastério.

Foi por isso que, reunindo meus generais, lhes disse:

"Tomarei a cidade pelo assombro. O importante é que os homens ali presentes nos perguntem alguma coisa".

Meus generais, tornados sensatos pela experiência e apesar de não terem entendido nada de minhas palavras, fizeram vários sons de assentimento.

Lembrei de uma réplica que meu pai opôs a alguns que objetavam que os homens, nas grandes coisas, cediam apenas a grandes forças:

"Por certo", ele havia respondido. "Mas vocês não correm o risco de entrar em contradição, pois para vocês uma força é grande quando ela faz os fortes cederem. Ora, temos aqui um mercador vigoroso, arrogante e avaro. Ele transporta uma fortuna de diamantes, costurados em seu cinto. E aqui temos um corcunda enfermiço, pobre e prudente, que não conhece o mercador e fala uma língua diferente da dele, mas que deseja suas pedras. Não veem onde está a força de que ele dispõe?"

"Não vemos", disseram os outros.

Continuou meu pai: "No entanto, o enfermiço abordou o gigante, que o convidou, porque estava quente, a dividir seu chá. Quando carregas pedras costuradas em teu cinto, não corres nenhum risco ao compartilhar o chá com um corcunda enfermiço."

"Isso mesmo, nada", disseram os outros.

"Entretanto, na hora de se separarem, o corcunda levou as pedras e o mercador roeu-se de raiva, amordaçado até os punhos pela dança que o outro lhe dançou."

"Que dança?", perguntaram os outros.

"A dança dos três dados esculpidos em um osso", respondeu meu pai.

Depois, ele explicou:

"O jogo é mais forte que o objeto do jogo. Tu, general, governas dez mil soldados. Esses soldados é que detêm as armas. Todos são solidários uns com os outros. No entanto, tu os mandas atirar um ao outro na prisão. Porque não se vives coisas, mas do sentido das coisas. Quando o sentido dos diamantes foi ser caução dos dados, eles escoaram para o bolso do corcunda."

Os generais que me cercavam ficaram afoitos:
"Mas como atingirás os homens da cidade, se eles se recusarem a te ouvir?".
"O amor pelas palavras leva-te a fazer um barulho estéril. Os homens podem se recusar a dar ouvidos, mas desde quando podem se recusar a ouvir?"
"Aquele que quero ganhar para nossa causa pode se fazer surdo à tentação de minhas promessas se seu coração for sólido o suficiente."
"Claro, porque te revelas! Mas se ele for sensível a uma música e tu a tocares, não será a ti que ouvirá, será à música. E se ele se debruçar sobre um problema que o devora e tu lhe mostrares as solução, ele se verá obrigado a recebê-la. Como queres que ele finja para si mesmo, por ódio ou desprezo por ti, que continua a procurar? Se ao jogador de um jogo mostrares a jogada que o salvará, que ele buscava sem sucesso, tu o governarás, pois ele obedecerá a ti, apesar de fingir te ignorar. Quando te dão aquilo que procuras, tu o aceitas. Aquela mulher procura o anel perdido ou a palavra de uma charada. Estendo-lhe o anel, pois o encontrei. Ou sugiro a palavra da charada. Ela pode recusar um ou outro, por excesso de ódio. No entanto, governei-a, pois a fiz se sentar. Ela precisaria ser louca para continuar procurando...

Os homens da cidade sem dúvida desejam, procuram, querem, protegem ou cultivam alguma coisa. Caso contrário, em torno do que construiriam muralhas? Se as constróis em torno de um pequeno poço e, fora delas, construo um lago, elas cairão sozinhas, pois se tornam ridículas. Se as constróis em torno de um segredo e meus soldados, em volta das muralhas, gritam teu segredo em altos brados, tuas muralhas também cairão, pois não terão mais motivo de ser. Se as constróis em torno de um diamante e eu semear diamantes ao redor, como entulho, tuas muralhas cairão porque cercarão apenas tua pobreza. E se as constróis em torno da perfeição de uma dança e eu dançar a mesma dança melhor que tu, tu mesmo as demolirás para aprender comigo a dançar...

Quero apenas que os homens da cidade me ouçam. Depois, eles me darão ouvidos. Mas se eu tocar o clarim sob suas muralhas, eles descansarão em paz atrás de suas muralhas e não ouvirão nada de minha vã gritaria. Pois só dás ouvidos ao que é para ti. E ao que te eleva. Ou ao que resolve teus problemas.

Agirei sobre eles, portanto, mesmo que finjam me ignorar. Porque a grande verdade é que não existes sozinho. Não podes ser permanente em um mundo que, em volta, muda. Posso, sem te tocar, agir sobre ti, pois, queiras ou não queiras, é teu próprio sentido que mudo e não o podes suportar. Eras detentor de um segredo; não há mais segredo, teu sentido muda. Quando cerco secretamente de ouvintes zombeteiros e levanto a cortina daquele que dança e declama em meio à solidão, interrompo sua dança no ato.

Se continuar dançando, é porque é louco.

Teu sentido é feito do sentido dos outros, queiras ou não queiras. Teu gosto é feito do gosto dos outros, queiras ou não queiras. Teu ato é movimento de um jogo. Não de uma dança. Mudo o jogo ou a dança e transformo teu ato em outro.

Constróis tuas muralhas por causa de um jogo, tu mesmo as destruirás por causa de outro.

Pois não vives das coisas, mas do sentido das coisas.

Punirei os homens da cidade por sua pretensão, pois eles contam com suas muralhas.

Tua única muralha é o poder da estrutura que te molda e à qual serves. Pois a muralha do cedro é o poder de sua semente, que lhe permitirá firmar-se contra a tempestade, a seca e o cascalho. Mais tarde poderás explicá-lo pelo tronco, mas o tronco antes foi fruto da semente. Raízes, tronco e folhas são expressão da semente. O grão de cevada, porém, não tem mais que um fraco poder, e por isso a cevada opõe uma fraca muralha às forças do tempo.

Aquele que é permanente e bem fundado está pronto para desabrochar em um campo de forças segundo suas próprias linhas de força, a princípio invisíveis. A esse chamo de muralha admirável, pois o tempo o erigirá e não o desgastará. O tempo existe para servi-lo. E pouco importa que ele pareça nu. O couro do crocodilo não protege o animal morto." Olhando para a cidade inimiga, encaixada em sua armadura de cimento, meditei sobre sua fraqueza ou sua força. "Será ela ou eu quem conduz a dança?" É perigoso, em um campo de trigo, lançar um único grão de joio, pois o ser do joio domina o ser do trigo, pouco importando sua aparência e número. Teu número é carregado pelo grão. Precisas desenrolar o tempo para poder contá-lo.

CAPÍTULO CLVIIII

ASSIM, MEDITEI SOBRE A MURALHA POR UM longo tempo. A verdadeira muralha está dentro de ti. Os soldados que fazem rodopiar os sabres em tua direção sabem bem disso. Ela não te deixa passar. O leão não tem carapaça, mas sua patada é como um relâmpago. Quando ele salta sobre teu gado, ele o abre em dois, como um armário.

Certo, me dirás, o bebê é frágil. Aquele que, mais tarde, mudará o mundo, em seus primeiros dias facilmente poderia ter sido soprado como uma vela. Vi morrer o filho de Ibrahim. Seu sorriso, quando ele tinha saúde, era como um presente. "Vem aqui", diziam ao filho de Ibrahim. Ele ia até o idoso. E sorria para ele. E o idoso era iluminado por seu sorriso. Ele batia de leve na bochecha do menino e não sabia direito o que dizer, pois o menino era um espelho que dava um pouco de vertigem. Ou uma janela. Pois a criança sempre te intimida, como se detivesse conhecimentos. E não te enganas, pois seu espírito é forte quando ainda não o atrofiaste. Com três pedregulhos, ele te constrói uma frota de guerra. Por certo, o idoso não reconhece no menino o capitão de uma frota de guerra, mas identifica esse poder. Ora, o filho de Ibrahim era como a abelha que bebe em toda parte para fazer seu mel. E ele te sorria com seus dentes brancos. E tu ficavas parado sem saber o que tirar daquele sorriso. Pois não existem palavras para dizê-lo. Simples e maravilhosamente disponíveis eram esses tesouros ignorados, como ventos de primavera sobre o mar onde brilha um grande raio de sol. O marinheiro sente-se bruscamente transformado em oração. O navio ruma à glória por cinco minutos. Cruzas tuas mãos sobre o peito e recebes. Como o filho de Ibrahim, cujo sorriso passava como que uma ocasião maravilhosa que não saberias como apreender. Como um reinado breve demais sobre territórios ensolarados e riquezas que não terias o tempo sequer de avaliar. Sobre as quais nada poderias dizer. Ele abria e fechava as pálpebras como janelas para outra coisa. E apesar de falar pouco, ele te ensinava. Pois o verdadeiro ensinamento não consiste em falar, mas em conduzir. E tu, do velho rebanho, eras conduzido como um jovem pastor por invisíveis pradarias sobre as quais nada saberias dizer, exceto que te sentias como que alimentado, tranquilizado e refrescado. Ora, descobriste que este que era para ti signo de um sol desconhecido ia morrer. Toda a cidade fez-se vigilante e protetora. Todas as velhas vinham testar chás e suas canções. Os homens mantinham-se diante da porta para impedir que houvesse barulho na rua. Ele era envolvido, embalado e abanado. E assim se erigiu entre a morte e ele uma muralha que parecia inexpugnável, pois uma cidade inteira o cercava com seus soldados para manter o cerco contra a morte. Não vem me dizer que uma doença infantil não passa da luta de uma carne fraca em seu débil envoltório. Quando existe um remédio ao longe, enviam-se cavaleiros para buscá-lo. E a doença também se desenrola no galope dos cavaleiros no deserto. E nas paradas para as trocas de cavalos. E nos grandes bebedouros onde eles bebem. E nos golpes de calcanhar no ventre do animal, pois é preciso vencer a corrida contra a morte. Vês apenas um rosto fechado e molhado de suor. No entanto, o combate também é travado a picadas de espora.

Criança enfermiça? Onde viste isso? Enfermiça como o general que conduz um exército...

Compreendi, olhando para o menino e para as velhas, velhos e jovens, todo o enxame de abelhas em torno da rainha, todos os mineiros em torno do filão de ouro, todos os soldados em torno do capitão. Se eles formavam uma única coisa, com tal poder, é porque tinham sido canalizados – como a semente canaliza uma matéria diferente para fazer árvores, torres e muralhas – por um sorriso silencioso, inclinado e furtivo, que os havia convocado para o combate. Não havia fragilidade naquela carne de criança tão vulnerável, pois ela crescia com aquela colônia, naturalmente, sem nem mesmo conhecê-la, pelo simples efeito do apelo que ordena em volta todas as reservas externas. Uma cidade inteira fez-se servidora da criança. Como os sais minerais chamados pela semente, ordenados pela semente, que se tornam, no duro tronco, muralhas do cedro. Onde está a fragilidade do germe se ele detém o poder de reunir seus amigos e de submeter seus inimigos? Acreditas nas aparências, nos punhos desse gigante e no clamor que ele pode produzir? Isso é verdade no momento. Mas esqueces do tempo. O tempo constrói raízes. E não vês que o gigante já está como que amordaçado por uma estrutura invisível. E não vês que a frágil criança avança à frente de um exército. O gigante a esmagaria, mas não a esmagará. Pois a criança não é uma ameaça. Ainda a verás pousar seu pé sobre a cabeça do gigante e, com uma pisada, destruí-lo.

CAPÍTULO CLXI

A NOITE CHEGOU E SUBI A MAIS ALTA CURVA da região para ver a cidade dormir e para ver as manchas negras de meus acampamentos no deserto se apagarem na escuridão universal. Fiz isso para sondar as coisas, sabendo que meu exército era poder em marcha e que a cidade era poder fechado, como um paiol, e sabendo que por meio dessa imagem de um exército compactado em torno de seu polo outra imagem se formava, com raízes em construção, das quais eu nada podia saber ainda, ligando diferentemente os mesmos materiais. Tentei ler na noite os sinais dessa gestação misteriosa, não com o objetivo de prevê-la, mas de governá-la, pois todos, salvo as sentinelas, tinham ido dormir. E as armas repousavam. Mas eis que te tornaste navio no rio do tempo. E passou sobre ti a claridade da manhã, do meio-dia e da tarde, como a hora da ninhada, que faz as coisas progredirem um pouco. E o impulso silencioso da noite depois do empurrão do sol. Noite bem untada e entregue aos sonhos, pois somente se perpetuam os trabalhos que se fazem sozinhos, como a carne que se regenera, sucos que se criam, o passo de rotina das sentinelas, noite entregue às criadas, pois o senhor foi dormir. Noite para a reparação dos erros, pois seu efeito é adiado para o dia. E eu, à noite, quando sou vencedor, adio minha vitória para amanhã.

Noite de uvas à espera da vindima, reservadas pela noite, noite das colheitas adiadas. Noite dos inimigos cercados que só invadirei ao amanhecer. Noite dos jogos feitos, mas em que o jogador foi dormir. O mercador foi dormir, mas deixou instruções ao vigia da noite, que anda de um lado para o outro. O general foi dormir, mas deixou instruções às sentinelas. O chefe de bordo foi dormir, mas deixou instruções ao homem do leme, e o homem do leme aproxima Orion, que passeia nos mastros onde é preciso. Noite das instruções bem dadas e das criações suspensas.

Noite também, no entanto, em que se pode trapacear. Em que os ladrões apoderam-se dos frutos. Em que o incêndio apodera-se dos celeiros. Em que o traidor apodera-se das cidadelas. Noite dos grandes gritos que ecoam. Noite de perigo para o navio. Noite de visitas e de prodígios. Noite de despertares de Deus – esse ladrão –, pois podes muito bem encontrar ao acordar aquela que amavas!

Noite em que se ouvem as vértebras estalarem. Noite que sempre ouvi as vértebras estalarem, como um anjo desconhecido que sinto em meio a meu povo e que um dia devo libertar...

Noite de sementes recebidas.

Noite da paciência de Deus.

CAPÍTULO CLXX

CONDENO TUA VAIDADE, MAS NÃO TEU orgulho, pois se danças melhor que outro, por que te denegrires humilhando-te diante daquele que dança mal? Existe uma forma de orgulho que é amor pela dança bem dançada.

Mas o amor pela dança não é amor por ti dançando. Obténs teu sentido de tua obra, não é a obra que se prevalece de ti. E nunca pararás, a não ser na morte. Somente a vaidosa se satisfaz, interrompe sua marcha para se contemplar e se absorve na adoração de si mesma. Ela não tem nada a receber de ti, apenas teus aplausos. Ora, nós, eternos nômades da marcha rumo a Deus, desprezamos tais apetites, pois nada nosso pode nos satisfazer. A vaidosa se detém em si mesma, acreditando tomar forma antes da hora da morte. É por isso que ela não pode mais receber ou dar alguma coisa, exatamente como os mortos.

A humildade de coração não exige que te humilhes, mas que te abras. Esta é a chave para as trocas. Somente assim podes dar e receber. Não sei diferenciar um do outro, são duas palavras para um mesmo caminho. A humildade não é submissão aos homens, mas a Deus. Como a pedra, que está submetida ao templo, não às outras pedras. Quando serves, é à criação que serves. A mãe é humilde em relação ao filho e o jardineiro, em relação à rosa.

Eu, o rei, irei me submeter sem incômodo ao ensinamento do lavrador. Pois ele sabe mais que um rei sobre a lavoura. Sentindo-me reconhecido por sua instrução, agradecerei sem por isso me rebaixar. Pois é natural que a ciência da lavoura passe do lavrador para o rei. Desdenhando de qualquer vaidade, não solicitarei que ele me admire. Pois o julgamento vai do rei para o lavrador.

Encontraste ao longo de tua vida aquela que se considerou um ídolo. O que ela recebia do amor? Tudo, até tua alegria ao encontrá-la, torna-se uma homenagem para ela. Mas quanto mais a homenagem é custosa, mais ela vale: ela sentiria melhor teu desespero.

Ela devora sem se alimentar. Ela se apodera de ti para te queimar em sua homenagem. Ela é como um crematório. Ela se enriquece, em sua avareza, com vãs capturas, acreditando que encontrará a alegria nesse empilhamento. Mas ela só empilha cinzas. Pois o verdadeiro uso de teus dons era caminho de um para outro, e não captura.

Como vê garantias em teus dons, ela se absterá de retribuí-los. Sem impulsos que te satisfaçam, sua falsa reserva pretenderá que a comunhão dispense sinais. Isso é incapacidade de amar, não elevação do amor. O escultor que despreza a argila modela o vento. Se teu amor desprezar os sinais do amor, sob o pretexto de chegar à essência, ele não passará de vocabulário. Quero de ti desejos, presentes e testemunhos. Poderias amar o território se excluísses dele, como supérfluos, porque específicos demais, o moinho, o rebanho, a casa? Como construir o amor que é rosto lido por meio da tessitura se não houver tessitura sobre a qual escrevê-lo?

Pois não existe catedral sem cerimonial das pedras. E não existe amor sem cerimonial com vista ao amor. A essência da árvore só pode ser atingida depois que lentamente moldou a terra segundo o cerimonial das raízes, do tronco e dos galhos. Assim ela será única. Essa árvore e não outra.

Mas aquela mulher desdenha das trocas, das quais poderia nascer. Ela busca no amor um objeto capturável. E esse amor não tem significado.

Ela acredita que o amor é um presente que ela pode encerrar em si. Se a amas, é porque ela te venceu. Ela te encerra em si mesma, acreditando enriquecer-se. Ora, o amor não é um tesouro a ser capturado, mas uma obrigação de parte a parte. É fruto de um cerimonial aceito. É rosto dos caminhos da troca.

Aquela mulher nunca nascerá. Pois só se pode nascer de uma rede de laços. Ela será semente abortada, de poder estéril, seca de alma e coração. Ela envelhecerá, fúnebre, na vaidade de suas capturas.

Pois nada podes atribuir a ti mesmo. Não és um cofre. És o nó de tua diversidade. Como o templo, que é o sentido das pedras.

Afasta-te dela. Não tens chances nem de embelezá-la, nem de enriquecê--la. Teu diamante se tornou, para ela, cetro, coroa e marca de dominação. Para admirar, mesmo que apenas uma joia, é preciso humildade no coração. Ela não admirava: ela invejava. A admiração prepara o amor, mas a inveja prepara o desprezo. Ela desprezará, em nome daquele diamante que ela finalmente deterá, todos os outros diamantes da terra. E tu a terás separado um pouco mais do mundo.

Tu a terás separado de ti mesmo, pois esse diamante não era caminho de ti para ela, nem dela para ti, mas tributo de tua escravidão.

É por isso que cada homenagem a fará mais dura e mais solitária.

*

Diz-lhe:

"Por certo me precipitei em tua direção, na alegria de te encontrar. Enviei-te mensagens. Enchi-te de presentes. A doçura do amor, para mim, era essa melhor que eu desejava para ti mais que a mim mesmo. Eu te concedia direitos para me sentir ligado. Preciso de raízes e de galhos. Oferecia-me para te ajudar. Como a roseira que cultivo. Submeto-me a minha roseira. Minha dignidade não é prejudicada pelos compromissos que assumo. Entrego-me assim a meu amor. Não temi me comprometer e banquei o solicitante. Arrisquei-me livremente, pois ninguém no mundo tem vantagem sobre mim. Mas te enganavas sobre meu apelo, pois leste em meu apelo minha dependência: eu não era dependente. Era generoso.

Contaste meus passos na tua direção, sem te alimentar de meu amor, mas da homenagem de meu amor. Tu te enganaste sobre o significado de minha solicitude. Eu me afastarei de ti, portanto, para honrar somente aquela que é humilde e que iluminará meu amor. Somente ajudarei a crescer aquela que meu amor engrandecer. Da mesma forma, cuidarei do enfermo para curá-lo, não para adulá-lo: preciso de um caminho, não de uma parede.

Não aspiravas ao amor, mas a um culto. Bloqueaste meu caminho. Tu te colocaste em meu caminho como um ídolo. De nada me serve esse encontro. Vou para outro lugar.

Não sou nem ídolo a ser servido, nem escravo para servir. Quem me reivindicar será repudiado. Não sou objeto dado como garantia, e ninguém tem algo a cobrar de mim. Assim, não tenho nada a cobrar de ninguém: daquela que amo, recebo constantemente.

De quem me compraste para reivindicar essa posse? Não sou teu jumento. Eu talvez deva a Deus o fato de permanecer-te fiel. Mas não a ti".

Como o império, quando um soldado lhe deve a vida. Não é dívida do império, mas dívida de Deus. Ele ordena que o homem tenha um sentido. Ora, o sentido desse homem é ser soldado do império.

Como as sentinelas, que me devem honrarias. Eu as exijo, mas não guardo nada para mim mesmo. Por meu intermédio, as sentinelas têm deveres. Sou o nó do dever das sentinelas.

Como o amor.

Mas se eu encontrar aquela que enrubesce e que balbucia, e que precisa de presentes para aprender a sorrir, pois eles lhe são vento de mar e não captura, então construirei um caminho para a libertar.

Não irei me humilhar nem humilhá-la com o amor. Estarei em torno dela como o espaço e dentro dela como o tempo. Direi: "Não te precipites em me conhecer, não há nada em mim a apreender. Sou o espaço e o tempo do devir".

Se ela precisar de mim, como a semente precisa da terra para se fazer árvore, não a sufocarei com minha suficiência.

Tampouco a honrarei por si mesma. Eu a segurarei duramente com as garras do amor. Meu amor lhe será águia de asas potentes. E não será a mim que ela descobrirá, mas, através de mim, os vales, as montanhas, as estrelas, os deuses.

Não se trata de mim. Sou apenas aquele que transporta. Não se trata de ti: és apenas o caminho para as pradarias ao nascer do dia. Não se trata de nós: somos, juntos, passagem para Deus, que toma um instante nossa geração e faz uso dela.

CAPÍTULO CLXXI

ÓDIO NÃO À INJUSTIÇA, POIS ELA É INSTANTE passageiro e se torna justa.

Ódio não à desigualdade, pois ela é hierarquia visível ou invisível.

Ódio não ao desprezo à vida, pois se te submetes a alguém maior que tu, o dom de tua vida se torna uma troca.

Mas ódio ao arbítrio permanente, pois ele arruína o próprio sentido da vida, que é duração no objeto de troca.

CAPÍTULO CLXXIII

NÃO HAVIA NADA ALÉM DE UMA BARCA perdida ao longe na calmaria do mar.

Sem dúvida existe outra escala, Senhor, segundo a qual esse pescador em sua barca me pareceria chama de fervor ou nó de cólera, retirando das águas o pão do amor para a mulher e os filhos, ou o salário de fome. Ou então ela me revelaria o mal de que ele talvez morra e que o preenche e inflama. Pequenez do homem? Onde vês pequenez? Não deves medir o homem com uma corrente de agrimensor. Pelo contrário, é quando entro na barca que tudo se torna imenso.

Basta, Senhor, para que eu me conheça, que Tu plantes em mim a âncora da dor. Puxas a corda e eu desperto.

O homem da barca talvez esteja submetido à injustiça? Não há nada de diferente nesse espetáculo. A mesma barca. O mesmo dia calmo sobre as águas. A mesma ociosidade.

O que terei a receber dos homens se eu não for humilde com eles?

Senhor, prende-me à árvore que sou. Não faço sentido quando estou sozinho. Que os outros se apoiem em mim. Que eu me apoie nos outros. Que Tuas hierarquias me restrinjam. Estou, aqui, solto e provisório. Preciso ser.

CAPÍTULO CLXXIV

FALEI-TE DO PADEIRO QUE MODELA A MASSA do pão. Enquanto esta cede, nada acontece. Mas chega a hora em que a massa dá liga, como eles dizem. E as mãos descobrem na massa informe linhas de força, tensões e resistências. Desenvolve-se na massa de pão uma musculatura de raízes. O pão apodera-se da massa como uma árvore apodera-se da terra. Ruminas teus problemas e nada acontece. Passas de uma solução à outra, pois nenhuma te satisfaz. Ficas infeliz por não conseguir agir, pois somente o avanço é exaltante. Ficas invadido pelo desgosto de te sentires disperso e dividido. Tu te viras então para mim, a fim de que eu decida tuas controvérsias. Por certo, posso escolher uma das soluções. Se fores cativo de teu vencedor, poderei dizer-te: se estás reduzido à escolha de uma parte sobre a outra, estás pronto para a ação, mas encontrarás a paz do fanático, a paz do cupim ou a paz do covarde. Pois a coragem não consiste em sair batendo nos portadores de outras verdades.

Teu sofrimento por certo te obriga a sair das condições de teu sofrimento. Mas precisas aceitar teu sofrimento para seres levado à tua ascensão. Mesmo o simples sofrimento causado por um membro doente. Ele te obriga a um tratamento e a recusares tua podridão.

Aquele que sofre por seus membros, porém, e que prefere amputá-los em vez de se esforçar para encontrar um remédio, não o chamo de corajoso, mas de louco ou covarde. Não quero amputar o homem, quero curá-lo.

É por isso que, da montanha de onde eu dominava a cidade, eu dirigia a Deus essa oração:

"Eles estão aqui, Senhor, solicitando de mim seus significados. Eles esperam suas verdades de mim, Senhor, mas elas ainda não foram forjadas. Ilumina-me. Mistura a massa do pão a fim de que suas raízes se manifestem. Mas ela ainda não deu liga e conheço a agitação das noites em claro. Mas também conheço a liberdade do fruto. Pois toda criação está mergulhada no tempo, no devir.

Eles me trazem, todos juntos, seus desejos, necessidades, aspirações. Eles os empilham em meu terreno como materiais com os quais devo criar o templo ou o navio que os absorva.

Mas não sacrificarei as necessidades de uns às necessidades de outros, a grandeza de uns à grandeza de outros. A paz de uns à paz de outros. Submeterei todos uns aos outros, a fim de que se tornem templo ou navio.

Pois percebi que submeter era o mesmo que receber e posicionar. Submeto a pedra ao templo e ela não fica amontoada no terreno. E não há prego que eu não sirva no navio.

Não darei ouvidos à maioria, uma vez que não vê o navio que está acima dela. Se os forjadores de pregos estivessem em maior número, eles submeteriam os serradores de tábuas à verdade dos forjadores de pregos e não haveria navio.

Não criarei a paz do cupinzeiro com uma escolha vazia, carrascos e prisões, mesmo que depois venha a paz, pois, criado pelo cupinzeiro, o homem seria homem para o cupinzeiro. Pouco me importa perpetuar a espécie se ela não transportar suas bagagens. O vaso é mais importante, mas é o licor que constitui seu valor.

Tampouco conciliarei. Porque conciliar é satisfazer-se com a ignomínia de uma mistura morna, em que bebidas geladas e ferventes se harmonizam. Quero salvar os homens em seus gostos. Pois tudo o que buscam é desejável, suas verdades são todas evidentes. A mim cabe criar a imagem que os absorva. A medida comum da verdade dos serradores de tábuas e a verdade dos forjadores de pregos é o navio.

Virá a hora, Senhor, em que terás piedade de meu sofrimento, do qual nada recusei. Pois ambiciono a serenidade que resplandece acima das controvérsias absorvidas, e não pela paz do adepto, feita de metade amor e metade ódio.

Quando fico indignado, Senhor, é porque ainda não compreendi. Quando aprisiono ou executo, é porque não sei encobrir. Pois aquele que tem uma verdade frágil, como preferir a liberdade à restrição, ou a restrição à liberdade, por dominar uma linguagem vã cujas palavras se contradizem, este se sente ferver de cólera quando tentam contradizê-lo. Se gritas alto, é porque tua linguagem é insuficiente e buscas encobrir as vozes dos outros. Mas por que me indignaria, Senhor, se subi a Tua montanha e vi o trabalho ser feito por palavras provisórias? Aquele que vier a mim será acolhido. Aquele que se agitar contra mim será compreendido em seu erro, falarei suavemente com ele a fim de que volte. E nada dessa suavidade será concessão, bajulação ou apelação, pois por meio dela lerei com clareza o patético de seu desejo. Farei com que seja meu, absorvendo-o. A cólera não torna cego: ela nasce do cego. Tu ficas indignado com aquela que revela sua raiva. Mas ela abre o vestido para Ti, vês seu câncer e a perdoas. Por que te irritarias com esse desespero?

A paz que medito é obtida pelo sofrimento. Aceito a crueza das noites em claro porque estou em marcha rumo a Ti, que és o enunciado, o apagamento das perguntas e o silêncio. Sou árvore lenta, mas sou árvore. Graças a Ti drenarei os sumos da terra.

Ah! Compreendi que o espírito, Senhor, domina a inteligência. Pois a inteligência examina os materiais, mas o espírito é o único a ver o navio. E quando erijo o navio, eles me emprestam suas inteligências para vestir, esculpir, endurecer e revelar o rosto que criei.

Por que me recusariam isso? Nada trouxe que os tolhesse, libertei todos eles no amor.

Por que o serrador de tábuas serraria menos, se a tábua é de navio?

Até os indiferentes, que não tinham espaço, se converterão ao mar. Pois todo ser busca converter e absorver em si o que está ao redor.

Como prever os homens sem saber assistir o navio? Os materiais nada ensinam sobre sua conduta. Eles só podem nascer se nascerem dentro de um ser. Depois de reunidas é que as pedras podem agir sobre o coração do homem por meio da maré cheia do silêncio. Quando a terra é drenada pela semente do cedro, posso prever o comportamento da terra. Por conhecer o arquiteto, posso saber em que direção ele orienta os materiais do estaleiro e posso saber que eles abordarão ilhas distantes".

CAPÍTULO CLXXV

DESEJO-TE PERMANENTE E BEM FUNDADO. Desejo-te fiel. Pois fiel, em primeiro lugar, é o ser a si mesmo. Nada tens a esperar da traição, pois demorados de atar são os nós que te regerão, te animarão, te darão sentido e luz. Como as pedras do templo. Não as espalho todos os dias para tatear por templos melhores. Se vendes teu domínio por outro, talvez melhor na aparência, perdes alguma coisa de ti mesmo que não voltarás a encontrar. Por que te entedias em tua casa nova? Mais cômoda, facilita aquilo que desejavas quando te queixavas na outra. Teu poço te cansava o braço e sonhavas com uma fonte. Aqui está tua fonte. Mas agora te faltam o rangido da roldana e a água puxada do ventre da terra, que brilhava ao sol.

Não que eu deseje que não subas a montanha, que não te eleves, que não formes e que não desejes avançar sempre a cada hora. Mas outra coisa é a fonte com que embelezas tua casa – que é vitória de tuas mãos – e teu uso da concha do outro. Outra coisa são os ganhos sucessivos em uma mesma direção, como enriquecer o templo, ganhos que são crescimento da árvore que se desenvolve segundo seu gênio, e outra é tua mudança de casa sem amor.

Desconfio de ti quando tomas decisões, pois arriscas teu bem mais precioso, que não consiste em coisas, mas no sentido das coisas.

Sempre considerei que os emigrados eram tristes.

Peço que abras teu espírito, pois corres o risco de ser enganado pelas palavras. Um homem tira seu sentido da viagem. Vai de uma etapa à outra, e não digo que se empobrece. Sua continuidade é a viagem. Mas o outro ama sua casa. Sua continuidade é a casa. Se mudasse de casa a cada dia, nunca seria feliz. Quando falo do sedentário, não falo daquele que ama acima de tudo sua casa. Falo daquele que já não a ama nem a vê. Pois tua casa também é perpétua vitória, como bem sabe tua mulher, que a renova ao nascer do dia.

Eu te ensinarei sobre a traição. Porque é nó de relações e nada mais. E existe por meio de teus laços. Teus laços existem por meio de ti. O templo existe por meio de cada uma das pedras. Retiras uma e ele desaba. Tu pertences a um templo, a um domínio, a um império. E eles existem por meio de ti. Não cabe a ti julgar, como quem vem de fora e não tem laços, aquilo que és. Quando julgas, é a ti que julgas. É teu fardo, mas é tua exaltação.

Desprezo aquele que, quando seu filho peca, denigre o filho. O filho é seu. O importante é que o repreenda e o condene – punindo a si mesmo caso o ame –, aplicando-lhe suas verdades, mas não que vá se queixar dele de casa em casa. Senão, ele deixa de ser solidário com o filho e deixa de ser um pai, ganhando um repouso que consiste em ser menor e que se assemelha ao repouso dos mortos. Sempre achei pobres aqueles que não sabiam mais com o que eram solidários. Sempre os observei buscando uma religião, um grupo, um sentido, mendigando por uma acolhida. Mas apenas encontrando o fantasma de uma acolhida. A verdadeira acolhida só existe junto às raízes. Pois queres ser bem plantado, cheio de direitos e deveres, e responsável. Mas não suportas a carga de um homem, como a carga de um pedreiro sob um mestre de escravos. Te verás vazio se desertares. Gosto do pai que, quando o filho pecou, assume a desonra, faz luto e penitência. Pois o filho é seu. Mas como está ligado ao filho e é regido por ele, ele o regerá. Não conheço caminho que tenha uma única direção. Se recusares a responsabilidade pelas derrotas, não serás responsável pelas vitórias.

Se amas a mulher de tua casa, que é tua esposa, quando ela peca não te colocarás ao lado da multidão para julgá-la. Ela é tua e julgarás primeiro a ti mesmo, pois és responsável por ela. Teu país falhou? Exijo que julgues a ti mesmo: és parte dele.

Por certo virão testemunhas estrangeiras, diante das quais te envergonharás. E para purgar a vergonha, deixas de ser solidário de seus erros. Mas precisas ser solidário com alguma coisa. Com aqueles que cuspiram em tua casa? Eles tinham razão, dirás. Talvez. Mas quero que sejas da tua casa. Tu te afastarás daqueles que cuspiram. Não precisas cuspir também. Voltarás para casa para pregar: "Vergonha", dirás, "por que sou tão feio para vocês?". Pois se eles agem sobre ti e te cobrem de vergonha, é porque aceitas a vergonha, ao passo que podes agir sobre eles e embelezá-los. E serás a ti que embelezarás.

Tua recusa de cuspir não é encobrimento dos erros. É compartilhamento, para purgá-los.

Alguns perdem a solidariedade e chegam mesmo a sublevar os estrangeiros: "Vejam essa podridão, ela não vem de mim...". Não há nada com o que se solidarizem. Eles dirão que são solidários com os homens, com a virtude ou com Deus. Palavras vazias, quando não significam nós que formam laços. Deus desce até a casa para se fazer casa. Para o humilde que acende velas, Deus é o dever de acender velas. E para aquele que é solidário com os homens, o homem não é uma simples palavra de seu vocabulário, o homem é aquele pelo qual ele é responsável. É fácil demais fugir e preferir Deus ao dever de acender velas. Não conheço o homem,

mas homens. Nem a liberdade, mas homens livres. Nem a felicidade, mas homens felizes. Nem a beleza, mas coisas belas. Nem Deus, mas o fervor das velas. Aqueles que buscam a essência não como nascimento provam sua vaidade e o vazio de seus corações. Eles não viverão nem morrerão, pois não se morre nem se vive pelas palavras. Portanto, aquele que julga e não é solidário com nada julga a si mesmo. Esbarramos em sua vaidade como em uma parede. Pois é sua imagem, não seu amor. Não se trata dele como laço, mas dele como objeto observado. E isso não faz sentido.

Dessa forma, se aqueles de tua casa, de teu domínio e de teu império te envergonharem, tu me dirás falsamente que te proclamas puro para purificá-los, pois és um deles. Diante das testemunhas, porém, não és mais um deles, reabilitas apenas a ti mesmo. Pois ouvirás com razão: "Se eles são como tu, por que não estão aqui contigo cuspindo?". Tu os afundas na vergonha e te alimentas de suas misérias.

Sem dúvida, alguém pode ficar indignado com a baixeza, os vícios, a desonra de sua casa, de seu domínio e de seu império e fugir em busca da honra. Ele é signo da honra dos seus. Alguma coisa viva na honra dos seus o delega. Ele é o signo de que os outros tentam subir à luz. Mas trata-se de ação perigosa, pois ele precisará de mais virtude do que diante da morte. Ele encontrará testemunhas que lhe dirão: "Tu tens a mesma podridão!". E se ele estimar a si mesmo, responderá: "Sim, mas saí dela". E os juízes dirão: "Os que são limpos conseguem sair! Os que ficam são podridão." Serás incensado, mas apenas tu. E não os teus em ti. Farás tua glória da glória dos outros. Mas estarás sozinho, como o vaidoso ou como o defunto.

Deterás, se partires, uma mensagem perigosa. Pois serás signo de tuas felicidades, visto que sofrias. E assim os distinguirás de ti.

Tua única esperança de ser fiel é sacrificando a vaidade de tua imagem. Dirás: "Penso como eles", sem distinção. E serás desprezado.

Mas pouco te importará esse desprezo, pois és parte desse corpo. E agirás sobre esse corpo. E o encherás com tua própria disposição. E receberás tua honra das honras deles. Porque não haverá mais nada a esperar.

Se tens razão para vergonha, não te mostres. Não fales. Consome tua vergonha. Essa indignação que te forçará a refazer tua casa é excelente. Pois ela depende de ti. Mas aquele outro tem os membros doentes e manda cortá-los. É um louco. Podes morrer para fazer os teus serem respeitados em ti, mas não renegá-los, pois assim renegarás a ti mesmo.

Boa e ruim, tua árvore. Nem todos os frutos te agradam. Mas alguns são bonitos. É fácil demais elogiar os belos e renegar os outros. Pois eles são aspectos diferentes de uma mesma árvore. É fácil demais escolher os galhos. Tem orgulho daquilo que é belo. E se o ruim triunfar, cala-te. Cabe a ti entrar no tronco e dizer: "O que fazer para curar esse tronco?".

Aquele que emigra seu coração é renegado pelo povo, e ele mesmo renegará seu povo. É assim que deve ser. Aceitaste outros juízes. É certo, portanto, que te tornes um deles. Mas não é tua terra e morrerás.

É a tua essência que faz o mal. Teu erro está em distinguir. Não há nada que possas recusar. Tu estás mal aqui. Mas de ti mesmo.

Renego aquele que renega sua mulher, sua cidade ou seu país. Estás descontente com eles? Fazes parte deles. És daqueles que tendem para o bem. Precisas levar os restantes. Não julgá-los do exterior.

Existem dois julgamentos. Aquele que fazes por ti, como juiz. E aquele que fazes sobre ti.

Não se trata de erigir um cupinzeiro. Renegas uma casa e renegas todas as casas. Renegas uma mulher e renegas o amor. Deixarás essa mulher, mas não encontrarás o amor.

CAPÍTULO CLXXX

DESPREZO A OPULÊNCIA BOJUDA, só a tolero enquanto condição do maior que ela, assim como a rudeza malcheirosa dos limpadores de esgotos é condição da limpeza da cidade. Pois aprendi que não existem contrários e que a perfeição é morte. Portanto, tolero os maus escultores como condição dos bons escultores, o mau gosto como condição do bom gosto, a restrição interna como condição para a liberdade e a opulência bojuda como condição para uma elevação que não é de si para si, mas

daqueles e para aqueles que ela alimenta. Porque se pagar aos escultores por sua escultura, ela assumirá o papel de armazém necessário, de onde o poeta retirará o grão para viver, grão este que foi pilhado do trabalho do lavrador, visto que ele só recebe em troca um poema do qual zomba, ou uma escultura que muitas vezes sequer lhe será mostrada, e visto que, por falta de pilhagem, os escultores não sobreviveriam, mesmo que o armazém tivesse nome de homem. Ele é apenas veículo, via e passagem.

Se criticas ao armazém de grãos o fato de ser armazém do poema, da escultura e do palácio, assim frustrando o ouvido ou o olhar do povo, responderei que, muito pelo contrário, a vaidade do ventre opulento o levará a alardear suas maravilhas, como por certo o faz com o palácio, pois uma civilização não repousa no uso dos objetos criados, mas no calor da criação, como é o caso, já te disse, dos impérios que resplandecem na arte da dança, apesar de a dança dançada não poder ser encerrada nas vitrines do ventre opulento nem no museu do povo, pois ela não é uma provisão.

E se criticares ao opulento de ventre por ser dez vezes contra uma mulher de gosto vulgar e por favorecer os poetas do luar ou os escultores de imitação, responderei que não me importo, pois quando desejo a flor da árvore preciso aceitar a árvore inteira, assim como o esforço de dez mil escultores ruins para que possa surgir um só que conte. Exijo, portanto, dez mil armazéns de mau gosto, para um único que saiba discernir.

No entanto, ainda que não existam contrários e o mar ser condição do navio, há navios que são devorados pelo mar. E pode haver opulentos de ventre que não são veículo, via e comboio, isto é, condição, mas que devoram o povo pelo simples prazer da digestão. O mar não deve devorar o navio, a restrição não deve devorar a liberdade, o mau escultor não deve devorar o bom escultor e o opulento de ventre não deve devorar o império.

Tu me pedirás, nesse ponto, que te revele com minha lógica um sistema que nos salve do perigo. Mas ele não existe. Não podes me pedir para reger as pedras para que elas se reúnam em catedral. A catedral não está no mesmo nível. Ela vem do arquiteto, que plantou a semente que conduz as pedras. Preciso ser e, com meu poema, fundar a disposição a Deus, para que ela conduza o favor do povo, os grãos do armazém e as atitudes do opulento de ventre para Sua Glória.

Não creio que me interesse pela salvação do armazém só porque ele tem um nome. Não salvo o mau cheiro do limpador de esgotos em si. O limpador de esgotos é uma via, veículo e comboio. Não creio que me interesse pelo ódio dos materiais contra qualquer coisa que se diferencie deles. Meu povo não passa de via, veículo e comboio. Desdenhoso tanto da música quanto da adulação dos primeiros, tanto do ódio quanto dos aplausos dos segundos, servindo a Deus por meio deles, a partir da encosta de minha montanha onde estou mais solitário que o javali das cavernas e mais imóvel que a árvore que apenas transforma o cascalho em punhado de flores com semente entregues ao vento – e que assim espalha na luz o húmus cego –, situando-me fora dos falsos litígios em meu irreparável exílio, sem ficar a favor de uns ou de outros, nem a favor dos segundos contra os primeiros, dominando os clãs, os partidos, as facções, lutando a favor da árvore contra os elementos da árvore, e a favor dos elementos da árvore em nome da árvore, quem protestará contra mim?

CAPÍTULO CLXXXIIII

A SEMENTE PODERIA CONTEMPLAR a si mesma e dizer: "Como sou bela, poderosa e vigorosa! Sou o cedro. Ou melhor, sou a essência do cedro".

Eu, no entanto, digo que ela ainda não é nada. Ela é veículo, via e passagem. Ela é o operador. Que faça sua operação! Que conduza lentamente a terra para a árvore. Que erija o cedro para a glória de Deus. Depois é que julgarei seus galhos.

Alguns também se consideram assim. "Sou este ou aquele." Julgam-se provisões de maravilhas. Têm uma porta que leva a tesouros bem preparados. Basta tatear para descobri-la. Eles mostram ao acaso seus arrotos de poemas. Mas tu ouves os arrotos sem te comover.

Como o feiticeiro da tribo negra. Ele reúne ao acaso e com ar de entendido todo um aparato de ervas, ingredientes e órgãos estranhos. Ele mistura tudo em sua grande panela, em uma noite de lua cheia. Pronuncia palavras, palavras e mais palavras. Espera que, de sua cozinha, emane um poder invisível que derrube teu exército, que se dirige a teu casebre. Mas nada acontece. E ele recomeça. Muda as palavras. Muda as ervas. Por certo, não se enganava na ambição de seu desejo. Pois já vi a massa empapada de licor escuro derrubar impérios. Era minha palavra que decidia a guerra. Vi a panela de onde saía a vitória. Nela era amassada a pólvora do fuzil. Vi o fraco tremor do ar, saindo de um simples peito, inflamar meu povo um a um, como um incêndio. Alguém pregava a favor da rebelião. Também vi pedras alinhadas que criavam um espaço de silêncio.

No entanto, nunca vi nada sair dos materiais ao acaso se eles não tivessem em algum espírito humano sua comum medida. E apesar de o poema poder me comover, nenhuma reunião de letras resultantes da desordem de jogos infantis jamais provocou lágrimas. Pois a semente não manifesta que quer ser admirada pela ascensão da árvore que ainda não existe.

Por certo tendes a Deus. Mas aquilo que podes te tornar não pode ser deduzido daquilo que és. Teus arrotos não carregam nada. Quando o meio-dia chega, a semente, mesmo quando de cedro, não faz nenhuma sombra.

Os tempos cruéis despertam o arcanjo adormecido. Que ele rompa seus mantos e estoure sob os olhares! Pequenas linguagens sutis, que ele vos absorva e renove. Que ele nos lance um grito verdadeiro. Grito pelo ausente. Grito de ódio contra o motim. Grito pelo pão. Que ele encha de significado o ceifador, a colheita, o vento profundo sobre o trigo, o amor ou o que quer que seja que esteja mergulhado na lentidão.

E tu vais, saqueador, para o bairro reservado da cidade e tentas, por meio de jogos complicados, fazer o amor ecoar em ti. Mas o papel do amor é ecoar em ti a simples mão da simples esposa em teu ombro.

Certamente, é apenas magia e papel do cerimonial conduzir-te a capturas que não têm a essência das armadilhas, como a dor no coração que os homens do norte sentem por causa de uma mistura de resina, madeira envernizada e cera quente. Mas digo que é falsa magia, preguiça e incoerência essa tua trituração na panela de ingredientes ao acaso, à espera de um milagre que não poderás ter preparado. Pois, esquecendo o devir, afirmas avançar ao encontro de ti mesmo. E, a partir desse momento, não há mais esperança. Fecham-se sobre ti as portas de bronze.

 CAPÍTULO CLXXXIV

ESTAVA MELANCÓLICO, PORQUE ME atormentava a respeito dos homens. Cada um voltado para si mesmo e sem saber o que desejar. Pois que bens desejas quando desejas submetê-los a ti e quando desejas que eles te elevem? A árvore, por certo, busca os sumos da terra para se alimentar e transformá-los nela mesma. O animal busca a grama ou qualquer outro animal que o transformará nele próprio. Tu também te alimentas. Mas além do alimento, o que desejarias que pudesses utilizar por ti mesmo? Como o incenso agrada ao orgulho, alugas homens para te aclamar. E eles te aclamam. Mas suas aclamações serão vazias. Como o tapete de lã alta faz casas macias, tu os compras na cidade e com eles abarrotas tua casa. Mas eles são estéreis para ti. Invejas teu vizinho porque seu território é real. Tu o despojas e ali te instalas. Mas ele nada tem a oferecer que te interesse. Há um cargo que cobiças. E fazes intrigas para obtê-lo e o obténs. Mas ele não passa de uma casa vazia. Pois uma casa não é suficiente para ser feliz, por mais luxuosa, confortável ou ornamentada que possa ser, e por mais que te instales nela julgando-a tua. Em primeiro lugar, porque não há nada que seja teu, pois morrerás. O importante não é que ela seja tua – pois é ela que se eleva ou rebaixa –, mas que tu sejas dela, pois assim ela te levará a algum lugar, como a casa que abrigará tua dinastia. Não te satisfazes com os objetos, mas com os caminhos que eles te abrem. Depois, porque seria fácil demais para um vagabundo egoísta e taciturno alcançar uma vida de opulência e fausto apenas cultivando a ilusão de ser um príncipe ao passar na frente do palácio do rei e dizer: "Aqui está meu palácio". Na verdade, o palácio opulento também não serve para nada ao verdadeiro senhor. Ele só pode ocupar uma sala de cada vez. E, mesmo

ANTOINE DE SAINT-EXUPÉRY

assim, pode fechar os olhos, ou ler, e, assim, não ver nada nem da sala em que está. Da mesma forma, ao passear no jardim, fica de costas para o edifício. No entanto, é o senhor do palácio e, orgulhoso e talvez de coração nobre, contém em si até mesmo o silêncio da esquecida sala do conselho, as mansardas e os porões. Como nada distingue o mendigo do senhor, aquele pode brincar de se imaginar senhor do palácio e se exibir ao passar na frente dele como que vestindo uma alma com cauda. Entretanto, pouco eficaz será esse jogo. Os sentimentos inventados serão parte da podridão do sonho. Agirá sobre ele apenas o fraco mimetismo que te faz encolher os ombros quando descrevo uma carnificina, ou que te faz gozar de uma vaga alegria quando canto uma canção.

O que é de teu corpo tu o conferes a ti e o transformas em ti. Mas não podes agir do mesmo modo no que diz respeito ao espírito e ao coração. Pois pouco ricas em verdades são as verdades obtidas da digestão. Além disso, não digeres nem palácio, nem jarras de prata, nem a amizade de teu amigo. O palácio continuará sendo palácio e a jarra continuará sendo jarra. E os amigos continuarão suas vidas.

Ora, sou o operador que, de um mendigo que se parece com o rei porque contempla o palácio, ou mais que o palácio, o mar, ou mais que o mar, a Via Láctea, mas nada sabe extrair para si desse olhar apagado sobre o horizonte, obtém um rei verdadeiro, apesar de nada, nas aparências, ter mudado. De fato, não haveria nada a mudar nas aparências, pois o senhor e o mendigo são os mesmos, aquele que ama e aquele que chora o amor perdido são os mesmos, quando estão sentados à frente de suas casas, sob a paz da noite. Um deles, porém, e talvez o mais saudável, mais rico e mais elevado em espírito e coração, irá, nessa noite, se ninguém o impedir, mergulhar no mar. Assim, para tirar de ti, que és um, o outro, não é preciso te proporcionar algo visível e material, ou te modificar em qualquer aspecto. Basta que eu te ensine a linguagem que te permitirá ler, nas coisas a teu redor e em ti, o rosto novo e ardente para o coração, como acontece, quando estás melancólico, com as peças de madeira grosseira dispostas ao acaso sobre uma tábua, mas que, quando te elevo à ciência do jogo de xadrez, te proporcionam o resplandecer de seu problema.

É por isso que olho para eles no silêncio de meu amor sem lhes censurar o tédio, que não vem deles mesmos mas da linguagem, sabendo que o rei vitorioso que respira o vento do deserto e o mendigo que mata a sede no mesmo rio alado estão separados apenas por uma linguagem, mas quão injusto seria se criticasses ao mendigo, sem tê-lo primeiro puxado para fora de si, por não sentir os sentimentos de um rei vitorioso durante a vitória. Eu dou as chaves da amplidão.

CAPÍTULO CLXXXVI

ALGUNS NÃO TÊM O SENTIDO DO TEMPO. Eles querem colher flores, que ainda não brotaram: por isso não há flores. Ou então encontram alguma que desabrochou, mas que para eles não é conclusão do cerimonial da roseira, apenas objeto de bazar. Que prazer podem obter dela?

Eu me dirijo ao jardim. Ele deixa o sulco de um navio carregado de limões doces ao vento ou de uma caravana para as tangerinas, ou ainda da ilha a ser alcançada e que perfuma o mar.

Não recebi uma provisão, mas uma promessa. O jardim é como a colônia a ser conquistada ou como a esposa ainda não possuída, mas que cede ao abraço. O jardim se oferece a mim. Ele é, atrás do pequeno muro, uma pátria de tangerineiras e limoeiros onde minha caminhada será recebida. No entanto, nada é permanente, nem o perfume dos limoeiros, nem o das tangerineiras, nem o sorriso. Para mim, que sei disso, tudo conserva um significado. Espero a hora do jardim ou da esposa.

Alguns não sabem esperar e nunca vão compreender poema nenhum, pois o tempo que repara o desejo, veste a flor ou amadurece o fruto é seu inimigo. Eles tentam obter prazer dos objetos, mas o prazer só pode ser obtido do caminho percorrido. Eu vou, vou e vou. E quando chego ao jardim que é uma pátria de cheiros, sento-me em um banco. Contemplo. Há folhas que esvoaçam e flores que murcham. Sinto que tudo morre e se recompõe. Não me enluto. Sou vigilância, como em alto-mar. Não sou paciência, pois não se trata de um objetivo, o prazer está na marcha. Seguimos, meu jardim e eu, das flores para os frutos. Mas por meio dos

ANTOINE DE SAINT-EXUPÉRY

frutos, para as sementes. E pelas sementes, para as flores do ano seguinte. Não me engano sobre os objetos. Eles nunca passam de objetos de culto. Toco nos instrumentos do cerimonial e os julgo com cor de oração. Mas aqueles que ignoram o tempo esbarram nele. Até a criança se torna para eles um objeto que não apreendem em sua perfeição (pois ela é caminho para um Deus que não pode ser detido). Eles querem fixar sua graça infantil como se ela fosse uma provisão. Eu, porém, quando cruzo com uma criança, vejo-a esboçar um sorriso, corar e tentar fugir. Sei o que a dilacera. E coloco a mão em sua testa, como se acalmasse o mar.

CAPÍTULO CLXXXVIII

NÃO HÁ NADA A ESPERAR SE ÉS CEGO para essa luz que não vem das coisas, mas do sentido delas. Eu te encontro diante da porta e pergunto: "O que fazes aqui?".

Tu não sabes e te queixas da vida.

"A vida não me traz mais nada. Minha mulher dorme, meu jumento descansa, meu trigo amadurece. Não passo de espera estúpida e me entedio."

Criança sem brinquedo que não sabe ler por meio das coisas. Sento-me a teu lado e te ensino. Mergulhas no tempo perdido e és assaltado pela angústia de não vir a ser.

Outros dizem: "É preciso ter um objetivo". Tua navegação é bela, e te proporciona um litoral lentamente revelado pelo mar. E a roldana rangente, que te proporciona água para beber. Como o trigo dourado, que é porto do negro lavorar. Como o sorriso da criança, que é porto do amor doméstico. Como a roupa de filigrana de ouro lentamente costurada para a festa. Aonde chegarás se girares a manivela apenas pelo ruído da roldana, se costurares a roupa pela roupa, se fizeres amor pelo amor? Eles logo se desgastam, pois nada têm a te dar.

Já te falei de minha prisão, onde encerro aqueles que não têm mais qualidades humanas. Os golpes de picareta que dão equivalem à picareta.

Eles dão golpe após golpe. E nada muda de suas substâncias. Navegação sem margem que anda em círculos. Não há criação, eles não são estrada nem comboio rumo a alguma luz. Mas se te forem dados o mesmo sol, a mesma terra dura e o mesmo suor, e uma vez por ano extraíres o diamante puro, te verás religioso em tua luz. Pois teu golpe de picareta tem sentido de diamante, que não tem a mesma natureza. E te verás em meio à paz da árvore e ao sentido da vida, que é o de te elevar de etapa em etapa à glória de Deus. Lavouras pelo trigo, costuras pela festa, quebras a pedra pelo diamante. O que possuem a mais do que tu aqueles que te parecem felizes, senão o conhecimento do nó divino que une as coisas? Não encontrarás tua paz se não transformares nada segundo tu mesmo. Se não te fizeres veículo, via e comboio. Somente assim circulará o sangue no império. Mas te queres considerado e honrado por ti mesmo. Afirmas arrancar do mundo alguma coisa que seja para ti. Mas não encontrarás nada porque não és nada. Atiras um amontoado de objetos na fossa do lixo.

Esperavas a aparição vinda de fora, como um arcanjo que se parecesse contigo. O que obterias de sua visita mais do que da do vizinho? Tendo observado que, apesar de se parecerem, aqueles que marcham para a criança doente, aqueles que marcham para a bem-amada e aqueles que marcham para a casa vazia são diferentes, faço-me encontro ou margem, por meio das coisas que são, e tudo muda. Faço-me trigo para além do lavrar, homem para além da criança, fonte para além do deserto, diamante para além do suor.

Obrigo-te a construir em ti uma casa.

Pronta a casa, chega o morador que inflama teu coração.

CAPÍTULO CXC

VEIO-ME O CONHECIMENTO DE QUE A aceitação do risco de morte e a aceitação da morte não têm a mesma essência. Conheci jovens que orgulhosamente desafiavam a morte. Em geral, porque havia mulheres para aplaudi-los. Voltas da guerra e gostas da música que os olhos delas cantam para ti. E aceitas a prova de fogo em que colocas em jogo tua virilidade, pois a única coisa que corres o risco de perder é o que ofereces. Os jogadores que apostam suas fortunas nos dados sabem muito bem disso, pois nada de suas fortunas lhes serve no instante, mas esta se torna garantia de um dado, patética nas mãos. Lanças sobre a mesa grosseira teus cubos de ouro que se tornam o rolar das planícies, das pastagens e das colheitas de teu domínio.

O homem volta deambulando na luz de sua vitória, o ombro curvado sob o peso das armas que conquistou, quem sabe ainda cobertas de sangue. Ele resplandece por um momento apenas, talvez, mas apenas por um momento. Pois não podes viver de tua vitória.

A aceitação do risco de morte é a aceitação da vida. E o amor pelo perigo é amor pela vida. Da mesma forma, tua vitória era teu risco de derrota superado por tua criação. Nunca viste o homem, reinando sem risco sobre os animais domésticos, se gabar de tê-los vencido.

Exigirei mais de ti se quiser um soldado fértil para o império. Apesar de haver um limiar difícil de ultrapassar, pois uma coisa é aceitar o risco de morte e outra é aceitar a morte.

Quero-te uma árvore e submetido à árvore. Quero que teu orgulho resida na árvore. E tua vida também, para que ela adquira um sentido.

A aceitação do risco é um presente para ti mesmo. Gostas de respirar plenamente e dominar as moças com teu brilho. Essa aceitação do risco precisa ser contada por ti, ela é mercadoria de troca. Portanto, meus soldados são presunçosos. Mas ainda assim honram apenas a si mesmos.

Outra coisa é perder a fortuna nos dados por ter desejado tê-la e senti-la por inteiro nas mãos, concreta e substancial, e presente por inteiro, com seu peso de feixes, espigas enceleiradas, animais nas pastagens e aldeias com chaminés fumegantes, que são o signo da vida do homem. Outra coisa é despojar-te, para viver mais longe, desses celeiros, desses animais e dessas aldeias. Outra coisa é aguçares tua fortuna e torná-la ardente no momento do risco, e renunciar a ela, como quem se despe uma a uma de suas roupas e desdenhosamente se descalça das sandálias na praia a fim de desposar, nu, o mar.

É preciso morrer para desposar.

É preciso sobreviver à maneira das velhas que gastam os olhos costurando tecidos para a igreja, com os quais vestem seu Deus. Elas fazem roupas para um Deus. E o linho, pelo milagre de seus dedos, se faz oração. Pois não és mais que via e passagem, e só podes de fato viver daquilo em que te transformas. A árvore transforma a terra em galhos. A abelha, a flor em mel. E teu trabalho, a terra negra em campo de trigo. O que importa é que teu Deus seja mais real para ti do que o pão em que enfias os dentes. Até teu sacrifício te embriagará, sendo casamento no amor.

Mas destruíste e dilapidaste tudo, tendo perdido o sentido da festa e tendo acredito enriquecer ao distribuir tuas provisões. Pois te enganas sobre o sentido do tempo. Vieram teus historiadores, teus lógicos e teus críticos. Eles analisaram os materiais e, sem conseguir ler nada nas entrelinhas, te aconselharam a usufruir deles. Recusaste o jejum, que era condição para o banquete. Recusaste a amputação da parte de trigo que, ao ser queimada para a festa, criava a luz do trigo.

E não consegues mais conceber que haja um instante que valha a vida, ofuscado que estás por tua miserável aritmética.

CAPÍTULO CXCI

OCORREU-ME, ENTÃO, MEDITAR SOBRE a aceitação da morte. Pois lógicos, historiadores e críticos celebraram os materiais que servem a tuas basílicas (e acreditaste que se tratava deles, ao passo que uma asa da jarra de prata, quando sua curva é exitosa, vale mais que a jarra de ouro inteira, e te aquece melhor o espírito e o coração). Assim, mal esclarecido sobre teus desejos, pensas receber tua felicidade da posse e sufocas empilhando

ANTOINE DE SAINT-EXUPÉRY

montes de pedras que aliás teriam sido pedras de basílica, e fazes dessa posse condição para tua felicidade. Ao passo que com uma única pedra outro homem aquece o espírito e o coração quando talha nela o rosto de seu deus.

És como o jogador que, sem conhecer o jogo de xadrez, busca seu prazer no empilhamento de moedas de ouro e marfim, mas só encontra tédio. Enquanto o outro, que a divindade das regras ensinou um jogo sutil, fará sua luz de simples lascas de madeira grosseira. Pois a vontade de enumerar tudo te faz apegado aos materiais e não ao rosto que eles compõem, que é o que importa reconhecer. É por isso que te apegas à vida como a um empilhamento de dias, ao passo que quando o templo for puro em linhas, serás louco de lamentar que ele não tenha empilhado mais pedras.

Portanto, não me enumeres, para me ofuscar, o número de pedras de tua casa, das pastagens de teu domínio, dos animais de teus rebanhos, das joias de tua mulher, nem mesmo das lembranças de teus amores. Pouco me importa. Quero conhecer a qualidade da casa construída, o fervor da religião de teu domínio e se a refeição se desenrola com alegria à noite depois de realizado o trabalho. E quero conhecer o amor que construíste, e quero conhecer pelo que, mais duradouro que tu mesmo, deste tua existência. Quero que te realizes. Quero ler-te em tua criação, não nos materiais inúteis com que fizeste tua vã glória.

Mas vens a mim com esse conflito sobre o instinto. Ele te leva a fugir da morte. Observaste que todos os animais tentam viver. "O chamado da sobrevivência", dirás, "se sobrepõe a todos os chamados. O presente da vida é inestimável e devo salvar a luz que há em mim." Lutarás com heroísmo para te salvar, sem dúvida. Demonstrarás a coragem do cerco, da conquista ou da pilhagem. Tu te embriagarás como o forte que aceita colocar tudo na balança para medir o quanto ele pesa. Mas não chegarás ao ponto de morrer em silêncio no segredo do dom consentido.

No entanto, te mostrarei o pai que acaba de mergulhar no chamado do abismo, porque seu filho nele se debate e seu rosto ainda aparece a intervalos, cada vez mais pálido, como o surgimento da lua nos espaços entre as nuvens. E te direi: "O pai, portanto, não é dominado pelo instinto de viver...".

"Sim", dirás. "O instinto vai mais longe. Ele vale para o pai e para o filho. Ele vale para a guarnição que delega seus membros. O pai está ligado ao filho..."

Mais desejável, complexa e pesada de palavras será tua resposta. Meu eu ainda dirá, para te instruir:

"Sem dúvida, existe um instinto de vida. Mas ele não passa de um aspecto de um instinto mais forte. O instinto essencial é o instinto de permanência. Aquele que foi erigido vivendo de carne busca sua permanência na permanência de sua carne. E aquele que foi erigido no amor pelo filho busca sua permanência no salvamento do filho. E aquele que foi erigido no amor a Deus busca sua permanência na ascensão a Deus. Não buscas algo que ignoras, buscas salvar as condições de tua grandeza na medida em que a sentes, de teu amor na medida em que sentes amor. Posso trocar tua vida por algo mais elevado que ela, sem que nada te seja retirado".

CAPÍTULO CXCII

NÃO ENTENDESTE NADA DA ALEGRIA se pensas que a árvore vive pela árvore que ela é, encerrada em seu envelope. Ela é fonte de sementes aladas e se transforma e se embeleza de geração em geração. Ela avança, não à tua maneira, mas como um incêndio ao sabor dos ventos. Plantas um cedro na montanha e tua floresta, lentamente, ao longo dos séculos, avança.

O que a árvore pensaria de si mesma? Ela pensaria raízes, tronco e folhas. Ela pensaria servir a si própria ao plantar suas raízes, mas ela é apenas via e passagem. A terra por meio dela se casa com o mel do sol, desenvolve botões, abre flores, forma sementes, e a semente carrega a vida, como um fogo preparado mas ainda invisível.

Quando semeio ao vento, incendeio a terra. Tu, porém, olhas em câmara lenta. Vês a folhagem imóvel, o peso dos galhos bem firmes, e pensas que a árvore é sedentária, vivendo de si, presa a si. Míope e perto demais, vês de viés. Basta que recues e aceleres o pêndulo dos dias para ver de tua semente brotar a chama e, da chama, outras chamas, e para ver o incêndio se despindo de seus despojos de madeira consumida, pois a floresta arde em silêncio. Não verás mais esta árvore ou aquela outra. E compreenderás, sobre as raízes, que elas não serviam nem a uma nem a outra, mas ao fogo que devora e ao mesmo tempo constrói. E a massa de folhas escuras que veste tua montanha não será mais que terra fecundada pelo sol. As lebres se instalarão na clareira e os pássaros, nos galhos. E não saberás dizer, a respeito das raízes, a quem elas servem primeiro. Haverá apenas etapas e passagens. Por que acreditarias a respeito da árvore algo que não acreditas a respeito da semente? Não dizes: "A semente vive para si. Ela é plena. O caule vive para si. Ele é pleno. A flor, apesar de mudar, vive para si, ela é plena. A semente que ela formou vive para si, ela é plena". E da mesma forma com o germe que brota seu caule obstinado entre as pedras. Que etapa escolherás para dizer plena? Eu não conheço nada que não seja ascensão da terra ao sol.

Da mesma forma o homem e meu povo, que não sei para onde vai. Fechados estão os celeiros e trancadas as casas quando a noite chega. Dormem as crianças, dormem as velhas e os velhos, o que eu poderia dizer de seus caminhos? Eles são tão difíceis de especificar, tão imperfeitamente definidos pelo avanço da estação, que acrescenta uma ruga à velha, que acrescenta algumas palavras à linguagem da criança, que mal muda seu sorriso. Que não muda nada da perfeição ou da imperfeição do homem. No entanto, meu povo, vejo, quando abraço gerações, que despertas a ti mesmo e te reconheces.

Ninguém pensa fora de si. E é bom que seja assim. É importante que o cinzelador cinzele a prata sem se distrair. Que o geômetra pense geometria. Que o rei reine. Pois eles são condições de marcha. Como os ferreiros de pregos que cantam canções de ferreiros, e os serradores de tábuas, canções de serradores, apesar de ambos presidirem ao nascimento do navio. Salutar é seu conhecimento do veleiro por meio do poema. Eles não amarão menos suas tábuas e seus pregos, muito pelo contrário, pois terão entendido que encontram a si mesmos e se realizam nesse longo cisne alado nutrido pelos ventos do mar.

Assim, apesar de teu objetivo não te poupar de, em razão de sua grandeza, varrer mais uma vez teu quarto ao amanhecer, semear um punhado de cevada depois de tantos outros, refazer tal gesto de trabalho ou instruir teu filho com mais uma palavra ou uma oração – da mesma forma que o conhecimento do veleiro deve te fazer louvar e não desdenhar de tuas tábuas e pregos –, assim, quero que saibas com certeza que não se trata nem de tua refeição, nem de tua oração, nem de teu trabalho, nem de teu filho, nem de tua festa junto aos teus, nem do objeto com que honras tua casa, pois eles não passam de condição, via e passagem. Ao te prevenir disso, em vez de te fazer desprezá-los te farei honrar melhor uns e outros, bem como o caminho e seus desvios, o cheiro das roseiras bravas, os sulcos e as encostas das colinas, tu os louvarás e verás que não se trata de meando estéril onde te entedias, mas caminho para o mar.

Não te permito dizer: "De que me serve esse varrer, esse fardo a ser arrastado, essa criança a ser alimentada, esse livro a conhecer?". Pois se é bom que adormeças, sonhes com sopa e não com império, como as sentinelas, também é bom que estejas pronto para a visita, que não se anuncia, mas que por um instante faz teus olhos e ouvidos mais claros, e muda teu triste varrer em serviço a um culto que não pode ser contido pelas palavras.

Assim, cada batida de teu coração, cada sofrimento, cada desejo, cada melancolia do fim do dia, cada refeição, cada esforço no trabalho, cada sorriso, cada cansaço com o passar dos dias, cada despertar, cada suave adormecer, cada uma dessas coisas tem o sentido do deus que se lê através delas.

Vocês não encontrarão nada se virarem sedentários, julgando ser provisão tirada de suas próprias provisões. Pois não há provisão. E quem cessa de crescer, morre.

CAPÍTULO CXCIV

NÃO SURPREENDE QUE TE ESGOTES NA busca de uma cultura sedentária, pois ela não existe.

"Fazer dom da cultura", dizia meu pai, "é fazer dom da sede. O resto virá sozinho." Mas tu abasteces, com uma bebida preparada, ventres satisfeitos.

ANTOINE DE SAINT-EXUPÉRY

O amor é chamado ao amor. Como a cultura. Ela reside na própria sede. Mas como cultivar a sede? Só exiges as condições de tua permanência. Aquele que foi erigido pelo álcool exige o álcool. Não que o álcool lhe seja proveitoso, pois o faz morrer. Aquele que erigiu tua civilização exige tua civilização. O único instinto que existe é o de permanência. Esse instinto domina o instinto de viver. Pois vi muitos que preferiam a morte à vida fora da aldeia. E tu viste gazelas ou pássaros do mesmo tipo, que quando capturados se deixam morrer.

Se te arrancarem de tua mulher, de teus filhos e de teus costumes, ou se apagarem do mundo a luz de que vivias – pois mesmo dentro de um monastério ela brilha –, talvez morras.

Se eu quiser te salvar da morte, basta que eu invente para ti um império espiritual, em que tua bem-amada esteja pronta para te receber. Continuarás a viver, pois tua paciência é infinita. A casa que és te serve no deserto, mesmo a distância. A bem-amada te serve mesmo a distância e mesmo adormecida.

Todavia, não suportas quando um nó se desfaz, espalhando seus objetos. E morres quando morrem teus deuses. Pois vives deles. Só podes viver daquilo que pode te fazer morrer.

Se te desperto para algum sentimento patético, tu o carregarás de geração em geração. Ensinarás teus filhos a ler esse rosto nas coisas, bem como o domínio nos materiais do domínio, que é o único a amar.

Pois não morrerias pelos materiais. Eles é que se devem ao domínio, não a ti que és apenas via e passagem. E tu os submetes. Mas se um domínio veio a ser, então morrerás para salvar sua integridade.

Morrerás pelo sentido do livro, mas não pela tinta ou pelo papel.

Pois és nó de relações e tua identidade não repousa em dado rosto, dada carne, dada propriedade, dado sorriso, mas na construção que se erige por meio de ti, no rosto de rei que surge e te fundamenta. Sua unidade se deve a ti e, em contrapartida, pertences a ele.

Raramente falas a respeito: não existem palavras para transmiti-lo ao outro. Como tua bem-amada. Se me disseres seu nome, essas sílabas não terão o poder de transmitir-me o amor. Precisarás mostrá-la. O que seria do império das ações, não das palavras.

Mas conheces o cedro. Quando digo "um cedro" transmito a ti sua majestade. Porque foste despertado para o cedro, que é, além de tronco, galhos, raízes e folhas.

Não conheço outra maneira de fundar o amor que não seja te sacrificar ao amor. Quais são os deuses daqueles que recebem o alimento na cama? Afirmas elevá-los enchendo-os de presentes, que, no entanto, os fazem morrer. Só podes viver daquilo que transformas, e morres um pouco a cada dia, pois te trocas por ele.

Minhas velhas o sabem muito bem, pois gastam os olhos no jogo de agulhas. Dizes para pouparem os olhos. E seus olhos não lhes servem mais. Arruinaste a troca delas.

Mas pelo que se trocam aqueles que afirmas saciar?

Podes fundar a sede pela posse, mas posse não é troca. Podes fundar a sede pelo empilhamento de tapeçarias bordadas. Mas fundas apenas uma alma de armazém. Como fundarias a sede de gastar os olhos no jogo de agulhas? Pois somente esta é sede de vida verdadeira.

Eu, no silêncio de meu amor, observei meus jardineiros e minhas fiandeiras de lã. Observei que lhes davam pouco, e que lhes pediam muito.

Como se sobre eles repousasse, como sobre elas, a sorte do mundo.

Quero que cada sentinela seja responsável pelo império inteiro. Mesmo aquela, responsável pelas lagartas, à entrada do jardim. A outra, que costura o casulo de ouro, talvez não espalhe mais que uma fraca luz, mas ela floresce seu Deus. E um Deus mais florido do que na véspera cintila sobre ela.

Não sei o que significa elevar o homem, senão ensiná-lo a ler rostos por meio das coisas. Perpetuo os deuses. Como o prazer do jogo de xadrez. Eu o salvo salvando as regras, enquanto tu queres fornecer-lhes escravos que ganhem para eles as partidas de xadrez.

Queres dar cartas de amor de presente, depois de observar que alguns choram ao recebê-las, e te espantas de não conseguires arrancar-lhes lágrimas.

Não basta dar. É preciso construir aquele que recebe. Para o prazer do xadrez, é preciso construir o jogador. Para o amor, é preciso construir a sede de amor. Bem como o altar, para receber o deus. Construí meu império no coração de minhas sentinelas obrigando-as a percorrer as muralhas.

CAPÍTULO CXCVI

UM OUTRO EXIGE RECONHECIMENTO: fez pelos outros isso ou aquilo... mas não houve dom e provisão. Teu dom é circulação de um a outro. Se não dás mais, não deste nada. Tu me dirás: "Ontem granjeei mérito e continuo com ele." Ao que responderei: "Não! Terias morrido com esse mérito se tivesses morrido ontem, sem dúvida, mas não morreste ontem. Só conta aquilo que te tornaste na hora da morte. Do generoso que eras ontem, tiraste o leproso de hoje. Aquele que morrerá terá lepra."

És raiz de uma árvore que vive de ti. Estás ligado à árvore. Ela se tornou teu dever. Mas a raiz diz: "Enviei seiva demais!". Então a árvore morrerá. A raiz pode se gabar de ter direito ao reconhecimento da morta?

Quando a sentinela cansa de vigiar o horizonte e adormece, a cidade morre. Não existe provisão de rondas já realizadas. Não existe provisão de batimentos guardados em algum lugar do teu coração. Nem teu celeiro é provisão. Ele é escala. Lavras a terra ao mesmo tempo que a pilhas. Tu te enganas sobre todas as coisas. Pensas repousar da criação por meio do empilhamento de objetos em museus. Neles empilhas teu próprio povo. Mas não existem objetos. Existem sentidos diferentes desse mesmo objeto em linguagens distintas. A pérola negra não é a mesma para o mergulhador, para a cortesã ou para o mercador. O diamante vale quando o extrais, quando o vendes, quando o dás, quando o perdes, quando o reencontras, quando ele orna um rosto para uma festa. Nada sei do diamante usual. O diamante de todos os dias não passa de pedra vazia. Bem o sabem aquelas que o têm. Elas o guardam no cofre mais secreto, para que nele repouse. Elas só o retiram no dia do aniversário do rei. Ele se torna, então, movimento de orgulho. Elas o ganharam na noite do casamento. Ele era movimento de amor. Um dia ele foi milagre, para quem o tirou da pedra.

As flores são valiosas para os olhos. Mas as mais belas são as com que floresci o mar, para honrar os mortos. Ninguém jamais as contemplará.

Aquele fala em nome de seu passado. Ele me diz: "Sou aquele que...". Aceito honrá-lo, desde que esteja morto. Do único e verdadeiro geômetra, meu amigo, nunca ouvi que se prevalecesse de seus triângulos. Ele era servidor dos triângulos e jardineiro de um jardim de signos. Uma noite, eu lhe disse: "Estás orgulhoso de teu trabalho, deste muito aos homens...".

Ele se calou, depois me respondeu:

"Não se trata de dar, desprezo quem dá ou recebe. Como venerar o insaciável apetite do príncipe que exige presentes? E como venerar aqueles que se deixam devorar? A grandeza do príncipe nega a grandeza deles. Seria preciso escolher entre uma e outra. Mas desprezo o príncipe que me rebaixa. Pertenço a sua casa e ele deve me engrandecer. Quando sou grande, engrandeço meu príncipe.

O que dei aos homens? Sou um deles. Sou a parte que medita sobre os triângulos. Graças a eles, a cada dia, comi meu pão. Bebi o leite de suas cabras. E calcei-me com o couro de seus bois".

Dou aos homens, mas recebo tudo dos homens. Onde estaria a precedência de um sobre o outro? Se dou mais, recebo mais. Erijo um império mais nobre. Observa teus financistas mais vulgares. Não conseguem viver de si mesmos. Enchem alguma cortesã com suas fortunas de esmeraldas. Ela brilha. Eles se tornam, então, esse brilho. Ficam satisfeitos por brilhar tanto. No entanto, são pobres: pertencem a uma cortesã. Outro homem deu tudo ao rei. "A quem pertences? – Ao rei." Este sim resplandece de verdade.

CAPÍTULO CXCIX

O CUSPIDOR DE TINTA, QUE NUNCA CONSTRUIRÁ nada, prefere, por sua delicadeza, o cântico do navio ao cântico dos forjadores de pregos e serradores de tábuas, assim como, depois de aparelhado e lançado o navio, empurrado pelo vento, em vez de me falar de seu embate contínuo com o mar, ele me celebrará a ilha da música, que sem dúvida é significado das tábuas e dos pregos, e, mais tarde, do combate com o mar, desde que não tenhas negligenciado nenhuma das transformações sucessivas das quais ela nascerá. Mas aquele, assim que avistar teu primeiro prego, patinhando na podridão do sonho, cantará os pássaros coloridos e os crepúsculos nos corais, que a princípio me enojarão, pois prefiro o pão duro às compotas, que além disso me parecerão suspeitas, pois existem ilhas de chuva em que os pássaros são cinza, e onde eu desejaria, depois de chegar a elas, a fim de sentir o amor, ouvir um cântico que ecoasse em meu coração o céu cinza de pássaros sem cor.

Mas eu, que não pretendo construir sem pedras minha catedral, só atinjo a essência como coroamento da diversidade. Eu, que não conheceria nada da flor se ela não tivesse alguma particularidade, tal número de pétalas e não outro, tal escolha de cores e não outra, eu, que forjei pregos, serrei tábuas e absorvi um a um os temíveis golpes do mar, posso cantar a ilha modelada e substancial que com minhas próprias mãos tirei dos mares.

Assim também o amor. Se meu cuspidor de tinta o celebrasse em sua plenitude universal, o que eu conheceria dele? Mas aquela que tem particularidades me abre um caminho. Ela fala assim, e não assado. Seu sorriso é assim, e não assado. Ninguém se parece com ela. À noite, no entanto, quando me debruço à janela, em vez de me chocar contra um muro particular, é a Deus que tenho a impressão de descobrir. Pois precisas de sendas verdadeiras, com tais inflexões, tal cor de terra e tais roseiras bravas nas margens. Somente assim irás a algum lugar. Quem morre de sede dá passos oníricos na direção das fontes. Mas acaba morrendo.

Assim também minha piedade. Declamas sobre as torturas a crianças e me surpreendes a bocejar. Porque não me conduziste a lugar nenhum. Dizes: "Tal naufrágio afogou dez crianças…" Mas não entendo nada de aritmética e não choraria duas vezes mais alto se o número fosse duas vezes maior. Aliás, apesar de elas terem morrido às centenas de milhares desde a origem do império, às vezes te acontece de experimentar a vida e ser feliz.

Mas chorarei se conseguires me levar a uma delas pela senda particular. Da mesma forma que pela tal flor acedo às flores, por meio dela chegarei a todas as crianças e chorarei não apenas por todas as crianças, mas também por todos os homens.

Um dia me falaste daquele sardento, manco, humilhado, odiado por todos da aldeia porque vivia ali como um parasita, abandonado, tendo chegado uma noite não se sabia de onde.

Gritavam-lhe:

"És a escória de nossa bela aldeia. És o fungo de nossa raiz!".
Ao encontrá-lo, porém, dizias:
"Tu, sardento, não tens pais?".
Ele não respondia.

Ou então, porque ele tinha como amigos apenas os animais ou as árvores, dizias:
"Por que não brincas com os garotos de tua idade?".
Ele dava de ombros, sem responder. Pois os que tinham sua idade atiravam-lhe pedras, visto que ele mancava e vinha de longe, onde tudo era ruim.

Quando ele se aventurava nos jogos deles, os belos garotos, os mais saudáveis, se postavam diante dele:
"Caminhas como um caranguejo e foste vomitado por tua aldeia! Enfeias a nossa! Era uma bela aldeia, caminhava bem reto!".
Então o vias dando a volta, puxando a perna.
Dizias, quando o encontravas:
"Tu, sardento, não tens mãe?".
Mas ele não respondia. Ele olhava para ti, rápido como um raio, e corava.

No entanto, como tu o imaginavas amargo e triste, não compreendias sua doce tranquilidade. Assim era ele. Assim e não assado.

Veio a noite em que os da aldeia quiseram expulsá-lo a bastonadas.
"Esta semente manca precisa ir plantar-se em outro lugar!"
Tu disseste, então, tendo-o protegido:
"Tu, sardento, não tens irmão?".
Então seu rosto se iluminou e ele olhou para ti direto nos olhos:
"Sim! Tenho um irmão!".
Todo vermelho de orgulho, ele te contou sobre o irmão mais velho, aquele irmão, e não outro.

Capitão em algum lugar do império. Tinha o cavalo de tal cor, e não de outra, no qual ele, o manco, o sardento, foi colocado na garupa em um dia de glória. Tal dia e não outro. E mais uma vez surgiria o irmão mais velho. E esse irmão o colocaria na garupa, ele, o sardento, o manco, na frente da aldeia. "No entanto", dizia o menino, "dessa vez pedirei para me colocar na frente, no pescoço, e ele concordará! E eu que olharei. Eu que

ANTOINE DE SAINT-EXUPÉRY

proporei: para a esquerda, para a direita, mais rápido! Por que meu irmão recusaria? Ele fica feliz de me ver rir. Então seremos dois!"

Pois ele é outra coisa que objeto coxo desfigurado pelas sardas. Ele é mais de si mesmo e de sua feiura. Ele é de um irmão. E ele passeou na garupa, em um cavalo de guerra, em um dia de glória!

E vem a aurora do retorno. Tu encontras o menino sentado no muro baixo, as pernas pensas. E os outros lhe atiram pedras: "Ei! Tu que não sabes correr, zarolho das pernas!". Mas ele olha para ti e sorri. Estás ligado a ele por um pacto. Tu és testemunha da enfermidade daqueles que não veem nele mais que o sardento, o manco, pois ele tem um irmão com um cavalo de guerra.

O irmão hoje limpará esses cuspes e fará uma muralha, com sua glória, contra as pedras. E o cativo será purificado pelo grande vento de um cavalo ao galope. E não veremos mais sua feiura, pois seu irmão é belo. Sua humilhação será lavada, pois seu irmão é alegria e glória. E o sardento se aquecerá em seu sol. Os outros, então, tendo-o reconhecido, o convidarão para todos os seus jogos: "Tu que és do teu irmão, vem correr conosco... és belo em teu irmão". Ele pedirá ao irmão que os monte também, um de cada vez, no pescoço de seu cavalo de guerra, a fim de que sejam, por sua vez, invadidos pelo vento. Não saberia ser rigoroso com aquele pequeno povo ignorante. Ele os amará e dirá: "A cada retorno de meu irmão, nos reuniremos e ele contará suas batalhas...". Portanto, ele se encolhe contra ti, pois tu sabes. E para ti ele não é tão disforme, pois vês seu irmão velho por meio dele.

Mas vinhas dizer-lhe que esquecesse a existência de um paraíso, de uma redenção e de um sol. Vinhas privá-lo da armadura que o tornava corajoso sob as pedras. Vinhas submetê-lo à sua lama. Vinhas dizer-lhe: "Meu filhote de homem, procura outra maneira para existir, pois não há nada a esperar do passeio na garupa de um cavalo de guerra". Como lhe dirás que seu irmão foi expulso do exército, que se dirige à aldeia coberto de vergonha, que vem mancando pela estrada e que lhe atiram pedras?

Nesse momento, se me disseres:

"Eu mesmo o tirei, morto, do charco onde se afogou, pois ele não podia mais viver, por falta de sol...".

Então eu chorarei sobre a miséria dos homens. E, pela graça de tal rosto sardento, não de outro, de teu cavalo de guerra, não de outro, de tal passeio na garupa em um dia de glória, não de outro, de tal vergonha na orla de uma aldeia, não de outra, de tal charco com patos e roupas secando nas margens, de que me contaste, eis que encontrarei Deus, de tão longe que chega minha piedade através dos homens, pois tu me guiaste sobre a verdadeira senda ao me falar deste menino e não de outro. Não procures por uma luz que seja um objeto entre os objetos, a luz do templo coroa as pedras.

CAPÍTULO CCI

FAZES-ME UM SERVIÇO QUANDO me condenas. Enganei-me ao descrever o país avisto. Localizei erradamente esse rio e esqueci tal aldeia. Vieste, então, triunfando ruidosamente, contradizer-me em meus erros. Aprovo teu trabalho. Tenho tempo para medir tudo, enumerar tudo? Queria que julgasses o mundo do alto da montanha que escolhi. Tu te apaixonaste pelo trabalho, chegaste mais longe que eu na minha direção. Tu me seguras quando fraquejo. Fico satisfeito.

Pois te enganas sobre minha ação quando julgas estar me negando. És da raça dos lógicos, dos historiadores e dos críticos, que discutem os materiais do rosto e não conhecem o rosto. Que me importam os textos da lei e as ordens particulares? Cabe a ti inventá-los. Quando desejo erigir em ti a inclinação para o mar, descrevo o navio em marcha, as noites estreladas e o império talhado em uma ilha no mar pelo milagre dos cheiros. "Virá a manhã", digo-te, "em que entras, sem que nada tenha mudado aos olhos, num mundo habitado. A ilha ainda invisível, como um cesto de especiarias, instala seu mercado no mar. Vês que os marujos não estão mais hirsutos e duros, mas ardentes por ternas luxúrias, sem que eles nem mesmo saibam por quê. Pois pensamos no sino antes de ouvi-lo ecoar, a consciência grosseira exige muito barulho, mas as orelhas já

ANTOINE DE SAINT-EXUPÉRY

foram informadas. Já me vejo feliz quando caminho até o jardim, na orla das rosas... É por isso que sentes no mar, segundo os ventos, o gosto do amor, do repouso ou da morte."

Mas tu me repreendes. O navio que descrevi não é à prova de tempestade, preciso modificá-lo segundo um detalhe ou outro. Eu te aprovo. Muda-o, então! Não preciso conhecer as tábuas e os pregos. Depois, negas as especiarias que prometi. Tua ciência me demonstra que elas serão outras. E eu te aprovo. Não preciso conhecer teus problemas de botânica. O que me interessa exclusivamente é que construas um navio e que faças a colheita das ilhas distantes em alto-mar. Navegarás, então, para me contradizer. Serei contradito. Respeitarei teu triunfo. Mais tarde, porém, lentamente, no silêncio de meu amor, irei visitar, após teu regresso, as ruelas do porto.

Fundado pelo cerimonial das velas a içar, das estrelas a ler e do convés a lavar, terás regressado e, da sombra onde me manterei, te ouvirei cantar para os teus filhos, a fim de que eles se tornem navegadores, o cântico da ilha que instala seu mercado no mar. E voltarei satisfeito.

Não podes esperar me apanhar em falta, nem verdadeiramente me negar nas coisas essenciais. Sou fonte, não consequência. Queres demonstrar ao escultor que ele deveria ter esculpido tal rosto de mulher, em vez de tal busto de guerreiro? Padeces a mulher ou o guerreiro. Diante de ti, eles apenas são. Quando me volto para as estrelas, não lamento o mar. Penso estrelas. Quando crio, pouco me surpreendo de tua resistência, pois peguei teus materiais para construir outro rosto. Tu protestarás, no início. "Esta pedra", dirás, "é de fronte e não de ombro." "É possível", responderei. E era. "Esta pedra", dirás, "é de nariz e não de orelha." "É possível", responderei. E era. "Estes olhos...", dirás. Mas de tanto me contradizer e de recuar e avançar, e de inclinar para a esquerda e para a direita para criticar minhas operações, chegará o dia em que tal rosto e não outro verá a luz na unidade de minha criação. Então o silêncio se fará em ti.

Pouco me importam os erros pelos quais me criticas. A verdade está muito além. As palavras a vestem mal e cada uma delas é criticável. A enfermidade de minha linguagem muitas vezes me fez entrar em contradição. Mas não me enganei. Não confundi a armadilha com a captura. Ela é a medida comum dos elementos da armadilha. Não é a lógica que liga os materiais, mas o mesmo deus que eles servem juntos. Minhas palavras são inadequadas e de aparência incoerente: eu, o centro, não. Eu sou, nada mais. Apesar de vestir um corpo verdadeiro, não preciso me preocupar com a verdade das pregas do vestido. Quando a mulher é bonita, ela caminha e as pregas se desfazem e recompõem, mas correspondem umas às outras, necessariamente.

Não conheço a lógica das pregas do vestido. Mas estas, e não outras, fazem meu coração bater e despertam meu desejo.

CAPÍTULO CCII

MEU PRESENTE SERÁ, POR EXEMPLO, oferecer-te, falando-te dela, a Via Láctea que domina a cidade. Meus presentes são simples. Eu te disse: "Aqui tens distribuídas as casas dos homens sob as estrelas". Isso é verdade. De fato, ali onde vives, quando caminhas para a esquerda, encontras o estábulo e teu jumento. À direita, a casa e a esposa. Diante de ti, o jardim de oliveiras. Atrás, a casa do vizinho. Essas são as direções de tuas ações na humildade dos dias tranquilos. Se quiseres conhecer a aventura de outro a fim de aumentar a tua – pois ela assim adquire um sentido –, bate na porta de teu amigo. E seu filho curado torna-se direção de cura para o teu filho. E seu ancinho, que foi roubado durante a noite, aumenta a noite de todos os ladrões de passos macios. E tua vigília torna-se vigilância. E a morte de teu amigo te faz mortal. Mas se quiseres consumar o amor, deves te voltar para tua própria casa, e sorrir por levar de presente o tecido de filigrana de ouro, ou a jarra nova, ou o perfume, ou seja o que for que se transforme em riso, como a alegria de um fogo de inverno alimentado pela madeira silenciosa. Ao alvorecer, se precisares trabalhar, deves sair, um pouco pesado, para despertar no estábulo o jumento adormecido e, acariciando-o no pescoço, deves empurrá-lo na direção do caminho.

ANTOINE DE SAINT-EXUPÉRY

Se nesse momento simplesmente respirares, sem usar de uns ou de outros, sem tender para um ou para outro, tu te banharás em uma paisagem imantada com encostas, apelos, solicitações e recusas. Onde os passos tirarão de ti estados diversos. Possuis, no invisível, um país de florestas, desertos e jardins, e és, apesar de ausente de coração no momento presente, parte de tal cerimonial e não de outro.

Se agora acrescento uma direção a teu império, pois olhas para frente, para trás, para a direita e para a esquerda, se te abro essa abóbada de catedral que te permite, no bairro de tua miséria onde talvez morres sufocado, a atitude de espírito do marinheiro, quando desenrolo um tempo mais lento do que aquele que amadurece teu centeio e assim te faço velho de mil anos, ou jovem de uma hora, ó meu centeio de homem, sob as estrelas, então uma nova direção se acrescentará às outras. Se te voltares para o amor, irás primeiro lavar teu coração em tua janela. Dirás à tua mulher, no fundo desse bairro miserável onde morres sufocado: "Estamos sozinhos, tu e eu, sob as estrelas". E enquanto respirares serás puro. E serás sinal de vida, como a jovem planta que brota no planalto deserto entre o granito e as estrelas, semelhante a um despertar, frágil e ameaçada, mas cheia de um poder que se distribuirá ao longo dos séculos. Serás elo da cadeia e ocupado por teu papel. Ou, ainda, se em teu vizinho te agachares diante de seu fogo para ouvir o barulho que faz o mundo (ó, tão humilde, pois sua voz te contará a casa vizinha, ou o regresso de algum soldado, ou o casamento de alguma filha), então terei erigido em ti uma alma mais apta a receber essas confidências. O casamento, a noite, as estrelas, o regresso do soldado e o silêncio serão, para ti, música nova.

CAPÍTULO CCV

FUI ESCLARECIDO A RESPEITO DA FESTA, que é do instante em que passas de um estado a outro, quando a observação do cerimonial te preparou um nascimento. Falei-te sobre o navio. Depois de ter sido por muito tempo casa a construir, na etapa de tábuas e pregos, ele se tornou, depois de aparelhado, pronto para o mar. Tu o desposas. Este é o instante da festa. Mas não te instalas, para viver, no lançamento do navio. Falei-te de teu filho. Seu nascimento é uma festa. Mas não esfregas as mãos a cada dia, por anos a fio, porque ele nasceu. Esperarás, para a próxima festa, uma mudança de estado, como no dia em que o fruto de tua árvore se fizer base para uma nova árvore e plantar mais longe tua dinastia. Falei-te da semente colhida. Chega a festa do armazenamento. Depois a da semeadura. Depois a festa da primavera que transforma tuas sementes em erva suave como uma bacia de água fresca. Esperas mais um pouco e vem a festa da colheita, depois de novo a do armazenamento. E assim por diante, de festa em festa, até a morte, pois não existem provisões. Não conheço festa à qual não chegues vindo de algum lugar, e pela qual não chegas a outro. Caminhaste bastante. A porta se abre. É o momento da festa. Mas não viverás desta sala mais do que de outra. No entanto, quero que te regozijes por passar o limiar que leva a algum lugar, e reserva tua alegria para o momento em que romperes tua crisálida. Pois és fogo de fraco poder, e a iluminação da sentinela não é para cada minuto. Eu a reservo, quando possível, para os dias de clarins, tambores e vitórias. É preciso que se restabeleça em ti alguma coisa que se assemelhe ao desejo, e que muitas vezes chama o sono.

Avanço lentamente, a passo lento sobre a laje de ouro, a passo lento sobre a laje negra, nas profundezas de meu palácio. Parece-me cisterna, ao meio-dia, por causa do frescor nele encerrado. Meu próprio passo me embala: sou remador incansável na direção que sigo. Pois não sou mais desta pátria.

As paredes do vestíbulo dissipam-se lentamente e, quando ergo os olhos para a abóbada, vejo-a oscilar de forma suave, como o arco de uma ponte. Um passo lento sobre um quadrado de ouro, um passo lento sobre um quadrado negro, faço lentamente meu trabalho, como a equipe que perfura o poço e sobe com entulho. Eles ritmam o apelo da corda aos músculos macios. Sei aonde vou, já não sou dessa pátria.

De vestíbulo em vestíbulo, sigo viagem. Assim são as paredes. E assim são os ornamentos pendurados nas paredes. Contorno a grande mesa de prata onde ficam os candelabros. E roço a mão em tal pilar de mármore. Ele está frio. Sempre. Mas penetro nos territórios habitados. Chegam a mim sons como de um sonho, pois já não sou dessa pátria. Doces, no entanto, são os ruídos domésticos. Agrada-te o canto confidencial do coração. Nada dorme totalmente. Mesmo teu cão, quando dorme, chega a latir em sonho, baixinho, e a se agitar um pouco por recordação. Assim também meu palácio, adormecido pelo meio-dia. Uma porta bate, não se sabe onde, em meio ao silêncio. Pensas no trabalho das servas, das mulheres. Sem dúvida vem do lado delas? Elas dobraram os lençóis limpos nos cestos. Navegaram duas a duas para transportá-los. Agora que os guardaram, fecham os altos armários. Há nisso um gesto bem acabado. Uma obrigação foi respeitada. Alguma coisa acaba de ser realizada. Sem dúvida haverá repouso, mas como posso saber? Já não sou dessa pátria.

De vestíbulo em vestíbulo, de quadrado negro em quadrado dourado, contorno lentamente a zona das cozinhas. Reconheço o canto das porcelanas. E o de uma jarra de prata que bateu em algo. Depois, o fraco rumor de uma porta profunda. E o silêncio. A seguir, um som de passos apressados. Alguma coisa foi esquecida e subitamente exige tua presença, como o leite que transborda, a criança que grita, ou apenas a extinção inesperada de um ronronar familiar. Alguma peça acaba de entupir a bomba, a broca, ou o moinho de farinha. Corres para recolocar em marcha a humilde oração...

Mas o som de passos desvaneceu-se, pois o leite foi salvo, a criança foi consolada, a bomba, a broca ou o moinho retomaram a récita de suas litanias. Uma ameaça foi contida. Um ferimento foi curado. Um esquecimento foi reparado. Qual? Não sei. Já não sou dessa pátria.

Penetro no reino dos cheiros. Meu palácio se assemelha a um celeiro que preparasse lentamente o mel de suas frutas, o aroma de seus vinhos. Navego como por províncias imóvel. Aqui, marmelos maduros. Fecho os olhos, prolongo sua influência ao longe. Aqui, o sândalo dos cofres de madeira. Aqui, mais simples, lajes recém-lavadas. Cada cheiro erigiu um império há gerações, até o cego poderia se achar. Meu pai sem dúvida já reinava sobre essas colônias. Mas sigo em frente, sem pensar muito nisso. Já não sou dessa pátria.

O escravo, segundo o ritual dos encontros, apagou-se contra a parede quando passei. Mas eu lhe disse com minha bondade: "Mostra-me teu cesto", a fim de que se sentisse importante no mundo. Com seus braços luzidios, tirou com precaução o cesto da cabeça. E me mostrou, com os olhos baixos, sua homenagem de tâmaras, figos e mandarinas. Bebi seu cheiro. Depois sorri. Seu sorriso, então, se alargou e ele olhou-me nos olhos, contrariamente ao ritual dos encontros. Com os braços formando uma alça, voltou a erguer o cesto, mantendo os olhos em mim: "Que lamparina acesa é essa? Pois as rebeliões ou o amor se espalham como incêndios! Que fogo secreto arde nas profundezas de meu palácio, atrás dessas paredes?". E olhei para o escravo, como se ele fosse um fosso abissal. "É!", pensei, "vasto é o mistério do homem!" E continuei meu caminho, sem resolver o enigma, pois já não era dessa pátria.

Atravessei a sala do repouso. Atravessei a sala do conselho onde meu passo foi multiplicado. Depois, desci a passos lentos, de degrau em degrau, a escada que conduz ao último vestíbulo. Quando comecei a percorrê-la, ouvi um grande ruído surdo e um tilintar de armas. Sorri com indulgência: minhas sentinelas sem dúvida dormiam, meu palácio, ao meio-dia, era como uma colmeia adormecida, vagarosa, apenas ondulada pelas curtas agitações das caprichosas que não encontram o sono, das esquecidas que correm para o esquecimento, ou do eterno agitador que sempre te ajusta, te aperfeiçoa e te desmantela alguma coisa. Do rebanho de cabras, sempre há uma que bale. Da cidade adormecida sempre sobe um apelo incompreensível. Mesmo na necrópole mais morta, sempre há o vigia da noite que perambula. Com meu passo lento, portanto, segui meu caminho, a cabeça inclinada para não ver minhas sentinelas se recompondo às pressas, pois pouco me importa: já não sou dessa pátria.

Tendo-se endireitado, elas me saudaram e abriram os dois batentes da porta. Apertei os olhos sob a intensidade do sol e fiquei por um instante na soleira. Pois ali estavam os campos. As colinas arredondadas que aquecem minhas vinhas ao sol. Minhas plantações, plantadas em quadrados. O cheiro de giz das terras. E outra música de abelhas, grilos e gafanhotos. Passo de uma civilização a outra. Pois eu ia respirar o meio-dia em meu império.

E acabo de nascer.

ANTOINE DE SAINT-EXUPÉRY

CAPÍTULO CCVI

DE MINHA VISITA AO ÚNICO E verdadeiro geômetra, meu amigo. Fiquei comovido em vê-lo tão atento ao chá e às brasas, à chaleira e ao canto da água, depois ao sabor do primeiro gole... Depois à espera, pois o chá revela seu aroma aos poucos. Agradou-me que durante essa curta meditação ele fosse mais absorvido pelo chá do que por um problema de geometria:

"Tu que sabes, não desprezas o trabalho humilde...".

Mas ele não respondeu. Depois de, todo satisfeito, ter enchido nossos copos, disse:

"Eu que sei... O que queres dizer com isso? Por que o tocador de violão desdenharia do cerimonial do chá apenas por conhecer alguma coisa das relações entre as notas? Conheço alguma coisa das relações entre as linhas de um triângulo. No entanto, gosto do canto da água e do cerimonial que honrará o rei, meu amigo...".

Ele pensou, e continuou:

"Que sei... não acredito que meus triângulos me digam muito sobre o prazer do chá. Mas pode ser que o prazer do chá me diga um pouco sobre os triângulos...".

"O que estás dizendo, geômetra?"

"Quando experimento, sinto a necessidade de descrever. Daquela que ama, falarei sobre seus cabelos e cílios, sobre seus lábios, sobre seu gesto que é música para o coração. Por acaso falaria de seus gestos, lábios, cílios e cabelos se não houvesse um rosto de mulher? Mostro em que medida seu sorriso é doce. Mas primeiro houve o sorriso...

Não irei remexer numa pilha de pedras para encontrar o segredo das meditações. Pois a meditação não significa nada no nível das pedras. É preciso haver um templo. Para que meu coração transforme-se. Sairei dele refletindo sobre a virtude das relações entre as pedras...

Não irei procurar nos sais da terra a explicação para a laranjeira. Pois a laranjeira não tem significado no nível dos sais da terra. No entanto, assistindo à ascensão da laranjeira, explicarei a ascensão dos sais da terra dentro dela.

Preciso primeiro experimentar o amor. Preciso primeiro contemplar a unidade. A seguir, meditarei sobre os materiais e os conjuntos. Mas não irei investigar sobre os materiais se não houver nada para dominá-los, para o que eu tendo. Primeiro, contemplei o triângulo. Depois, busquei, no triângulo, as obrigações que regem as linhas. Primeiro, amaste uma imagem de homem, com fervor interior. E deduziste teu cerimonial a partir dela, para contê-la nele, como a captura na armadilha, e para perpetuá-la no império. Mas que escultor se interessará pelo nariz, pelo olho e pela barba em si? Que rito do cerimonial poderias impor por ele mesmo? O que deduzirei sobre as linhas se elas não formarem um triângulo?

Submeto-me primeiro à contemplação. Comentarei depois, se puder. Nunca recusei o amor: a recusa do amor não passa de pretensão. De fato honrei aquela ou aquela, que não sabia nada sobre os triângulos. Mas ela sabia mais do que eu sobre a arte do sorriso. Já viste um sorriso?"

"Por certo, geômetra..."

"Com as fibras do rosto, dos cílios e dos lábios, partes ainda sem significação, ela construía sem esforço uma obra-prima inimitável e, por ser testemunha de tal sorriso, habitavas a paz das coisas e a eternidade do amor. Depois ela desfazia a obra-prima, no tempo que precisas para esboçar um gesto e te fechar em outra pátria, onde o desejo inventa o incêndio do qual a terias salvado, tu, o redentor, tanto ela se mostrava patética. Como sua criação não deixa vestígios com os quais se pode enriquecer os museus, por que eu a desprezaria? Sei formular alguma coisa sobre as catedrais construídas, mas ela é que me construía as catedrais..."

"Mas o que ela te ensinava sobre as relações entre as linhas?"

"Pouco importam os objetos interligados. Devo primeiro aprender a ler as ligações. Sou velho. Vi quem amava morrer ou ser curado. Chega a noite em que a bem-amada, a cabeça pendida sobre o ombro, declina a oferta da xícara de leite à maneira do recém-nascido já separado do mundo e que recusa o seio porque o leite tornou-se amargo. Ela esboça como que um sorriso de desculpa, pois fica pesarosa por não mais se alimentar de ti. Ela não precisa de ti. E tu vais até a janela esconder tuas lágrimas. E ali estão os campos. Então sentes, como um cordão umbilical, tua ligação com as coisas. Os campos de cevada, os campos de trigo, a laranjeira florida que prepara o alimento de tua carne e o sol que faz girar desde o início dos séculos o moinho das águas. E chega até ti o som do aqueduto em construção que abastecerá a cidade, no lugar do outro, que o tempo gastou, ou, mais simplesmente, da carroça ou do passo do jumento que carrega o saco. E sentes circular a seiva universal que faz as coisas durarem. E voltas à cama a passos lentos. Enxugas o rosto que brilha de suor. Ela continua ali, perto de ti, mas ocupada em morrer. Os campos não cantam mais para ela o canto do aqueduto em construção, ou da carroça, ou do trote do jumento. O cheiro das laranjeiras não existe mais para ela, nem teu amor."

"Então lembras de alguns camaradas que se amavam."

"Um vinha buscar o outro, no meio da noite, pela simples necessidade de suas piadas, de seus conselhos ou, mais singelamente, de sua presença. Um sentia falta do outro quando viajava. Mas um mal-entendido absurdo os fez se desentenderem. E eles passaram a fingir que não se viam quando se encontravam. O milagre, aqui, era que não lamentavam nada. O lamento do amor é o amor. Aquilo que recebiam um do outro não receberão de ninguém no mundo. Pois cada um brinca, aconselha ou simplesmente respira à própria maneira, não de outra. Portanto, eles se viram amputados, diminuídos, mas incapazes de se reconhecerem. E inclusive orgulhosos e enriquecidos pelo tempo disponível. Saem flanados diante das vitrines, cada um por si. Não perdem mais o tempo com o amigo! Recusam todo esforço que os reuniria ao celeiro de onde tiravam o alimento. Morreu a parte deles que vivia. Como ela exigiria algo, se não existe?

Mas tu avanças como jardineiro. E vês o que falta à árvore. Não do ponto de vista da árvore, pois do ponto de vista da árvore nada lhe falta: ela é perfeita. Mas de teu ponto de vista de deus para a árvore, que enxerta galhos onde necessário, reatas o fio rompido e o cordão umbilical. Reconcilias. E eles partem de novo fervorosos.

Eu também reconciliei. Também conheci a manhã fresca em que a bem-amada exige leite de cabra e pão macio. Tu te inclinas sobre ela, uma mão apoiando a nuca, a outra aproximando a xícara de seus lábios pálidos, e a vês beber. Tu és caminho, veículo e passagem. Não tens a impressão de alimentá-la, nem mesmo de curá-la, mas de reuni-la ao que ela era, aos campos, às plantações, às fontes, ao sol. É um pouco para ela que o sol já faz girar o moinho cantante das fontes. É um pouco para ela que o aqueduto é construído. É um pouco para ela que a carroça soa seus guizos. E, porque ela te parece uma criança nessa manhã, e não desejosa de sabedoria profunda, mas das novidades da casa, dos brinquedos e dos amigos, tu lhe dizes: 'Ouça...'. E ela reconhece o trote do jumento. Então ela ri e se vira para ti, seu sol, pois ela tem sede de amor.

Eu, que sou um velho geômetra, assim aprendi muito, pois só as relações com que sonhaste é que existem. Dizes: 'O mesmo se dá com...'. E uma questão se apaga. Devolvi a um homem a sede do amigo: reconciliei--o. Devolvi a outro a sede do leite e do amor. E disse: 'O mesmo se dá com...'. Curei-o. Ao enunciar a relação entre a pedra que cai e as estrelas, o que fiz de diferente? Eu disse: 'O mesmo se dá com...'. Ao anunciar a relação entre as linhas, falei: 'No triângulo, isto ou aquilo é a mesma coisa...'. Assim, de questão que se apaga em questão que se apaga, encaminho--me suavemente para Deus, onde mais nenhuma questão é feita."

Deixei meu amigo e segui a passos lentos. Curei-me de minhas cóleras, pois do alto da montanha que subo se espalha uma paz verdadeira, que não é conciliação, renúncia, mistura ou partilha. Pois vejo conciliação quando há conflito. Como a restrição, que é condição da liberdade, ou como as regras para o amor, que são condição do amor, ou como meu inimigo bem-amado, que é condição de mim mesmo, pois o navio não teria forma sem o mar.

De inimigo conciliado em inimigo conciliado – mas de inimigo novo em inimigo novo –, subo por essa encosta até a calma em Deus. Sei que não se trata, para o navio, de se fazer indulgente aos assaltos do mar, nem para o mar, fazer-se suave ao navio, pois os primeiros naufragarão e os segundos se conspurcarão em barcos planos para lavadoras de roupa. Sei também que o importante é não se curvar, nem pactuar por falso amor, ao longo de uma guerra sem mercê que é condição da paz, abandonando no caminho os mortos que são condição da vida, aceitando renúncias que são condição da festa, crisálidas paradas que são condição das asas. Pois Tu me ligas ao mais elevado que eu mesmo, Senhor, segundo Tua vontade, não conhecerei a paz ou o amor fora de Ti, pois somente em Ti eu e aquele que reinava ao norte

ANTOINE DE SAINT-EXUPÉRY

de meu império, e que eu amava, nos reconciliaremos, porque realizados, porque somente em Ti eu e aquele que precisei castigar apesar de minha estima nos reconciliaremos, porque realizados. Somente em Ti, Senhor, se confundem, em sua unidade e sem conflito, o amor e as condições do amor.

CAPÍTULO CCVIIII

ENTÃO O DIA NASCEU. ESTAVA ALI COMO o marinheiro, de braços cruzados, respirando o mar. O mar a ser lavrado e não outro. Estava ali como o escultor diante do barro. O barro a ser moldado e não outro. Estava ali, sobre a colina, e dirigi a Deus esta oração:

"Senhor, nasce o dia sobre meu império. Ele me foi entregue pronto para ser tocado, como uma harpa. Senhor, nasce para a luz aquele lote de cidade, palmeiras, terras aráveis e plantações de laranjeiras. À direita, o golfo do mar para navios. À esquerda, a montanha azul, de encostas abençoadas por ovelhas de lã, que planta as garras de suas últimas rochas no deserto. Mais além, a areia escarlate onde só o sol pode florescer.

Meu império tem este rosto e não outro. Por certo está em meu poder mudar um pouco a curva de tal rio, a fim de irrigar a areia, mas não agora. Está em meu poder fundar uma nova cidade, mas não agora. Está em meu poder entregar, apenas soprando a semente, uma vitoriosa floresta de cedros, mas não agora. Pois agora herdo um passado realizado, que é este e não outro. Esta harpa, pronta para cantar.

De que me queixaria, Senhor, eu que peso em minha sabedoria patriarcal esse império onde tudo está no lugar, como as frutas coloridas dentro da cesta. Por que sentiria cólera, amargura, ódio ou sede de vingança? Esta é a trama de meu trabalho. Este é o campo de meu lavrar. Esta é a harpa de meu cantar.

Quando o senhor do domínio percorre suas terras ao nascer do dia, Tu o vês juntando pedras e arrancando os espinhos, quando os encontra.

Ele não se irrita nem com os espinhos nem com as pedras. Ele embeleza sua terra e não sente nada, apenas amor.

Quando a mulher abre sua casa ao nascer do dia, Tu a vês varrer a poeira. Ela não se irrita com a poeira. Ela embeleza uma casa e não sente nada, apenas amor.

Por que me queixaria da montanha que cobre esta fronteira e não outra? Ela recusa, aqui, com a calma da palma de uma mão, as tribos que sobem do deserto. Isso é bom. Construirei mais longe, onde o império está nu, minhas cidadelas.

Por que me queixaria dos homens? Eu os recebo, nesse alvorecer, tal como são. Por certo há aqueles que preparam seu crime, que meditam sobre a traição, que preparam uma mentira, mas há outros que se dedicam ao trabalho, à piedade ou à justiça. Eu também, por certo, para embelezar minha terra arável, rejeitarei a pedra ou o espinho, mas sem odiá-los, sem sentir nada, apenas amor.

Pois encontrei a paz, Senhor, ao longo de minha oração. Venho de Ti. Sinto-me como o jardineiro que caminha a passos lentos em direção às árvores".

Também senti, ao longo de minha vida, a cólera, a amargura, o ódio e a sede de vingança. Ao crepúsculo das batalhas perdidas e das rebeliões, sempre que me descobria impotente e encerrado em mim mesmo, sem poder agir segundo minha vontade sobre minhas tropas dispersas, não mais atingidas por minhas palavras, sobre meus generais sediciosos, que se diziam imperadores, sobre os profetas dementes, que reuniam grupos de fiéis em punhados cegos, conhecia então a tentação do homem colérico.

Mas queres corrigir o passado. Inventas tarde demais a decisão acertada. Recomeças o passo que te teria salvo, mas participas, visto que a hora passou, da podridão do sonho. Há um general que te aconselhou, segundo seus cálculos, que atacasses a oeste. Tu reinventas a história. Escamoteias o conselheiro. Atacas ao norte. Melhor tentar abrir uma estrada soprando o granito da montanha. "Ah!", dizes contigo mesmo dentro da corrupção de teu sonho, "se este não tivesse agido, se este não tivesse falado, se este não tivesse dormido, se este não tivesse acreditado ou tivesse se recusado

ANTOINE DE SAINT-EXUPÉRY

a acreditar, se este tivesse estado presente, se este tivesse sido encontrado alhures, então eu teria vencido!"

Contudo, eles te desafiam por serem impossíveis de apagar, como a mancha de sangue do remorso. E és invadido pelo desejo de despedaçá-los em suplícios, para te livrares deles. Mas mesmo que empilhasses sobre eles todo as mós do império, não impedirias o que aconteceu.

És fraco, bem como covarde, quando corres assim na vida, em busca de responsáveis, reinventado um passado acontecido na podridão de teu sonho. De depuração em depuração, entregarás todo teu povo ao coveiro. Estes talvez tenham sido veículos da derrota, mas por que estes outros, que teriam sido veículos da vitória, não dominaram os primeiros? Por que o povo não os apoiava? Por que teu povo preferiu os maus pastores? Por que eles mentiam? Porém, as mentiras sempre são expressas, pois tudo sempre é dito, a verdade e a mentira. Por que pagavam? O dinheiro sempre é oferecido, pois os corruptores sempre existem.

Os homens daquele império, quando bem erigidos, riem do corruptor. A doença que lhes é oferecida não é para eles. Se os homens de outro império têm o coração gasto, a doença que lhes será oferecida entrará por aquele que sucumbir primeiro. Progredindo de um ao outro, ela degenerará todos os homens do império, pois a doença era para eles. Os primeiros a serem afetados serão responsáveis pela podridão do império? Nem no império mais sadio deixam de existir os portadores de doenças! Eles existem, como em uma reserva para as horas de decadência, quando a doença, que não precisava deles, se espalhará. Sem eles, teria encontrado outros. Quando a doença apodrece a vinha de raiz em raiz, não acuso a primeira raiz. Se a tivesse queimado no ano anterior, outra raiz teria servido de porta à doença.

Quando o império se corrompe, todos colaboraram para sua corrupção. Se a maioria é tolerante, onde estará o responsável? Chamo-te assassino quando a criança se afoga em teu charco e deixas de socorrê-la.

Seria estéril tentar, na podridão do sonho, esculpir a posterior um passado resoluto, decapitando os corruptores como cúmplices de corrupção, os covardes como cúmplices da covardia, os traidores como cúmplices de traição, pois de consequência em consequência aniquilarei os melhores, que terão sido ineficazes, e poderei apenas censurá-los por preguiça, indulgência ou tolice. No fim das contas, teria pretendido aniquilar o homem, suscetível de ficar doente e de ser terra fértil para tal semente, pois todos podem adoecer. E todos são terra fértil para todas as sementes. Eu precisaria acabar com todos. Assim o mundo seria perfeito, purgado do mal. No entanto, digo que a perfeição é virtude dos mortos. A ascensão utiliza como adubo os maus escultores de mau gosto. Não sirvo à verdade quando executo aquele que se engana, pois a verdade é construída de erro em erro. Não sirvo à criação quando executo aquele que falha a sua, pois a criação é construída de fracasso em fracasso. Não imponho esta verdade quando executo que se serve de outra, pois minha verdade é árvore que brota. Não conheço nada que não seja terra arável que ainda não alimentou minha árvore. Eu venho, estou presente. Recebo o passado de meu império como herança. Sou o jardineiro a caminho de sua terra. Não o criticarei por alimentar cactos e espinhos. Não quero saber de cactos e espinhos quando sou a semente do cedro.

Desprezo o ódio, não por indulgência, mas porque diante de Ti, Senhor, onde tudo está presente, o império está presente a cada instante. A cada instante eu começo.

Lembro do ensinamento de meu pai: "Ridícula é a semente que se queixa da terra que a transforma em salada e não em cedro. Ela não passa de semente de salada".

Ele também dizia: "O vesgo sorriu para a moça. Ela se virou para os que tinham o olhar reto. E o vesgo saiu dizendo que aqueles que tinham o olhar reto corrompiam as moças".

Vaidosos são os justos que julgam nada dever às tentativas e erros, às injustiças, às vergonhas que os transcendem. Ridículo é o fruto que despreza a árvore!

CAPÍTULO CCIX

DA MESMA FORMA, AQUELE QUE JULGA tirar sua alegria da riqueza do monte de objetos, impotente que é para extirpá-la, pois ela não reside neles, aquele que multiplica suas riquezas e empilha os objetos em pirâmides e que se agita entre os objetos em seus porões, semelhante aos selvagens que desmontam o tambor para capturar seu barulho.

Da mesma forma aqueles que, por terem conhecido apenas as relações de palavras restritivas que te submetem a meu poema, as estruturas restritivas que te submetem à escultura de meu escultor, as relações restritivas das notas do violão que te submetem à emoção do violonista, julgam que o poder reside nas palavras do poema, nos materiais da escultura, nas notas do violão, os agitam em meio a uma desordem inextricável e, sem conseguir encontrar esse poder, pois este não reside neles, exageram, para serem ouvidos, sua algazarra, produzindo em ti a emoção que obteriam de uma pilha de louça se quebrando, a qual é de qualidade discutível e seria de poder discutível. Seria muito mais eficaz, regendo-te, governando-te, provocando-te muito mais, se a obtivesses por meio do peso de meu guarda pisando em teu pé.

Se desejo governar-te dizendo "sol de outubro" ou "sabres de neve", preciso construir uma armadilha que capture alguma coisa, de essência diferente. Mas se desejo comover-te por meios dos objetos da armadilha, sem ousar dizer melancolia, crepúsculo, bem-amada, palavras de poemas comprados prontos no bazar, que te fazem vomitar, nem por isso deixarei de apostar na fraca ação do mimetismo, que te faz menos jubiloso quando digo "cadáver" do que "cesto de rosas", apesar de nenhum dos dois te reger em profundidade, e sairei do habitual para te descrever suplícios com a mais alta minúcia. E sem obter a emoção, que não reside nisso, pois fraco é o poder das palavras que apenas respigam uma saliva ácida quando aciono a mecânica da lembranças, começas a te agitar freneticamente e a multiplicar as torturas e os detalhes e cheiros da tortura, para enfim pesar sobre mim menos que o bom pé de meu guarda.

Ao tentar te surpreender assim, pelo leve poder de choque do inabitual – e por certo te surpreenderei se entrar de costas na sala de audiência onde te recebo –, ou ao apelar a algo incoerente e inesperado, ao agitar-me assim, não passo de um ladrão, tiro meu ruído da destruição, pois com certeza na segunda audiência tu não te surpreenderás com minha entrada de costas e, depois de acostumado a ela, não apenas a um gesto absurdo mas também ao imprevisto do absurdo, não te surpreenderás com mais nada. E logo te agacharás, taciturno e sem linguagem, na indiferença de um mundo gasto. A única poesia que ainda poderá te provocar um movimento de queixa será a do enorme sapato cravejado de pregos do meu guarda.

Pois não existem refratários. Não existem indivíduos solitários. Não existem homens verdadeiramente isolados. Esses são mais ingênuos que os criadores de estribilhos populares que misturam, chamando de poesia, amores, luares, outonos, suspiros e brisas.

"Sou sombra", diz tua sombra, "e desprezo a luz." No entanto, vive dela.

 # CAPÍTULO CCX

EU TE ACEITO TAL COMO ÉS. PODE SER que sofras da doença de embolsar os bibelôs de ouro que caem sob teus olhos, e que além disso sejas poeta. Eu te receberei por amor à poesia. E por amor a meus bibelôs de ouro, eu os guardarei.

Pode ser que, como uma mulher, consideres os segredos que te são confiados como diamantes para teu adorno. Ela vai à festa. E o objeto raro que ela exibe a torna gloriosa e importante. Pode ser que, além disso, sejas dançarino. Eu te receberei por amor à dança, mas, por respeito aos segredos, eu os calarei.

Mas pode ser que sejas apenas meu amigo. Eu te receberei por amor a ti, tal como és. Se mancas, não te pedirei para dançar. Se odeias este ou aquele, não te infligirei suas companhias. Se precisas de alimento, eu te servirei.

Não te dividirei para te conhecer. Não és nem esta ação, nem aquela outra, nem a soma das duas. Nem esta palavra aqui, nem aquela outra, nem soma das duas. Não te julgarei nem pelas palavras nem pelas ações. Mas julgarei essas ações e essas palavras por aquilo que és.

Em contrapartida, exigirei tua atenção. Não preciso do amigo que não me conhece e exige explicações. Não tenho o poder de me transportar no fraco vento das palavras. Sou montanha. A montanha pode ser contemplada. Mas o carrinho de mão não a transportará. Como explicar aquilo que não é antes ouvido pelo amor? E como falarei? Existem palavras indecentes. Falei-te de meus soldados no deserto. Eu os avalio em silêncio, às vésperas do combate. O império repousa sobre eles. Eles morrerão pelo império. E sua morte será paga nessa troca. Conheço, portanto, o verdadeiro fervor. O que me ensinaria o vento das palavras? Que eles se queixam dos espinhos, que odeiam o comandante, que a comida é ruim, que o sacrifício é amargo?... É assim que devem falar! Desconfio do soldado lírico demais. Se deseja morrer por seu comandante, é provável que não morrerá, ocupado demais que estará declamando seu poema. Desconfio da lagarta que se diz apaixonada por asas. Ela não morrerá para si mesma na crisálida. Surdo ao vento de suas palavras, por trás de meu soldado, vejo o que ele é, não o que ele diz. Esse soldado, durante o combate, protegerá seu comandante com o próprio peito. Meu amigo é um ponto de vista. Preciso entender o lugar de onde ele fala, pois nesse ponto ele é império particular e provisão inesgotável. Ele pode se calar e ainda me preencher. Considero o mundo segundo ele e o vejo de outro modo. Da mesma forma, exijo que meu amigo conheça o lugar de onde falo. Somente assim ele me entenderá. Pois as palavras sempre se contradizem.

CAPÍTULO CCXI

O PROFETA DE OLHOS DUROS VOLTOU a me ver, aquele que, noite e dia, alimentava uma fúria sagrada e que, ainda por cima, era vesgo.

"Convém salvar os justos", ele me disse.

"Sem dúvida", respondi. "Não existe razão evidente que justifique seu castigo."

"Distingui-los dos pecadores."

"Sem dúvida", respondi. "O mais perfeito deve ser dado como exemplo. Escolhes para o pedestal a melhor estátua do melhor escultor. Lês às crianças os melhores poemas. Desejas para rainha as mais belas. Pois a perfeição é uma direção que convém ser mostrada. Apesar de estar fora do teu alcance chegar a ela."

Mas o profeta se exaltou:

"Uma vez triada a tribo dos justos, é importante salvar apenas a ela, para assim aniquilar de uma vez por todas a corrupção".

"Cuidado!", eu disse. "Vais longe demais. Pois queres separar a flor da árvore. Enobrecer a plantação suprimindo o adubo. Salvar os grandes escultores decapitando os maus escultores. Eu só conheço homens mais ou menos imperfeitos e, da multidão até a flor, a ascensão da árvore. E digo que a perfeição do império repousa nos impudicos."

"Honras a impudicícia!"

"Honro também tua tolice, pois é bom que a virtude apareça como um estado de perfeição desejável e realizável. E é bom que o homem virtuoso possa ser concebido, mesmo que ele não possa existir, em primeiro lugar porque o homem está enfermo e, depois, porque a perfeição absoluta, quando presente, leva à morte. Mas é bom que a direção pareça um objetivo. Caso contrário, te cansarias de avançar rumo a um objeto inacessível. Penei muito no deserto. Ele parece, a princípio, impossível de vencer. Mas faço dessa duna distante uma escala ditosa. Alcanço-a e ela perde seu poder. Faço de um denteado no horizonte outra escala ditosa. Alcanço-a e ela perde seu poder. Escolho então outro ponto de mira. E, de ponto em ponto, emerjo das areias.

O impudor é um sinal de simplicidade e de inocência, como nas gazelas. Se chegares a educá-lo, tu o transformarás em candura virtuosa. Ou então ele tira suas alegrias da agressão ao pudor. E repousa no pudor. Vive dele e o erige. Quando os soldados embriagados passam, vês as mães cobrirem as filhas e proibi-las de se mostrarem. Ao passo que os soldados de teu império de utopia, tendo o costume de baixar castamente os olhos, pareceriam estar ausentes, não verias inconveniente se as filhas de tua casa se banhassem nuas. Mas o pudor de meu império é diferente da ausência de impudor (pois os mais pudicos são os mortos). Ele é fervor secreto, reserva, respeito de si mesmo e coragem. Ele é proteção do mel

ANTOINE DE SAINT-EXUPÉRY

pronto, em vista de um amor. Quando um soldado embriagado passa, ele desperta em mim a qualidade do pudor."

"Desejas, então, que teus soldados embriagados gritem suas porcarias..."

"Acontece, pelo contrário, que eu os castigo a fim de erigir seu próprio pudor. Acontece também que, quanto mais o erijo, mais a agressão se faz atraente. Escalar o pico elevado te proporciona mais alegria do que subir a colina arredondada. Vencer um adversário que te resiste, mais do que um tolo que não se defende. Somente nos lugares onde as mulheres são veladas é que o desejo de ler seus rostos te inflama. Julgo a tensão das linhas de força do império pela rigidez do castigo que equilibra o apetite. Quando obstruo um rio na montanha, gosto de medir a espessura do muro. Ele é o signo de minha potência. Pois contra o pequeno charco basta uma folha de papelão. Por que eu quereria soldados castrados? Eu os quero pesando contra a muralha, pois somente assim eles serão grandes no crime ou na criação que transcende o crime."

"Queres que fiquem inchados por desejos de estupro..."

"Não. Não entendeste nada", disse.

CAPÍTULO CCXII

MEUS GUARDAS, EM SUA OPULENTA estupidez, vieram me cercar:

"Descobrimos a causa da decadência do império. Precisas extirpar aquela seita".

"Ah!", respondi. "Como reconheceram que estão ligados uns aos outros?"

Eles me contaram as coincidências de suas ações, o parentesco segundo este ou aquele signo e o local de suas reuniões.

"E como reconheceram que são uma ameaça ao império?"

Eles me descreveram seus crimes e os golpes de alguns, as violações cometidas por outros e a covardia de vários, ou sua feiura.

"Ah!", disse. "Conheço uma seita mais perigosa ainda, pois ninguém nunca pensou em combatê-la!"

"Que seita?", se apressaram em perguntar meus guardas.

Pois o guarda, tendo nascido para bater, murcha se lhe falta alimentos.

"A dos homens", respondi, "que têm uma sarda na têmpora esquerda".

Meus guardas não entenderam nada, mas assentiram com um grunhido. Pois o guarda bate sem compreender. Ele bate com os punhos, que não têm cérebro.

No entanto, um deles era um antigo carpinteiro e tossiu duas ou três vezes:

"Eles não demonstram seu parentesco. Não têm local de reunião".

"Certo", respondi. "Aí é que reside o perigo. Pois eles passam despercebidos. Mas assim que eu lançar o decreto que os designará ao furor público, tu os verás procurando uns aos outros, unindo-se uns aos outros, vivendo em comum e se erguendo contra a justiça do povo, tomando consciência de sua casta."

"Isso é verdade", assentiram meus guardas.

Mas o antigo carpinteiro tossiu de novo.

"Conheço um. Ele é doce. Generoso. Honesto. Foi ferido três vezes defendendo o império..."

"Certo", respondi. "Como as mulheres são levianas deduzes que nenhuma pode dar mostras de razão? Como os generais são barulhentos, deduzes que nenhum pode ser tímido? Não te detenhas nas exceções. Depois de triar os portadores do signo, vasculha o passado deles. Eles foram fonte de crimes, raptos, violações, golpes, traições, gula e impudor. Achas que estão livres de tais vícios?"

"Claro que não", bradaram os guardas, cujo apetite havia despertado em seus punhos.

"Ora, quando a árvore produz frutos podres, criticas a podridão aos frutos ou à árvore?"

"À árvore", exclamaram os guardas.

"E alguns frutos sadios podem absolvê-la?"

"Não! Não!", bradaram os guardas, que, felizmente, amavam seu ofício, que não é o de absolver.

"Portanto, seria justo purgar o império desses portadores de uma sarda na têmpora esquerda".

Mas o antigo carpinteiro tossiu de novo:

ANTOINE DE SAINT-EXUPÉRY

"Formula tua objeção", eu lhe disse, enquanto seus companheiros, guiados pelo faro, lançavam olhares cheios de alusões na direção de sua têmpora.

Um deles tomou coragem, medindo o suspeito de alto a baixo: "Aquele que ele diz ter conhecido... não seria seu irmão... ou seu pai... ou algum dos seus?"

Todos grunhiram seu assentimento.

Minha cólera então despertou:

"Mais perigosa ainda é a seita dos que têm uma sarda na têmpora direita! Pois nem mesmo pensamos nela! Ela se dissimula ainda melhor, portanto. Mais perigosa que essa é a seita dos que não têm nenhuma sarda, pois andam camuflados invisíveis como conjurados. No fim das contas, de seita em seita, condeno a seita dos homens por inteiro, pois ela é, ao que tudo indica, fonte de crimes, raptos, violações, golpes, gula e impudor. E como os guardas, além de serem guardas, são homens, começarei por eles a necessária depuração. É por isso que ordeno ao guarda dentro de vocês que atire o homem que está em vocês no estrume dos calabouços de minhas cidadelas!"

E os guardas se foram, fungando de perplexidade e refletindo sem grandes resultados, pois eles refletem com os punhos.

Mas detive o carpinteiro, que baixava os olhos e se fazia de modesto. "Tu, eu te destituo!", disse a ele. "A verdade do carpinteiro, que é sutil e contraditória por causa da madeira que lhe resiste, não é a verdade do guarda. Se o manual marca de negro os que têm um sinal na têmpora, quero que os guardas, apenas de ouvir falar a respeito, sintam os punhos arderem. Quero que o comandante, quando com direito de julgar, perdoe tua falta de jeito quando és grande poeta. Da mesma forma, ele perdoaria a teu vizinho, que é piedoso. E também ao vizinho de teu vizinho, pois ele é modelo de castidade. Assim reinará a justiça. Mas se durante a guerra sobrevier uma sutil ordem de uma meia-volta, meus soldados se verão enredados uns nos outros, ao som de uma grande algazarra, chamando para si a carnificina. De nada servirá saber da estima do comandante! Assim, te devolvo tuas madeiras, com medo de que teu amor pela justiça, que aqui não tem o que fazer, um dia espalhe um sangue inútil."

CAPÍTULO CCXIII

TENDO-ME RETIRADO, DIRIGI A DEUS essa oração:

"Aceito como provisórias, Senhor, e apesar de não ser de minha alçada distinguir a pedra angular, as verdades contraditórias do soldado que quer ferir e do médico que quer curar. Não concilio, em uma bebida morna, bebida geladas e ferventes. Não desejo que firam e curem com moderação. Castigo o médico que recusa seus cuidados, castigo o solado que recusa seus golpes. Pouco me importa que as palavras se contradigam. Pois essa armadilha, de materiais diversos, captura a unidade de minha presa, que é dado homem, com dada qualidade e não outra.

Busco às apalpadelas tuas divinas linhas de força e, por falta de evidências que não são de minha alçada, digo que tenho razão na escolha dos ritos do cerimonial, se nele me liberto e respiro. Como o escultor, Senhor, que bate uma polegada mais para a esquerda, apesar de não saber dizer por quê. Pois somente assim lhe parece encher seu barro de poder.

Vou a Ti à maneira da árvore que se desenvolve segundo as linhas de força de sua semente. O cego, Senhor, não conhece o fogo. Mas o fogo tem linhas de forças sensíveis às mãos. E ele avança pelos espinhos, pois toda transformação é dolorosa. Senhor, vou a Ti, segundo Tua graça, ao longo da encosta que faz vir a ser.

Não desces para tua criação, e nada tenho a esperar, para me instruir, que seja diferente do calor do fogo ou potencial da semente. Como a lagarta que não sabe nada de asas. Não espero ser informado pelo fantoche das aparições de arcanjos, pois ele não me diria nada que valesse a pena. Inútil falar de asas à lagarta, e de navio ao forjador de pregos. Basta que existam, pela paixão do arquiteto, as linhas de força do navio. Pelo casulo, as linhas de força das asas. Pela semente, as linhas de força da árvore. E que Tu, Senhor, simplesmente existas.

Glacial, Senhor, às vezes é minha solidão. Solicito um signo no deserto do abandono. Mas Tu me ensinaste, ao longo de um sonho. Compreendi que todo signo é vão, pois se Tu fosses de meu nível, não me obrigarias a crescer. O que eu faria de mim, Senhor, tal como sou?

ANTOINE DE SAINT-EXUPÉRY

É por isso que caminho, formando orações que não são respondidas, tendo como guia, pois sou cego, apenas o fraco calor sobre minhas palmas secas, sempre Te louvando, Senhor, por não me responderes, pois se encontrar aquilo que busco, Senhor, terei deixado de vir a ser. Se desses o passo do arcanjo na direção do homem, gratuitamente, o homem se realizaria. Ele não serraria mais, não forjaria mais, não combateria mais, não cuidaria mais. Ele não varreria mais o seu quarto nem adoraria a amada. Senhor, ele se desviaria de Te honrar com sua caridade pelos homens se Te contemplasse? Quando o templo está pronto, vejo o templo, não as pedras.

Senhor, estou velho e tenho a fraqueza das árvores quando venta no inverno. Estou cansado de meus inimigos e de meus amigos. Não me satisfaço em ser obrigado a matar e, ao mesmo tempo, curar, pois de Ti vem minha necessidade de dominar todos os contrários, que torna meu destino tão cruel. No entanto, me vejo obrigado a ascender a Teu silêncio, de fim de questões em fim de questões.

Senhor, daquele que repousa ao norte de meu império e foi o inimigo bem-amado, do geômetra, o único e verdadeiro, meu amigo, e de mim mesmo, que infelizmente passei do topo da montanha e deixei para trás, na encosta agora vencida, minha geração, condescende em fazer a unidade, para Tua glória, adormecendo-me no oco dessas areias desertas onde muito trabalhei".

CAPÍTULO CCXV

ESTAIS IMÓVEIS, À MANEIRA DE UM NAVIO que, tendo atracado, descarrega sua carga, que veste os cais do porto com cores vivas, e que de fato são tecidos dourados, especiarias vermelhas e verdes, e marfins. Eis que o sol, como um rio de mel sobre a areia, anuncia o dia. E continuais sem movimento, surpresos com a qualidade da aurora nas encostas do monte acima do poço. E os animais de grandes sombras também estão imóveis. Nenhum se agita: eles sabem que beberão, um por um. Mas um detalhe ainda paralisa essa procissão. A água ainda não foi distribuída. Faltam as grandes gamelas para transportá-la. Com as mãos nos quadris, olhas ao longe e dizes: "O que estão fazendo?". Aqueles que puxaste das entranhas do poço escavado depositaram as ferramentas e cruzaram os braços ao peito. Seu sorriso te informou. Havia água. Pois o homem, no deserto, é animal de focinho inábil, que procura sua mama às cegas. Tranquilizo, tu sorriste. Os donos dos camelos, vendo-te sorrir, sorriram por sua vez. E então tudo sorriu. As areias sob a luz, teu rosto e o rosto de teus homens, e talvez até alguma coisa nos animais, sob suas cascas, pois eles sabem que vão beber e estão ali, imóveis, resignados de prazer. Esse minuto é como o minuto em alto-mar, quando um rasgo de nuvem revela o sol. Sentes de repente a presença de Deus, sem compreender por que, talvez pelo gosto de recompensa (pois um poço vivo no deserto é como um presente, nunca totalmente previsto, nunca totalmente prometido), talvez também pela espera da comunhão com a água vindoura, que mantém todos imóveis. Pois os que estavam com os braços cruzados ao peito não se mexeram. Porque tu, com as mãos nos quadris, no topo do monte, continuas olhando para o mesmo ponto no horizonte. Pois os animais que projetam grandes sombras, organizados em procissões nas encostas de areia, ainda não se colocaram em marcha. Porque aqueles que trazem as grandes gamelas para beber ainda não apareceram e tu continuas te perguntando: "O que estão fazendo?". Tudo continua suspenso, no entanto, tudo continua prometido.

Habitais a paz de um sorriso. Logo bebereis felizes, mas será apenas um prazer, ao passo que agora se trata de amor. Uma vez que, agora, homens, areias, animais e sol estão como que ligados em seus significados por um simples buraco entre as pedras. Figuram a teu redor, em sua diversidade, os objetos de um mesmo culto que os elementos de um cerimonial, que as palavras de um cântico.

E tu o grande sacerdote que presidirá, tu o general que comandará, tu o mestre de cerimônia, imóvel, as mãos nos quadris, ainda retendo tua decisão, interrogas o horizonte de onde são trazidas as grandes gamelas para beber. Pois ainda falta um objeto para o culto, uma palavra para

ANTOINE DE SAINT-EXUPÉRY

o poema, um peão para a vitória, uma especiaria para o banquete, um convidado de honra para a cerimônia, uma pedra para a basílica a fim de que ela brilhe sob os olhares. De algum lugar avançam aqueles que trazem a pedra angular das grandes gamelas, e a eles gritarás: "Ei! Vocês aí, apressem-se!". Eles não responderão. Eles subirão o monte. Eles se ajoelharão para instalar seus utensílios. Então farás apenas um gesto. E a corda começará a gritar, fazendo a terra parir, os animais colocarão em movimento, lentamente, sua procissão. Os homens começarão a guiá-los na ordem prevista, a golpes de bastão, e a soltar gritos guturais de comando. Assim começará a se desenrolar, segundo seu ritual, a cerimônia do dom de água sob a lenta ascensão do sol.

CAPÍTULO CCXIX

DESEJEI FUNDAR EM TI O AMOR PELO IRMÃO. Ao mesmo tempo, fundei a tristeza pela separação do irmão. Desejei fundar em ti o amor pela esposa. E fundei a tristeza da separação da esposa. Desejei fundar em ti o amor pelo amigo. Ao mesmo tempo, fundei a tristeza da separação do amigo. Como aquele que constrói fontes e, assim, a ausência delas.

Vendo-te atormentado pela separação, mais do que por outro mal, quis te curar e te ensinar sobre a presença. Pois a fonte ausente é mais doce para quem morre de sede do que um mundo sem fontes. Mesmo que estejas exilado ao longe para sempre, quando tua casa queima, tu choras.

Conheço presenças generosas como árvores, que estendem seus galhos para longe para derramar sua sombra. Sou aquele que habita. Eu te mostrarei tua casa.

Lembra do gosto do amor quando beijas tua esposa, porque o amanhecer devolveu a cor aos legumes que empilhas com instabilidade sobre teu jumento para vender no mercado. Tu mulher te sorri. Ela se mantém à porta, pronta para o trabalho, como tu, pois ela varrerá a casa, lustrará os utensílios e se dedicará a fazer tua refeição, pensando em ti, pensando na surpresa do prato que está preparando, dizendo consigo mesma: "Que ele não volte cedo demais, pois estragaria meu prazer se me surpreendesse...". Nada a separa de ti, apesar de, na aparência, partas ao longe e ela deseje teu atraso. O mesmo se dá contigo, pois tua viagem servirá à casa, cujo desgaste precisas manter e cuja alegria precisas alimentar. Previste comprar com teus ganhos algum tapete de lã alta e, para tua esposa, um colar de prata. É por isso que cantas na estrada e habitas na paz do amor, apesar de, na aparência, te exilares. Eriges tua casa trotando com tua varinha, guiando o jumento, ajustando os cestos, esfregando os olhos porque é cedo demais. És solidário com tua mulher mais do que nas horas de lazer, quando te voltas para o horizonte, da porta de tua casa, sem pensar em te virar para saborear o que quer que seja de teu reino, pois sonhas então com um casamento distante ao qual desejas comparecer, ou com tal trabalho, ou com tal amigo.

Agora que vocês estão mais acordados, teu jumento tenta demonstrar seu zelo e ouves o trote instável que canta sobre o cascalho, fazendo-te meditar sobre tua manhã. E sorris. Pois já escolheste a loja em que comprarás a pulseira de prata. Conheces o velho vendedor. Ele se alegrará com tua visita, pois és seu melhor amigo. Ele pedirá notícias de tua mulher. Ele perguntará sobre sua saúde, pois tua mulher é preciosa e frágil. Ele te dirá tantas coisas boas, e com uma voz tão quente, que o passante mais desatento, só de ouvir tais elogios, a julgaria digna de uma pulseira de ouro. Mas tu soltarás um suspiro. Pois assim é a vida. Não és um rei. És lavrador de legumes. O vendedor também soltará um suspiro. E depois que vocês tiverem suspirado bastante em homenagem à inacessível pulseira de ouro, ele te confessará que prefere as de prata. "Uma pulseira", explicará, "antes de tudo deve ser pesada. As de ouro sempre são leves. A pulseira tem um sentido místico. Ela é o primeiro elo da corrente que liga vocês um ao outro. Doce é sentir, no amor, o peso da corrente. No braço levantado, quando a mão ajusta o véu, a joia deve pesar, pois assim falará ao coração." E o homem voltará da sala dos fundos com o mais pesado de seus anéis e te pedirá para experimentar o efeito de seu peso balançando-o de olhos fechados e meditando sobre a qualidade de teu prazer. E tu experimentarás. Aprovarás. E soltarás outro suspiro. Pois

ANTOINE DE SAINT-EXUPÉRY

assim é a vida. Não és comandante de uma rica caravana. És dono de um jumento. E apontarás para o jumento que espera na frente da porta e não é muito vigoroso! Dirás: "Minhas riquezas são tão poucas esta manhã que, sob seu peso, ele até trotou". O vendedor também soltará outro suspiro. E depois que vocês tiverem suspirado bastante em homenagem à inacessível pulseira pesada, ele confessará que as pulseiras leves, no fim das contas, têm uma melhor qualidade na cinzeladura, que é mais delicada. E ele te mostrará aquela de teu agrado. Pois faz dias que te decidiste, segundo tua sabedoria, como um chefe de Estado. Reservaste uma parte dos ganhos do mês para o tapete de lã alta, outra parte para o ancinho novo, outra para a comida de todos os dias...

Agora começa a verdadeira dança, pois o vendedor conhece os homens. Quando percebe que sua isca foi mordida, puxará a corda. Mas tu dizes que a pulseira é cara demais e te despedes. Ele te chama de volta. Ele é teu amigo. Pela beleza de tua esposa ele fará um sacrifício. Ficaria muito triste de se desfazer daquele tesouro nas mãos de uma mulher feia. Voltas a passos lentos. Retornas como se flanasses ao acaso. Fazes uma careta. Sentes o peso da pulseira. Elas não têm muito valor quando não são pesadas. E a prata não brilha. Hesitas entre uma joia fina e o belo tecido colorido que viste em outra loja. Mas não podes te mostrar desdenhoso demais, pois se perceber que não te venderá nada ele te deixará partir. E enrubescerás com o mau pretexto em que te enredarás para poder voltar.

Aquele que não conhecesse nada dos homens veria nisso a dança da avareza, enquanto ela é dança do amor, e julgaria, ao ouvir falar de jumento e legumes, ou filosofias sobre o ouro e a prata, a quantidade ou a qualidade, e a demora em longos e demorados passos, e ele pensaria que estás muito longe de casa, enquanto na verdade a habitas naquele exato instante. Pois não existe ausência fora da casa ou do amor quando dás os passos do cerimonial do amor ou da casa. Tua ausência não te separa, ela te liga. Tua ausência não te divide, ela te confunde. Podes me dizer onde reside o limite para além do qual a ausência é separação? Se o cerimonial estiver bem atado, se contemplares bem o deus no qual vocês se confundem, se esse deus for ardente o suficiente, quem te separará da casa ou do amigo? Conheci filhos que diziam: "Meu pai morreu antes de ter construído a ala esquerda de sua casa. Eu a construo. Antes de ter plantado suas árvores. Eu as planto. Meu pai morreu delegando o cuidado de continuar sua obra. Eu a continuo. Ou de ser fiel a seu rei. Eu sou fiel". Nessas casas, não me pareceu que o pai estivesse morto.

Se houver em ti e em teu amigo, percebido pela confusão dos materiais, algum nó divino que una as coisas, não haverá nem distância nem tempo que possam vos separar, pois os deuses em que essa unidade se funda riem-se de muros e mares.

Conheci um velho jardineiro que me falava de seu amigo. Os dois tinham vivido por longo tempo como irmãos antes de a vida os separar, bebendo o chá à noite, juntos, celebrando as mesmas festas e buscando um ao outro para pedir conselhos ou fazer confidências. Eles tinham pouco a se dizer e eram vistos passeando juntos, após o trabalho, observando as flores sem dizer palavra, os jardins, o céu e as árvores. Mas quando um deles meneava a cabeça e tocava alguma planta, o outro se inclinava por sua vez e, reconhecendo a passagem das lagartas, também meneava a cabeça. E as flores bem abertas proporcionavam aos dois o mesmo prazer.

Ora, um mercador contratou um dos dois e o levou por algumas semanas em sua caravana. Mas os ladrões de caravanas e os acasos da vida, as guerras entre os impérios, as tempestades, os naufrágios, as ruínas, os lutos e os ofícios para viver o carregaram por muitos anos, como um tonel ao mar, levando-o de jardim em jardim, até os confins do mundo.

Meu jardineiro, depois de uma velhice de silêncio, recebeu uma carta do amigo. Deus sabe quantos anos ela tinha navegado. Deus sabe quantas diligências, cavaleiros, navios e caravanas a haviam encaminhado com a mesma obstinação das milhares de ondas do mar até o seu jardim. Naquela manhã, como ele estava radiante de felicidade e queria compartilhá-la, pediu-me que lesse, como se pedisse para ler um poema, a carta que havia recebido. Acompanhou em meu rosto a emoção da leitura. Havia poucas palavras, por certo, pois os dois jardineiros eram mais hábeis na enxada do que na escrita. Li apenas: "Hoje de manhã podei minhas roseiras...". Então, meditando sobre o essencial, que me parecia informulável, meneei a cabeça como eles teriam feito.

Depois disso, meu jardineiro nunca mais conheceu o descanso. Era possível ouvi-lo se informando sobre a geografia, a navegação, os correios e as caravanas, as guerras entre os impérios. Três anos mais tarde, veio o dia em que enviei uma embaixada para o outro lado do terra. Convoquei meu jardineiro: "Podes escrever a teu amigo". Minhas árvores e legumes do pomar sofreram um pouco, houve festa entre as lagartas, pois ele passava os dias em casa, rabiscando, corrigindo, recomeçando, colocando a língua para o seu trabalho como uma criança, pois ele tinha algo urgente a dizer e precisava se transportar por inteiro, em sua verdade, à casa de seu amigo. Ele precisava construir sua própria passarela sobre o abismo, alcançar a outra parte de si mesmo através do espaço e do tempo. Ele precisava dizer seu amor. Todo enrubescido, veio me submeter sua resposta, mais uma vez observando em meu rosto um reflexo da alegria que iluminaria o destinatário, experimentando em mim o poder de suas confidências. E (como na verdade não havia nada importante a dizer, pois se tratava, para ele, daquilo pelo qual ele se trocava, como as velhas que gastam os olhos no jogo de agulhas para ornar seu deus) li que ele confidenciava ao amigo, com sua escrita aplicada e desajeitada, uma oração orgulhosa, mas em palavras humildes: "Hoje de manhã, eu também podei minhas roseiras...". Calei-me, depois de ler, meditando sobre o essencial que começava a me aparecer melhor, pois eles Te celebravam, Senhor, unindo-se em Ti, acima das roseiras, sem o saber.

Ah, Senhor! Rezarei por mim mesmo, tendo feito meu melhor para ensinar meu povo. Porque recebi de Ti trabalho demais para alcançar este ou aquele que eu poderia ter amado. E porque precisei me privar de um comércio que traz prazeres ao coração, pois doces são os regressos, os sons de vozes conhecidas e as confidências infantis daquela que julga chorar uma joia perdida ao chorar a morte que separa de todas as joias. Tu me condenaste ao silêncio a fim de que, para além do vento das palavras, eu escutasse o seu significado, pois meu papel é me debruçar sobre a angústia dos homens que decidi curar.

Quiseste poupar-me o tempo que eu teria perdido em tagarelice, e o inferno das palavras sobre a joia perdida (ninguém jamais sairá desses conflitos, pois não se trata de uma joia, mas da morte), ou sobre a amizade e o amor. Pois amor e amizade só se unem verdadeiramente em Ti, e Tua decisão só me permitir alcançá-los por meio de teu silêncio.

O que receberei, se não é próprio de Tua dignidade, nem mesmo de Tua solicitude, visitar-me em meu nível, e se não espero nada do fantoche de tuas aparições de arcanjos? Eu, que não me dirijo a este ou aquele, mas tanto ao lavrador como ao pastor, tenho muito a dar, mas nada a receber. E se meu sorriso pode inebriar a sentinela, pois sou o rei e em mim se ata o império, feito do sangue dela, o que tenho a esperar, Senhor, do sorriso dela? Não solicito para mim o amor nem de uns nem de outros, e pouco me importa que me ignorem ou odeiem, desde que me respeitem enquanto caminho rumo a Ti, pois solicito o amor para Ti, de quem eles são – e de quem eu sou –, atando o feixe de seus movimentos de adoração, e o delegando a Ti, assim como delego ao império, e não a mim, a genuflexão de minha sentinela, pois não sou muro mas operação de semente da qual a terra puxa galhos para o sol.

Ocorre-me algumas vezes, pois para mim não existe um rei que possa me reembolsar com um sorriso, que convém eu seguir assim até a hora em que condescenderes receber-me e confundir-me com os de meu amor. Invade-me, então, de tempos em tempos, a lassidão de estar sozinho e a necessidade de reunir-me a meu povo, pois, sem dúvida, ainda não sou puro o suficiente.

Por julgar feliz o jardineiro que se comunicava com o amigo, às vezes me invade o desejo de me ligar assim, segundo o deus deles, aos jardineiros de meu império. E chego a descer a passos lentos, pouco antes da aurora, os degraus de meu palácio na direção do jardim. Avanço na direção das roseiras. Observo, aqui e ali, debruço-me atento sobre algum galho, eu que, ao meio-dia, decidirei pelo perdão ou pela morte, pela paz ou pela guerra. Pela sobrevivência ou pela destruição dos impérios. Depois de cumprir meu trabalho com esforço, pois começo a envelhecer, digo apenas, em meu coração, a fim de me unir pela única via eficaz a todos os jardineiros vivos e mortos: "Eu também, hoje de manhã, podei minhas roseiras". Pouco importa que essa mensagem leve ou não anos para chegar ou não a este ou aquele. Não é este o objeto da mensagem. Para me unir a meus jardineiros apenas saudei o deus deles, que é roseira ao amanhecer.

Senhor, assim também com meu inimigo bem-amado, que só alcançarei para além de mim mesmo. Para ele, pois se parece comigo, acontece o mesmo. Presto a justiça segundo minha sabedoria. Ele presta a justiça

ANTOINE DE SAINT-EXUPÉRY

segundo a sua. Elas parecem contraditórias e, apesar de se confrontarem, alimentam nossas guerras. Ele e eu, porém por caminhos opostos, seguimos com nossas palmas as linhas de força do mesmo fogo. Somente em Ti, Senhor, elas se encontrarão.

Terminado o meu trabalho, embelezei a alma de meu povo. Ele, terminado seu trabalho, embelezou a alma de seu povo. Eu que penso nele, e ele que pensa em mim, mesmo que nenhuma linguagem nos seja possível em nossos encontros, quando julgamos, ditamos o cerimonial, punimos ou perdoamos, podemos dizer, ele para mim, e eu para ele: "Hoje de manhã, podei minhas roseiras…".

Pois Tu, Senhor, és a medida comum de um e de outro. És o nó essencial de ações distintas.